死蝋の匣

櫛木理宇

角川書店

目次

登場人物一覧

・白石洛《しらいしらく》　元家裁調査官
・白石果子《かこ》　白石の妹
・和井田瑛一郎《わいだえいいちろう》　白石の友人。県警捜査第一課の刑事
・岸本歩佳《きしもとあゆか》　那珂署刑事課捜査一係の巡査長
・白石数彦《かずひこ》　白石の父
・角田精作《つのだせいさく》　『那珂男女殺害事件』の被害者。芸能事務所経営
・三須《みす》しのぶ　同右。角田の内縁の妻
・北凜音《きたりんね》　女優。かつて角田の事務所に所属
・森長《もりなが》つぼみ　かつて角田の事務所に所属
・肥田野芽衣《ひだのめい》　同右
・遠藤夏帆《えんどうかほ》　『大洗女子中学生五人殺傷事件』の被害者
・堺月菜《さかいるな》　同右
・橋田智依奈《はしだちいな》　夏帆・月菜のクラスメイト

・椎野《しいの》千草《ちぐさ》　『水戸妻子四人殺傷事件』の生き残り
・椎野友和《ともかず》　千草の父
・椎野晴美《はるみ》　千草の母
・西織《にしおり》実花《みか》　千草の同僚
・西織トミ子　実花の母
・西織照子《てるこ》　トミ子の妹
・喜納《きのう》　千草の職場の主任
・桑野《くわの》一騎《かずき》　千草のアパートの住人
・刈安《かりやす》愛茉《えま》　千草の元同級生
・別所《べっしょ》建吉《けんきち》　殺人事件の被害者
・園村《そのむら》牧子《まきこ》　白石のマンションの自治会長。元教師
・嵯峨谷《さがたに》　友和の元保護司
・柳《やなぎ》　白石の先輩調査官
・熊倉《くまくら》　児童養護施設『鳩の子学園』の元職員
・安形《あがた》リカ　『鳩の子学園』出身
・陽夏《ひなた》　同右

【死《し》（屍《し》）蝋《ろう》】死体が長時間、水中や地中などに置かれた場合に、脂肪が分解して脂肪酸となり、水中のカルシウムやマグネシウムと結合してチーズおよび石鹸《せっけん》様になったもの。

プロローグ

ワンルームの単身者用アパートだった。

女性にはあまり人気のない、築四十年を超える物件だ。取り得は家賃が安いことと、三点ユニットバスでなくトイレがべつなことくらいか。

彼女がその部屋に住んで、早《は》や五年目になる。

家具も家電もすくなく、殺風景な部屋であった。

ベッド代わりのマットレスに姿見、ロウテーブル。二十インチのテレビ、洗濯機、炊飯器は、先輩から三つ合わせて一万円で譲り受けたものだ。四回払いのローンで買った冷蔵庫と、タブレットだけがかろうじて新しい。

趣味は読書だが、本棚はなかった。ものを増やすのがいやなので、図書館とレンタルコミックと、サブスクで読める電子書籍をフル活用している。休日は、本と漫画とSNSでほぼ潰《つぶ》れる。

しかし今日は火曜だ。彼女は出勤しなくてはならない。

毎朝、彼女は七時半に起きる。

起きて真っ先にするのは、冷蔵庫を開けることだ。朝食代わりのパック豆乳を一本と、前日におかずを詰めておいた弁当箱を取りだす。豆乳を飲みながら、弁当箱に白飯を詰める。

白飯の粗熱を取る間、彼女は顔を洗い、歯をみがく。テレビのニュースを横目に髪をまとめ、日焼け止めを塗り、眉毛《まゆげ》を描く。

彼女は工場勤務である。

作業服一式は支給されるので、通勤はラフな服装でかまわない。たいていはゆったりしたワイドパンツかロングスカートに、シンプルなニットだ。化粧は推奨されていないのでしないネイルもしない。

弁当箱をジップロックに入れる。愛用のバッグを肩にかつぐ。

スニーカーは先月買ったばかりだ。沓脱《くつぬぎ》で、機嫌よく靴紐《くつひも》を締める。現在の彼女の宝物はこのスニーカーと、二十万円で買った型落ちの軽自動車の二つである。

時刻は八時十五分。扉が閉まる。

無人の部屋は、しばらく静まりかえっている。

だが、八時二十七分。

作り付けのクロゼット兼押し入れの戸が、じりじり中からひらきはじめる。

細く開いた隙間から目だけが覗《のぞ》く。しばし、外界をうかがう。

やがて戸が、二十センチほど開く。

痩せた〝影〟が、ぬるりとすべり出てくる。

クロゼット兼押し入れの天井板が一枚ずれ、〝影〟がそこから——つまり屋根裏から降りてきたことを物語っている。

〝影〟は寝起きで湿った頭皮を掻く。ぼりぼりと掻《か》く。いつまでも掻く。手を止め、爪さきを嗅《か》ぐ。その間も足は、意味なく室内を一周している。

視線が、ふとロウテーブルで止まった。

正確にはテーブルの上の、食べかけのスナック菓子にだ。袋の口は、大きなクリップで留めてある。

〝影〟はテーブルの横にしゃがみ、クリップをはずした。

まず臭いを嗅ぐ。傷んでいないことを十二分に確認してから、一枚かじる。もう一枚。さらにもう一枚。

ふたたびクリップで袋を留め、〝影〟は立ちあがる。

向かった先はトイレだ。排尿し、排便する。次いで水を飲む。コップを使って飲み、洗いもせずコップ立てに戻す。

〝影〟は浴室に入った。服を脱いでから、蛇口をひねって湯を細く出す。ちろちろと出るシャワーで全身の汗を流し、髪を洗う。

湯もシャンプーも、使うのは最低限だ。最低限で済むよう、とうに体が慣れている。電気代や水道料金や、減ったシャンプーで家主に気づかれてはたまらない。

衣類の洗濯も、浴室で済ませてしまう。清潔にしたいからと言うより、異臭で存在を気づかれたくないからだ。

衣類が乾くまでの間、〝影〟はテレビを観る。家主の布団に寝ころがる。布団を嗅ぎ、枕を嗅ぐ。脱ぎっぱなしのパジャマも嗅ぐ。

ときおり水を飲み、スナック菓子を数枚食べる。

むろん、本来の居住者に悟られぬ程度の枚数でやめておく。

それでなくとも〝影〟は少食だ。幼少期からろくに食べてこなかったせいで、胃が縮まっているのだ。

やがて、陽が西に傾きだす。

〝影〟は室内に干しておいた衣類を着る。まだ生乾きでも、かまわず着る。周囲を見まわし、髪の毛などが落ちていたらつまんで拾う。

空きペットボトルに水だけ汲《く》んで、〝影〟はふたたびクロゼット兼押し入れに入る。戸を閉ざし、ずらした天井板から屋根裏へ戻る。

屋根裏はひとすじの光もない。

体をまるめて〝影〟は横たわる。ほっとする。

食べて、飲んで、体をきれいにして、たまに光を浴びなければいけない。体を壊さないためだ。わかっている。

しかし頭でわかっていても、安心できるのはここのほうだ。誰にも見られない、誰もいない、光の射さぬこの空間こそ安堵《あんど》できる。

〝影〟は手を伸ばす。

真っ暗だが、どこになにがあるかは感覚で理解していた。指さきでそっとそれに触れ、撫《な》でる。ビニールの感触が、指に心地いい。

──みんな、離れていく。

みんな〝影〟から離れていく。いなくなる。それがわかっているからこそ、指さきの感触はいっそういとおしかった。

もしこの屋根裏に光があったなら、そして〝影〟以外の人間がいたなら、きっと魂消《たまげ》る悲鳴が上がっていただろう。

家人に気取られず、寄居虫《やどかり》のように屋根裏で暮らす〝影〟。
その奇妙な〝影〟が指さきでいとおしむ異物。
それはビニールに包まれた、胎児の死蝋《しろう》だった。

第一章

1

白石洛《しらいしらく》はキッチンに立っていた。

その眉間《みけん》には、深い皺《しわ》が刻まれている。

べつにキッチンに立つのが不本意なわけではない。むしろ本意だ。なにしろ現在の彼は、専業主夫の身である。

独身ゆえ、正確に言えば『主夫』ではない。しかし家主の実兄として、『家政夫』の肩書は他人行儀過ぎるだろう。家事の九割九分を担っているから、『家事手伝い』の呼称も当てはまらない。

よって〝広義の専業主夫〟である、と白石は己の立場を自負している。

彼はちらりと壁掛けの時計を見上げ、

――うむ。そろそろパンを焼こう。

とオーブンへ向かった。

今日は七月の第一日曜だ。普段は生活サイクルの合わない妹の果子《かこ》と、ランチをともにできる数すくない日である。

成形して二次発酵を済ませたパン生地に、白石は刷毛《はけ》で溶き卵を塗った。これを塗っておくと、焼きあがったときのつやが違う。次いで百七十度に予熱したオーブンで、十二分焼きあげる。

――パンはこれでOK、と。

パンを焼くのはひさしぶりだった。

白石は基本、パンはパン屋で買うのが一番だと思っている。焼きたてはともかく、冷めても美味《うま》いのはやはりプロの商品のほうだ、と。

だが昨夜はどうにもパンを焼きたく――いや、こねたくなったのだ。

正確に言えば、いらいらをなにかにぶつけたかった。苛立《いらだ》ったときはパン生地を力まかせにこね、台に叩《たた》きつけまくるに限る。

――さて、パンが焼きあがるまでに、パスタの用意だ。

パスタは五分で茹《ゆ》であがる細麺《ほそめん》にした。沸騰させたたっぷりの湯に塩を入れ、パスタをねじって放りこむ。

茹でている間もすることがある。大蒜《にんにく》を包丁の腹で潰《つぶ》し、鷹《たか》の爪とともにオリーヴオイルで炒《いた》めねばならない。

香りが立ったら、茹で汁をすこし加える。アルデンテに茹であがったパスタを、一気にフライパンへ投入する。茹で汁をさらに足し、水気がなくなるまで絡《から》める。

仕上げに釜《かま》揚げしらすを混ぜ、ごくかるく火を通したら終わりだ。あとは盛りつけ、てっぺんに水菜を飾って出来あがり、である。

ちょうどパンも焼きあがった。スープは昨晩のミネストローネが残っている。デザートは、いただきもののゼリーがある。

――よし。完璧《かんぺき》だ。

白石はうなずき、息を吸いこんで怒鳴った。

「果子ぉ、昼メシだぞ！　冷めないうちに早く来い！」

「……今晩、デートだって言ったよね？」

この部屋の家主こと妹の果子が、焼きたての丸パンをちぎりながら言う。

「それにしてはこのランチ、大蒜がっつりすぎない？」

「いいじゃないか。おまえの好物だろ、しらすと水菜のペペロンチーノ」

視線は合わせず、白石はパスタをフォークに巻きつけた。

「ミネストローネも、うちのって大蒜たっぷりだよね」

「入れたほうが美味いからな」

「もー……」

果子が嘆息した。

「ま、いいけど。瑛一《えいいち》くんはそれくらいで怒るような、心の狭い男じゃないし」

白石の眉がぴくっと引き攣《つ》った。

そう、苛立ちの原因のうちひとつがこれである。

外資系医療機器メーカーの開発営業部で毎日夜中まで働く果子が、昨夜は珍しく九時台に帰ってきた。そして兄の顔を見るなり言いはなった。

「明日、晩ごはんいらない。瑛一くんとデートなの」

と。

〝瑛一くん〟は、白石の旧友の呼称だ。正式なフルネームは和井田《わいだ》瑛一郎《えいいちろう》という。職業は警察官で、階級は巡査部長。所属は茨城県警刑事部捜査第一課強行係である。つまり殺人、強盗、放火などを捜査するのが仕事だ。

果子が首をすくめて、

「いいじゃんべつに。わたしだってデートくらいするよ、妙齢の女性なんだし。……ん、このパン美味《おい》しい。よく焼けてる」

「そうか、おかわりもあるぞ。……それより、自分で妙齢とか言うな」

「焼きたてパンに蜂蜜《はちみつ》バターの取り合わせって正義よね。……ていうか、瑛一くん以外とならデートしていいわけ？」

「駄目だ」

一転し、ぴしゃりと白石は言った。

「和井田も駄目だが、よその男はもっと駄目だ。そんなどこの馬の骨ともわからん男、お兄ちゃんは許しません」

「じゃあどうしろと」

果子が呆《あき》れ声を出す。

「過保護お兄ちゃんの言うこと聞いてたら、わたし、還暦過ぎても結婚できないよ。ただでさえ仕事仕事で出会いがないのにさ」

「おまえは焦る必要なんかない」

ミネストローネの野菜をスプーンでかき集め、白石はむっつり言った。

「せっかく主査になれたばかりじゃないか。それに、『しばらくは仕事に生きる』って言ってただろ。恋愛に焦りは禁物だ。焦るとババを掴《つか》むぞ」

「瑛一くんはババじゃないもん」

さらりといなして、果子はパン籠《かご》に手を伸ばした。早くも三個目のパンである。見れば、パスタの皿もミネストローネもほぼ空に近い。なにをさせてもしゃきしゃきと要領のいい妹は、食べるスピードさえ兄をはるかに凌駕《りょうが》する。

「いいか、早く帰るんだぞ。遅くなるなよ」

白石は低く言った。

だがここが引き際だろう。これ以上うるさく言ったらさすがに嫌われそうだ。このへんで矛をおさめるべきだ、と理性で己を律する。

——べつに、和井田がいやなわけじゃない。

信用できない男でもない。むしろ全世界の男の中では、かなり上等な部類と言えるだろう。国立大学で法学を専攻した公務員だし、でかい図体《ずうたい》といい腕っぷしといい、いかにも果子を守ってくれそうで頼もしい。

——ただなんというか、そう……妹を持つ兄として、複雑なだけだ。

腹立ちまぎれに、白石はパスタを口に押しこんだ。

白石が家裁調査官を辞め、このマンションで妹の専業主夫を務めはじめてから、早や数年が経つ。

昨年の二〇一〇年は和井田が持ちこんだ『虜囚の犬』事件に巻きこまれたものの、最近はごく平穏な日々である。

——兄として、むろん果子には幸せになってほしい。しかし。

そう、〝しかし〟だ。

白石はただの兄ではなく、果子の保護者でもありたい——と思っている。

われながら僭越《せんえつ》だとは思う。「兄としてすら頼りないのに、父親役までできる立場か」とも、「無職の分際で」とも思う。

だがこれは、あくまで心意気の問題なのだ。いわば男の矜持《きょうじ》だ。であるからして、そんじょそこらの野郎に妹は渡せない。

「果子、デザートはゼリーだぞ。園村《そのむら》先生からいただいた千疋屋《せんびきや》の……」

言いかけた声が、途中で消えた。

テレビのニュースから、「茨城県」の単語が聞こえてきたからだ。しかもアナウンサーはこうつづけた。

「茨城県那珂《なか》市で、男女二人の遺体が発見されました」と。

果子がリモコンを手に取り、ボリュームを上げる。男性のアナウンサーが、無機質な声で原稿を読みあげた。

「今日午前九時二十分ごろ、茨城県那珂市の住宅で男女二人の遺体が見つかりました。この家に住む会社経営者の角田《つのだ》精作《せいさく》さん（55）と、三須《みす》しのぶさん（53）が倒れているのを社員が発見し、通報。警察が駆けつけたところ、その場で死亡が確認されました。遺体に複数の刺し傷、また室内に荒らされた形跡があることから、県警は強盗殺人事件の可能性があるとみて、捜査していく方針です——」

白石はフォークを置いた。妹を見やる。

「那珂か」

「那珂だね」

「和井田とデートってことは、やつから誘いがあったのか?」

「うん。ほかの事件が解決したから、待機にまわされたって言ってた。次の事件が起きるまでは、しばらく書類仕事だけだって」

「『次の事件が起きるまでは』か。そうか……」

白石が唸《うな》るとほぼ同時に、着信音が鳴り響いた。

果子のスマートフォンだ。電話アプリの着信音である。手を伸ばし、果子が液晶をタップした。

「ごめんよ果子ちゃん!」

スピーカーにせずとも、悲鳴じみた声が白石の耳にまで届いた。

和井田瑛一郎だ。

「ごめん、ほんとうにごめん。いま那珂署にいるんだ。捜査本部《チョウバ》が立ってしまった。申しわけないが、今夜は抜けられそうにない。ほんとうにごめん」

巨体を折り曲げ、平身低頭するさまが目に見えるようだった。

「すまない果子ちゃん。この埋め合わせは絶対にする。償いもする。次におれと会ったとき、殴る蹴《け》るしてくれていっこうにかまわない。だが頼むから、嫌いにはならないでください」

「なに言ってんの。なるわけないでしょ」

仕事なんだからしかたないよ、と果子は笑い、

「頑張って瑛一くん。茨城の治安のため、働いてね」

と明るく激励した。

「もちろんだ」

和井田が声を弾ませる。

「果子ちゃんが安心して暮らせるよう、きみが住むこの県をおれは全身全霊で守る。最速で、いや秒で解決するから待っていてくれ」

2

通信指令室からの無線に従い、那珂市砲浪《つつなみ》一〇二四番地の現場に第一臨場したのは、最寄りの交番員二名だった。一人は巡査部長、もう一人は巡査だ。

現場は一軒家であった。第一発見者は玄関ポーチに、いまだ青い顔でへたりこんでいる。

「那珂一一二、現場到着《ゲンチヤク》。通報者を確認しています。どうぞ」

「本部から那珂一一二。機捜と鑑識が急行中。現場保存を願います」

「那珂一一二、了解」

巡査が無線報告する間に、巡査部長は第一発見者の聴取にかかった。数分と経たぬうち、機動捜査隊と鑑識が到着する。

機動捜査隊の班長に、巡査部長は聴取の内容を報告した。

「遺体はこの家の所有者である角田精作と、内縁の妻、三須しのぶの両名のようです。角田は芸能プロダクション『STエンタテインメンツ』の代表取締役で、第一発見者は社員でした」

「『STエンタテインメンツ』……？　聞いたことねえな」

　首をかしげる班長に、巡査部長がつづけた。

「社員は内縁の妻を入れても八名だそうですから、弱小プロですね。社員いわく、悲鳴やあやしい人影などはいっさい見聞きしていない、とのことです」

「わかった。ご苦労」

　遺体は寝室に二体転がっていた。両名とも、あきらかに他殺であった。

　家のまわりには規制線が張られ、機動捜査隊の車両と那珂署のパトカー四台がずらりと路肩に駐《と》まった。野次馬も、百人単位で集まりつつあった。

　そこへ、黒のアルファードが到着する。那珂署刑事課捜査一係の捜査車両だった。

　次いで横づけされた白のアテンザは、県警捜査第一課の覆面パトカーである。

「なんだ、もうお出ましか。早ぇな」

　機動捜査隊の班長がつぶやいた。

　アルファードから四人の刑事が、アテンザから三人の刑事が降り立つ。

　うち一人は見上げるほどの長身であった。肩幅が広く、胸板がぶ厚い。鋭い目つきといい武張った雰囲気といい、そこにいるだけで他人に威圧感を与える。

　捜査第一課強行係、和井田瑛一郎巡査部長だった。

　全員が手袋をはめ、靴カバーを二重に履く。「入ります」と鑑識に声をかけてから、捜査員たちは邸内に踏み入った。

　殺害現場は一階の寝室だった。すでにビニールシートが敷かれ、ドアは開けはなたれていたが、入った瞬間につんと異臭がした。

「なんの臭いだ？」

思わず、といったふうに訊《き》く捜査員に、鑑識が答える。

「強酸性の洗浄剤と思われます」

角田精作とおぼしき五十代の男性は、ベッドに仰向《あおむ》いたまま絶命していた。一方、三須しのぶと思われる女性は、床に転げ落ちた姿勢だ。

二人とも顔面から首にかけて、火傷《やけど》のように赤くただれている。そして腹といわず胸といわず、滅多刺しにされていた。おびただしい血が床を染めている。古くなった血と洗浄剤の臭いが入り混じり、鼻が曲がるような悪臭をはなっている。

「侵入経路はここか」

和井田はひらいた掃き出し窓を指した。クレセント錠のまわりが、ガラス切りで丸く切りとられている。

「死因はどう見ても、刺創による失血死ですね。死亡推定時刻は？」

遺体の横の検視官に尋ねる。

「死後硬直と肝臓の温度からして、午前一時から三時の間ってとこか」

検視官は即答した。

「犯人はそこの掃き出し窓のガラスを切り、侵入。眠っていた被害者たちの顔に液状のパイプ洗浄剤をぶっかけたと思われる。知ってのとおりパイプ洗浄剤ってのは、かなりの劇薬だからな。被害者たちは驚いて起きたろうが、目を開けられなかったか、開けてもろくに見えなかったはずだ」

「その後に滅多刺し、か。なかなか激しい犯行だ。怨恨《えんこん》ですかね？」

「まだわからん。物盗《と》りの可能性もある」

検視官は親指でクロゼットを指した。やはり扉がひらいており、抽斗《ひきだし》のいくつかは床に落ちていた。

「ほかの部屋も、物色の形跡アリアリだ。被害者両名の財布からは、現金のみが抜かれていた。あとは三須しのぶの貴金属だな。安っぽいネックレスが二本だけ残され、ほかはごっそりいかれている。金庫の中身は未確認。ひとまず鑑識が指紋《モン》だけ採取した」

「下足痕《ゲソコン》も、見込みありそうですね」

和井田は床を見下ろした。

血で染まった床から廊下にかけて、べたべたとスニーカーらしき足跡がつづいている。第一発見者と犯人のものだろう。この様子なら判別は容易なはずだ。

「うわ、ひでえ臭いだな」

新たな声が背後で起こった。

和井田が振りむくと、東村《ひがしむら》係長が入ってくるところだった。和井田の直属の上司だ。さらに三人の部下を引き連れている。

「おーい、みんな聞け。いま那珂署に捜査本部《チヨウバ》を設営中だ。事件主任官には、捜一の課長補佐が就く。捜査本部長は那珂署長だそうだ。住宅街の事件で、地域性が高そうだからな。さっそくおまえらには、マル目《もく》探しに当たってもらう。第一回捜査会議は七時の予定だ。いい土産を持ち帰れよ」

東村係長が、ぱんと手を叩く。

「よしおまえ、そこの若いのと組め。おまえはそっちのとだ」

てきぱきと、かつ適当にその場でバディを決めていく。

聞き込みなどの捜査班は二人一組で動くのが基本だ。たいていは、所轄署員と本部刑事の組み合わせである。新米とベテランが組まされることも多い。所轄署員は地域の事情について詳しく、本部刑事は凶悪犯の捜査方法に明るい。お互いの足りない部分を補い合いつつ捜査していくわけだ。

「和井田は、ええと、そこの若手と組め」

「了解です」

答えてから、和井田は指定された相棒を見やった。

女性警察官だった。タイトなパンツスーツに白のテニスシューズ。うなじで黒髪をひとつに結んでいる。薄化粧の顔は、二十六、七歳に見えた。

「那珂署捜一係の岸本《きしもと》歩佳《あゆか》巡査長です。よろしくお願いいたします」

「よろしく頼む。おれは……」

「和井田部長ですね。存じあげております」

名のる前に、前のめりで言われた。

「部長は覚えておられないでしょうが、わたしが交番勤務だった三年前、『常陸《ひたち》三人殺傷事件』でご一緒いたしました。今回はバディを組めて、まことに光栄です。なにとぞご指導ご鞭撻《べんたつ》のほどお願い申しあげます」

「え、……あ、ああ」

らしくもなく、和井田はたじろいだ。これが最近の若者のノリか？　と訝《いぶか》りつつ視線をはずす。

その視線が、ふと一点に吸い寄せられた。

「ん？」

「なんです？」岸本巡査長が問う。

鑑識が床に並べたビニール製の証拠品袋を、和井田は指した。

「ありゃなんだろうと思ってな」

「言われてみれば不思議ですね。見たことがあるような、ないような」

証拠品袋を透かして見えるそれに、巡査長も首をかしげた。

「干からびたチーズのかけら、でしょうか？　まさか犯行直後に、犯人が冷蔵庫をあさった――とか？」

言ってから、彼女は己の言葉を笑った。

「まさかですよね。だとしたら現場でアイスやメロンを食べた『世田谷《せたがや》一家殺人事件』ばりじゃないですか。そんな図太い犯人、そうそういませんよ」

3

「白石さん、ほんとうにありがとう。わたしじゃ脚立に登ったって届かないのよ。やっぱり男手があるとないとじゃ、大違いねえ」

「いえそんな」

大げさな讃辞に、白石は頭を掻《か》いた。

「ぼくなんて男手と呼べるかどうか……。こちらこそ園村先生には、いつもおすそわけをいただいちゃって」

場所は、白石兄妹《きょうだい》と同じマンションの一一〇七号室だ。「数日前から浴室の電球が切れて、困ってるの」と請われ、馳《は》せ参じたのである。

脚立を抱え、白石は浴室から出た。

交換した古い電球は、住人である園村牧子《まきこ》に渡した。

謙遜《けんそん》でなく〝男らしさ〟には縁遠い白石だが、百七十七センチの身長は、確かに電球交換にちょうどいい。

「ところで、こないだのゼリーありがとうございました。妹が歓喜してました。とくにブラッドオレンジが絶品で」

「いえいえ。この歳になると、それほど量は食べられませんからね。お中元は嬉《うれ》しいものだけど、洋菓子のたぐいはどうしても余っちゃうの」

〝園村先生〟こと園村牧子は、このマンションの自治会長である。果子いわく「ダンジョンのラスボス」。副会長いわく「最終兵器」。

そう呼ばれるだけの貫禄《かんろく》は、元教頭先生という経歴に裏打ちされたものだ。

四十年近く市内の中学を異動し、教育に携わってきただけあって、その人脈と人望は絶大である。現に牧子と交流しはじめてから、白石はこのマンションでいちだんと暮らしやすくなった。

「水ようかんや、揖保乃糸《いぼのいと》の黒帯ならいくらあってもいいんだけど。あ、そうだ白石さん、梅酒いらない？　十年くらい前に漬けたやつが、ボトルごと余ってるのよ」

「十年ものの梅酒！　ぜひいただきます」

白石は目の色を変えた。

アルコールは、兄妹ともにいける口である。ゼリーは果子にほとんど譲ってやったが、梅酒のほうは争奪戦になりそうだ。

「もう真っ黒になっちゃってね、どろどろで」

「素晴らしいじゃないですか。それがいいんです」

強くうなずいたとき、白石のポケットで着信音が鳴った。最近ようやく契約したスマートフォンの電話アプリだ。「失礼します」とことわり、液晶を覗《のぞ》く。

〝例の番号〟からだった。

思わず眉が曇り、口がへの字になる。牧子の前でなかったら、舌打ちしていたかもしれない。

――パン生地を叩きつけた苛立ちの、もうひとつの理由だ。

「出ないの?」

牧子が問う。咄嗟《とっさ》に白石は嘘をついた。

「あ、いえ……。登録外の番号からなんで、やめておこうかと」

「それがいいわね。最近は詐欺電話ばかりで物騒だから」

二十回ほど鳴って、着信音は切れた。しかし数秒置いて、また鳴りだす。白石の顔が、さらに曇った。こめかみが、ちりっと痛んだ。

「白石さん」

牧子が言った。

「出なさいな。――知ってる人なんでしょう?」

白石はぎくりとした。

「え、いや、その」

「顔いろでわかりますよ」静かに牧子が言う。

責めている声音ではなかった。

なのに、白石は顔が上げられなかった。

「わたしはね、たいした人間じゃないけれど、観察眼にだけは自信があるの。そんな顔をするくらいなら、さっさと応対してケリを付けてしまいなさいな」

このあと何度も、白石は「あのとき、園村先生と一緒でさえなかったら」と後悔することになる。

園村牧子の家にお邪魔せず、彼女にああ言われてさえいなかったら、電話など無視しとおしたのに――と。

しかし牧子のせいではなかった。最終的に決断したのは白石である。彼自身、それはよくわかっていた。

だからこそそのとき、鳴りつづけるスマートフォンに白石は目を落としたのだ。

液晶に表示された登録名は、父方の伯父《おじ》だった。つい昨夜も、着信履歴に残されていた名である。

――両親が離婚して以来、ろくに会っていない父の実兄。

父方の親戚《しんせき》にいい思い出はなかった。いやな予感しかしない。胸の奥が、ざわりと波立つ。

だが意を決して、白石は画面をタップした。

「――はい。ええ、洛です。……どうも、おひさしぶりです」

4

第一回捜査会議は、予定どおり七時にはじまった。

雛壇《ひなだん》には、東村係長が予告したとおりの幹部が並んだ。那珂警察署長と副署長。事件主任官を務める、本部の刑事課長補佐。そして副主任官の那珂署刑事課長。

招集された警察官は総勢八十人と、なかなかの規模であった。

那珂署のまわりにもマスコミが集まり、窓ガラス越しにもカメラのフラッシュや、中継車のライトがまぶしい。

「マル害が代表取締役だった『STエンタテインメンツ』に、世間の注目が集まっているようです」

岸本巡査長が、和井田の耳にささやいた。

雛壇と向かい合う捜査員用の長テーブルに、二人は並んで着いていた。

「『STエンタテインメンツ』は確かに弱小芸能プロですが、いま人気の若手女優が十歳前後のとき所属していたことが判明し、SNSなどで騒がれはじめたんです。センセーショナルな話題ですから、しばらくマスコミがうるさいかと」

「センセーショナル?」

「その……ええと、どこから説明していいか」

岸本が言い終えぬうち、中央の演台から号令がかかった。

「気を付け!」

その場の全員が立ちあがった。

「敬礼！」

室内式の腰を折る敬礼ののち、「休め！」の号令でパイプ椅子に腰を下ろす。

主任官だけは、座ることなくマイクを握った。

「えー、まだ仮称ではありますが、今回の『那珂男女殺害事件捜査本部』の事件主任官を命ぜられました。捜査員諸君、さっそくだが、現時点で判明した事案の概要を伝え、整理することとする。手もとの捜査計画書を参照しながら聞いてくれ」

全員が、テーブルに一部ずつ配られた資料をめくった。六、七枚のコピーをホチキスで綴《と》じた、簡単な資料だ。

マイクが主任官から、演台の副主任官に渡った。

「では以後は、わたしから説明いたします。被害者は那珂市砲浪在住、角田精作さん、五十五歳。同居の内縁の妻、三須しのぶさん、五十三歳。死因はともに、複数の刺創による失血死でした。三須さんの両腕には多数の防御創があり、うち指二本は切断されかけていました。現場の状況から鑑《かんが》みるに、犯人はガラス切りを用いて掃き出し窓から侵入。眠っている二人に強酸性のパイプ洗浄液を振りかけ、先に角田さんを刺殺。次に三須さんを刺したものと思われます。

両名の身元を確認したのは、第一発見者です。角田さんが経営する『ＳＴエンタテインメンツ』の社員で、両名が出社しないため様子を見に来たとのことでした。その後、角田さんと三須さんの親族に連絡が付き、遺体を見ていただいたところ、正式な確認が取れました。

推定殺害時刻は、午前一時から三時の間。現場は閑静な住宅地であり、時刻が時刻でしたので有力な目撃者はいまのところ見つかっておりません。また被害者宅に防犯カメラなどはありませんでした。

凶器は未発見ながら、創口からして刃渡り十六センチの牛刀。創の深さから見るに、犯人は比較的非力な人物と思われます。また現場から採取できた下足痕《ゲソコン》は、二十四・五センチのスニーカーでした」

ここで捜査員の一人が挙手した。

「非力で小柄な人物ということは、犯人が十代の可能性もありますね？」

一同がわずかにざわめく。

「『STエンタテインメンツ』がらみかも、ってことですね」

和井田に身を寄せ、岸本がささやく。

「インターネットで検索できた事実だけでも、該《がい》事務所はいかがわしい芸能プロです。所属タレントの大半が、九歳から十二歳。中には五、六歳の子どもまでいます。年端もいかない少年少女にきわどい水着を着せるのがメインの、いわゆるジュニアアイドル事務所です」

「えー、まだ犯人像の特定には早いかと」

演台で副主任官が咳《せき》払いした。

「十代前半の少年の可能性も、女性の可能性も、老人の可能性もあるとだけ言っておきます。ではつづけます。

現場は荒らされ、物色されていました。前述の第一発見者によれば、角田さん宅にはつねに二十万円から三十万円の現金があったそうです。また三須さんはネックレスや指輪、ピアスなど約百点を所持していました。この現金と、貴金属の大半が失われております。ただしブランドバッグ、時計などは手付かずでした。

遺体の衣服や、現場で採取された指紋、微物については科捜研に送りました。同じく現場から発見できた被害者両名のスマートフォンとともに、分析中です」

以上、と言いたげに副主任官がマイクを離した。

ふたたび捜査員の間から、質問とも野次とも付かぬ言葉が飛ぶ。

「第一発見者は、信用できそうなやつですか？　まずは裏取りからかな」

「マスコミ連中が邪魔です。広報担当から釘《くぎ》を刺してもらえませんかね」等々。

そのすべてを、副主任官は「追ってお答えします」でさばいた。

次いで捜査班の振り分けにかかる。

現場周辺をまわって聞き込みする地取り班、関係者を調べて被害者の人間関係を洗う敷鑑班、遺留品を精査する証拠品班の、おおよそ三つに分けていく。

和井田は敷鑑一班に割りふられた。

相棒は引きつづき岸本巡査長だ。

「和井田部長、あらためてよろしくお願いいたします」

「こちらこそ」

うなずいてから、和井田は言った。

「ところで、そのかたっ苦しい敬語をやめてくれ。タメ口でこられても困るが、もうちょいラフに頼む」

「ラフですね。了解です」

「ほんとにわかってるか？」

「わかっています。本職、迅速な適応と対応には自信があります」

きりりと答える岸本に、

「……まあいい、行くぞ」

和井田はため息まじりに出口を指した。

5

和井田たちが真っ先に会ったのは、『STエンタテインメンツ』の元社員だった。

第一発見者となった社員を、角田に紹介した男でもある。ただし自身は、その数箇月後に退職したという。現在はちいさな不動産会社で営業をしているそうだ。

会社を訪ねると、「いまちょうど帰るとこでした」とすんなり応じてくれた。駐車場に移動し、彼のカローラの横で話を聞いた。

「ニュース観てたまげましたよ。角田社長、ほんとに死んだんすか？　いやー、まだ信じらんないな。日本が滅びても最後まで生き残りそうな、ゴキブリ並みのしぶとい人だと思ってたのに」

三十代なかばの、軽薄そうな外見の男だった。

安っぽいスーツと対照的に、腕時計だけがオメガだ。そして、ほんのすこしも悲しくなさそうだった。

「四年前まで、『STエンタテインメンツ』にお勤めだったそうですね」

岸本巡査長が尋ねた。

「何年ほど、角田さんのもとで働かれたんですか？」

「十年くらい……いや、十二年か。まあ入社した頃は、おれも若かったすからね。羽振りのよさそうな角田社長に誘われて、ついふらふらっと」

「どのような業務を担当されていたんです？」

「おもにスカウトですね。けど社員がすくないもんで、マネージャー役も運転手も、基本はなんでもしましたよ」

「どうスカウトするのか、具体的にお聞かせ願えますか」

「具体的にって、うーん」

元社員は首をかしげた。

「最近は猫も杓子《しやくし》もSNSをやるんで、声かけやすくなりましたけどね。自撮りしてる可愛い子に、ダイレクトメッセージ飛ばせばいいだけだから。けど十二年前は地道にやってましたよ。歩いてる目ぼしい子に声かけたり、あとは雑誌にオーディションの広告載せたり」

「オーディション、ですか？」

「もちろん大したもんじゃないすけどね。雑誌って言ったって、無料で配ってるタウン誌とかだし。けど『芸能プロ』って書いとくだけで、けっこう応募が集まるんですよ。世の中、馬鹿親……じゃなかった、親馬鹿が多いですからね。『うちの子はアイドルばりの美少女だ！』と思いこんでる親が、毎回釣れるんです」

釣れる、の一言に、岸本の眉がぴくりと動く。彼女が不快感をあらわにする前に、和井田は素早く割りこんだ。

「扱ってたのは、ジュニアアイドルってやつらしいですね。すみませんが、そこから教えてもらえません？　アイドルとジュニアアイドルってのは、いったいどう違うんですか。すみませんね。警察ってそういうの、全然詳しくないもんで」

へりくだって問うと、

「あはは。それ普通です。アイドルもジュニアアイドルも、違いなんてわかりゃしないってのが普通。おまわりさん、めちゃ正常すよ」

元社員は破顔した。

「『STエンタ』は、U－12メインのジュニアアイドル事務所なんです。わかります？　U－12って」

「アンダートゥエルブ、つまり十二歳以下ってことでしょう。サッカーなんかでも使う言葉ですね」

和井田が調子を合わせる。元社員は指を鳴らした。

「そう、それそれ。まあ百聞は一見に如《し》かずで、どういうもんかは画像見りゃ一発でわかるんすけど」

スマートフォンを取りだして操作し、和井田に向かって画面を突きだす。

思わず和井田は、素早く横目で岸本をうかがった。女性が見て、けっして愉快ではない画像がそこにあった。

十二歳どころか八、九歳にしか見えない女児が、ほとんど紐《ひも》のビキニ姿で足を大きくひらいている。布地で隠れているのは、かろうじて乳首と局部だけだ。当然ながら、まったく凹凸のない体形である。

「それから、こんなのとか」

つづいて表示されたのは男児の画像だった。同じく局部だけ隠れた極小の海水パンツを着け、カメラ目線で棒アイスをしゃぶっている。五、六歳に見えた。

さいわい岸本は無表情を貫いていた。

和井田は作り笑顔のまま、

「なるほど。ロリコン向けのグラドルってとこか。でも見せてもらっといてアレですが、商売になるほど需要あるんですかね？」

「ありもあり！　需要大ありですよ！」

元社員が声を張りあげる。和井田は首をかしげた。

「へえ、おれはこの手の趣味がないんでわからないな。だって普通のグラドルと違って、雑誌やCMの仕事はないでしょう。写真集とかで稼ぐんですか？」

「写真集と、DVDね。あとはなんといっても撮影会と抱っこ会」

「撮影会？」

「有料イベントですよ。要するに料金徴収できる〝ファンの集い〟です。ファンたちが自前のカメラやスマホで、推しの子を撮影できるんです。ほら、AKBの握手会とかってあったでしょ？　向こうはアイドルと握手できるイベント、こっちはアイドルを撮影したり抱っこしたりできるイベント、ってわけ」

「発展形なんですね」

和井田は笑顔を崩さず言った。

「ところでその『撮影会』の画像もあります？　後学のため見ておきたいな」

「ありますよ。ちょっと変態の領域入ってきちゃうけど……。はは、でも合法だし、時効なんで逮捕しないでくださいね」

笑いながら元社員は再度スマートフォンを操作した。

今度の表示画像は、さらに過激だった。

マイクロビキニの女児に、カメラをかまえた数十人の男がむらがる画像。六、七歳の女児がみずからスカートをめくり、パンチラを撮らせている画像。はたまた超ミニスカートのアイドルと男たちがツイスターゲームで遊び、腋下《えきか》やスカートの中を接写させている画像。

「ヤバいっしょ？　ははは。でも普段はお堅い公務員とか、娘持ちのお父さんとかが意外と多いんすよ。まいっちゃいますよね」

「ですねえ。でもそういや、いま人気の若手女優さんも『STエンタ』に所属されていたとか？」

岸本から聞いた情報を、和井田はそらとぼけて訊いた。

「あ、もうバレちゃいました？」

元社員が手を叩く。

「当然です。マスコミにもとっくに嗅《か》ぎつけられてますよ。おかげで署のまわりがうるせえったらない。当時の彼女も、こういった撮影会に出たんですか？」

「出ましたよお。と言っても、もう十年以上前ですけどね。凜音《りんね》ちゃんは顔立ちが大人びすぎてたから、U－12としちゃ逆に人気なくてね。焦った親御さんが人気出させようと、ガンガンきわどい仕事入れて……ほら、こういうのです」

三たび、元社員が液晶を突きつけてくる。

「ああ、なるほど。これはまずいな」

和井田はあくまでにこやかに応じた。応じつつ、元社員にぐっと顔を近づける。

「いちおう言っときますけど——この手の画像、新たに流出させないでくださいね？　面倒なことになりますから。厄介ごとは、お互い御免でしょう？」

　元社員を解放して駅に向かう道中、

「……さすがですね。和井田部長」

　ぽつりと岸本が言った。

「あ？」

「あんなやつの言葉、いやな顔ひとつせず、にこにこ聞いて……。わたしは無表情でいるのが精いっぱいでした」

「そりゃ、あの場でいやな顔なんぞしたら、あいつはしゃべるのをやめたろうからな。吐き気のする糞《くそ》野郎でも、おだてなきゃいかんときはある。すべては犯人逮捕のためだ。大義のためならちょっとの間、節を曲げるくらいはなんてこたねえ」

「そういうところです」

　岸本は和井田を見上げた。

「そういうところが尊敬できると、三年前も思いました。和井田部長、あいかわらず素敵です」

「ありがとうよ。聡明《そうめい》な上に世辞も巧《うま》いな。岸本巡査長」

　にこりともせず和井田は言った。

「だが残念ながら、おれにはすでに心に決めた女性がいる。……現時刻は、ええと、九時ちょっと過ぎか。捜査初日からの泊まり込みは避けたい。あと一件聞き込みをして、今日のところは帰るぞ。いいな巡査長？」

「了解です」

肩を並べて二人は歩きだした。

6

次に二人が会ったのは、元社員の証言で浮かんだ同事務所の元幹部であった。

かつては「角田社長の右腕だった」という彼は五十代で、現在は実家の跡継ぎとしてレタス農家を営んでいた。

「『STエンタ』にいた頃は、それなりに美味しい思いもさせてもらいましたけどね。でもあんなの、大の男が一生やる仕事じゃありませんから」

よく日焼けした顔でにこにこと言う。朴訥《ぼくとつ》な笑みは、とても元芸能プロの人間には見えなかった。

「ええ、九時台のドラマでいま話題の北凜音《きた》ちゃんね。あの子、おれがスカウトしたんですわ。うちにいた頃はいまいち人気者にしてやれんかったから、路線変えてよかったんじゃないですか」

「幼い頃から、顔立ちが大人びていたそうですね？」

岸本が水を向けると、元幹部は得たりとうなずいた。

「そうなんですよ。素材は群を抜いてたんすけどねえ。けどアイドルってのは、容姿がいいだけじゃ人気出ませんから。一にキャラ立ち、二に愛想です。とくにジュニアアイドルはイベント主体ですからね、顔やスタイルがいまいちでも、神対応の子はコアなリピーターが付きます。

凜音はその点、ファンのロリコンたちを、あからさまに嫌ってたからな」

「ほう。嫌いになるきっかけでも？」

「いや、わりと最初っからでしたよ。父親くらいの歳の男たちが、自分のパンチラや食いこみ目当てにむらがってくるのがキモかったんでしょ。『その塩対応が、クールでいい！』なんてファンもいるにはいましたが、やっぱり神薙《かんなぎ》ケイちゃんみたいな愛想いい子のほうが、おしなべて人気は出やすいです」

元幹部は鼻を掻いて、

「まあ凜音はね、もともとアイドルになりたがってなかったし」

と言った。

「アイドル志望じゃなかったんですか？　歌手のほうがよかったとか？」

と岸本。

「いやあ。よくある話ですよ。本人はたいして乗り気じゃないけど、親のほうが血まなこってやつ。いわゆるステージママですね。凜音んとこは、典型的でした」

「わが子を有名にしようと必死、ってアレですか」

「それです。たとえば撮影会なんかでも、水着の取りあいがあるわけですよ。事務所はやっぱり人気の高い子順に水着を選ばせますからね。『ちょっと！　うちの子にもっと食いこむ水着をちょうだいよ！』『あのTバック、狙ってたのに！』ってな感じで、親のほうが目の色変えるんです。『Tバックさえ穿《は》けてたら、うちの子のほうがカメコ多かったのに！』なんてね」

「カメコ？」

「カメラ小僧の略です。ジュニアアイドルにカメラを持って殺到するファンたちのことですよ。

大半は三十代から五十代で、小僧って歳じゃありませんが」

「ごじゅう……」

岸本の頰がわずかに引き攣る。

和井田は質問役を替わった。

「後学のためお訊きしたいんですが、本人より親のほうが熱心、というケースは、全体の何割ほどですか？」

「うーん、七割？　いや八割強かな。本人たちは子どもですしね。注目されたりちやほやされるのが嬉しいってだけで、性欲のなんたるかもよくわかってませんから。その点、親たちはよーくわかってますよ。わかった上で、ジュニア期を足がかりにしてもっと有名にしようとする」

「なるほど。しかしねえ、おれたち素人から見ると、『もしのちのち売れたとしても、ジュニア時代の画像や映像がバレたら、トータルでマイナスなんじゃ……？』と思っちまいますね」

「はは。それが普通ですよ」

元幹部は愉快そうに笑った。

「でもママさんたちはもう〝渦中の人〟ですからね。アイドル本人より、わが、こ、と、になってしまってる。中にいると、視野が狭まって気づけないんです。目先の撮影会やイベントで、他の子よりわが子を目立たせることに躍起です」

「いま『ママさん』とおっしゃいましたね。やはり父親よりも、母親のほうが熱心ですか？」

「母親が九割ですね」

元幹部はあっさり認めた。

「そこは、アイドルが女児でも男児でも同じです。みなさん驚くほど似かよってますよ。母親は中の上くらいの美人で、その昔アイドルに憧《あこが》れた過去がある」

「かなわなかった自分の夢を、わが子に託すんですな」

「おそらくね。そして父親のほうは対照的に、家庭に無関心です。たまーに現場に付いてくることはあっても、たいがいわが子よりスマホ見てますね。娘がカメコにパンチラ撮られても、ふーんって顔してます。男児アイドルの場合なら、現場に父親が来ることはまずあり得ません」

「ふむ。ではもうひとつお訊きしたいんですが」

和井田は笑顔のまま言った。

「かつてジュニアアイドルだった子たちが過去を後悔し、角田さんに脅迫まがいの真似をしたり、社員に危害を加えようとしたことはありますか？」

「ああ、そりゃまあ」

元幹部がてきめんに口ごもった。

「でも、事前に契約書を交わしてますからね。さすがにそこはちゃんとしてますよ。だから、あとでゴネられたってねえ」

「いやいや、だからこそです。契約書を盾に取られ、法では苦情を言えないからこそ、強硬手段に出る元アイドルや家族もいたのでは？」

和井田は言いつのり、

「北凜音とも、揉《も》めてらっしゃったようだ」

とかまをかけた。これは賭《か》けだったが、元幹部は瞬時に顔いろを変えた。

「そんな……、凜音に文句言われる筋合いはないですよ」

口をへの字に曲げ、吐き捨てる。

「あの子にひどいことをした覚えはない」

「ほう。では、どの子にならあるんです？」

和井田は冷笑した。

元幹部は一瞬ぐっと詰まり、すぐにそっぽを向いた。

「昔ですよ、大昔。——なんであれ、とっくに時効だ。だいたい『アイドルになりたい、有名になりたい』とむらがってきたのは向こうなんですよ。いっときでもいい夢見せてやったんだから、恨むどころか感謝してくれなきゃあね」


和井田と岸本は、元幹部に礼を告げて質問を切りあげた。

腕時計を覗くと、夜の十時をまわっていた。

「帰署して報告を済ませたら、今日のところは帰るぞ。これ以上社員をつついても益はなさそうだ。明日からは被害者側——じゃなかった、元アイドル側からの主張を聞くべきだろうな」

「マル害たちの家から、古いアドレス帳やタレント名簿が見つかったそうです。おそらくはその名簿からたどれるかと」

岸本巡査長はうなずいてから、

「……どうも『STエンタ』は、ただのジュニアアイドル事務所じゃなさそうですね。写真集の出版だの撮影会だのより、もっとヤバいことをやってた気がします」

「同感だ」

和井田は首肯して、

「北凜音とかいう子には悪いが、事務所の過去を掘りおこす必要がある。ふん。容疑の的を絞りきれんほどの怨恨が、ざくざく出てくる予感がするぜ」

と顎《あご》を撫《な》でた。

7

翌日の午前九時十五分。

白石は埃焼《ほこり》けした床に膝《ひざ》を突き、黙々と掃除し、ゴミをかたづけ、山のように積まれた本を整理していた。

白石と果子の住むマンションではない。電車で四駅離れた街に建つ、一軒家だ。

ゴミ屋敷というほどではなかった。しかし充分に埃くさく、黴《かび》くさく、蜘蛛《くも》の巣だらけだった。住人はものを捨てられないタイプだったらしく、古い家電、古い衣服、壊れた家具、とりわけ山のような蔵書が各部屋を埋めていた。

――父が、死の寸前まで住んでいた家だ。

ふうと息を吐き、白石はひびの入った皿を段ボールに放りこんだ。

伯父、つまり父の実兄との電話は簡潔に終わった。

「おまえのお父さんが、先々月に死んだ」

まるで感情のない声で、伯父はそう告げた。

「遺体はこちらで直葬にした。初七日も、四十九日も済ませた。財産も借金もいっさい遺《のこ》していかなかったから、面倒ごとはない。そこは安心してくれ。だがひとつだけ、相談がある」

その相談とやらが、邸内の遺品整理についてであった。

父が住んだこの家は借家なのだそうだ。一年ごとの更新で、契約は八月末日で切れる。だからして八月三十一日までに、すべての遺品を整理して引きあげ、家をある程度きれいにして明けわたさねばならない。

「すまんな。二箇月も経ってからの連絡で」

伯父は言った。

「だが弟の遺言が見つかったんだ。『おれが死んでも、洛や果子には連絡するな。一人で静かに逝《い》きたいんだ』とな」

「――ああ」

白石は電話口で苦笑した。

「それは、父らしいですね」

電話を切った白石は、その夜、夕飯の席で果子に話した。

もう二十年以上会っていない実父の死。そして彼の遺品整理について、伯父から電話があったことを。

「伯父いわく、廃品回収業者やハウスクリーニング会社に頼んでおしまい、でいっこうにかまわないらしい。だがその前に、ぼくらの意向を訊いておきたかったそうだ。ほんとうに全部、事務的に処理してかまわないのか、と」

「お兄ちゃんは、どう思うの」

「ぼくは遺品整理と掃除くらいは、引き受けようと思ってる」

その日の夕飯は、簡単に蕎麦《そば》にした。父の死を知ったせいか、さすがに食欲がなかった。

自分のぶんはかけ蕎麦のみにし、果子には出汁《だし》巻きたまご、ほうれん草のごま和《あ》え、稲荷《いなり》ずしの皿を添えた。ただし稲荷の油揚げは、市販品で手を抜かせてもらった。

「遺品整理、わたしも手伝うよ」

「馬鹿言え。おまえは仕事があるだろ」

言下に白石は却下した。

果子は忙しい身だ。毎日朝六時半に起き、八時にマンションを出て、会社から帰ってくるのは深夜だ。これ以上負担はかけられない。

「でも」

「でもじゃない」

白石は言い張った。

「第一おまえは、ぼく以上に父のことを覚えていないだろう。……大丈夫だ。家事の合間にやれるから、おまえはなにも気にしなくていい」

というわけで、白石はいまこの家にいる。

エプロンを着け、ゴム手袋をはめ、顔の下半分をマスクと三角巾《きん》で覆い、わた埃や蜘蛛の巣と格闘している。

借家は平屋ながら、五部屋もあった。うち一部屋は寝室、うち一部屋は食卓のある居間で、残りの三部屋は物置だった。たぶん物置のつもりはなかっただろうが、結果的にがらくたで溢《あふ》れていた。

トイレの床は、歩くとスリッパの裏がじゃりじゃり鳴った。浴室は湯垢《ゆあか》と黴と、大量の抜け毛にまみれていた。

台所には炊飯器もレンジもオーブントースターもない。かろうじて置かれた冷蔵庫の中では、食パンが黴の塊と化し、卵が腐っていた。

——両親が離婚したのは、ぼくが七歳のときだ。

手を動かしつつ、白石はぼんやり考える。

白石は当時、小学一年生だった。果子はまだ保育園児である。

父と母は同僚だった。ともに有名製薬会社で働いていた。父は企画開発部の製剤研究室にいた。白石が知る限り、離婚後も転職しなかったはずだ。

——お父さんはね、すっごく優秀だったのよ。心から尊敬できる人だった。だから好きになったの。

母から何度か聞かされた言葉だ。

——でも家庭人としては、駄目だった。父親としてもね。

父は研究以外のことには、およそ興味のない人間だった。食べるものにも、着るものにも無《む》頓着《とんちゃく》。流行《はや》りの曲や映画などには目もくれなかった。己の知能に絶対の自信があり、傲岸《ごうがん》なほどだった。

——そういうとこが、クールでストイックに見えたのよね。

しかし実際の父は、べつだんクールでもストイックでもなかった。すぐ不機嫌になり、子どものようにすねた。

白石が覚えているエピソードのひとつに、こんなものがある。

確か、お盆だった。父方の実家に、一家四人で墓参に向かったのだ。

父は運転免許証がないため、ハンドルを握るのは母である。夏休みの常で、道路はひどい渋滞だった。

渋滞にはまってわずか五分で、助手席の父は舌打ちと貧乏ゆすりをはじめた。低いつぶやきが、車内を満たした。

――だからいやだったんだ。こんなに暑いのに、こんなに人だらけなのに、なんで外に出るんだ。墓参りなんて馬鹿馬鹿しい。なにがお盆だ。非科学的だし、前世紀の遺物だ。

――墓参りなんかバーチャルで充分だ。親戚に会う必要性も感じない。時間の無駄だ。なんて無為な時間なんだ、くだらない。くだらない。くだらない。くだらない。くだらない。くだらない。くだらない。くだらない！

やめて、と母が諫《いさ》めると、一転して父は黙りこんだ。ふくれっつらで窓の外を睨《にら》み、その後はいくら母が機嫌をとっても無視しつづけた。

白石は気まずかった。居心地が悪かった。

どうしてお父さんはいつもこうなんだろう、と思った。隣のチャイルドシートで眠る果子を眺めながら、内心でうんざりしていた。

その頃の白石の語彙《ごい》に〝うんざり〟という言葉はまだなかった。だが心境はまさしくそれだった。父と一緒に行動すると、毎回その〝うんざり〟がやって来た。

父はおよそ我慢というものを知らなかった。不遜でわがままで、子どもっぽかった。絶えず不機嫌だった。「不機嫌でいることは、おれの権利」とでも思っているようだった。

母が父よりも子どもたちを優先すると臍《へそ》を曲げ、母が風邪で発熱すると怒った。母に対抗するように自分も熱をはかり、

――見ろ。六度八分もある。おれは平熱が低いんだ。おれのほうが具合が悪い。おまえは八度七分？　だからなんだ。母親のくせに熱を出すなんてたるんでる。おれの母さんは、熱なん

か出したことはなかった。

と癇癪《かんしゃく》を起こした。

その父も母も、すでに亡い。

固く絞った雑巾で畳を目に沿って拭《ふ》き、白石は嘆息する。

母は数年前に死んだ。そして父は、先々月この家で息を引きとったという。入浴中の心臓麻《ま》痺《ひ》だった。

発見したのは伯父の妻だったそうだ。彼女以外、この借家に近寄る者はいなかった。彼女もまた、夫の親類に振りまわされた人生だった。

――洛ちゃんは、大人ねえ。

――落ちついて、聞き分けのいい子だこと。

子どもの頃、親戚たちによく言われた。父方母方を問わず、みな驚いたようにそう言った。

その声音に、幼い白石は言外の含みを嗅ぎとった。

――顔はお父さん似なのに、中身は似なかったのね。

――数彦《かずひこ》さんより、この子のほうがよっぽど大人だわ。

――数彦さんの奥さんも大変ね。子どもより厄介な〝大きな長男〟を抱えて。

白石は複雑だった。誉められて嬉しい反面、父が恥ずかしかった。

〝大きな長男〟は、実際に親戚たちの口から洩《も》れ聞いたフレーズである。父のことだ。四十を過ぎた父が、母に幼児のように世話されているのを見て、誰かが嘲笑《ちょうしょう》まじりに言ったのだ。

――あの家には、子どもが三人いるのね。

と。

離婚したあと、父は家政婦に家事を頼んでいたらしい。

しかし家政婦相手にも癇癪を起こすので、何度も人が替わり、しまいにはブラックリストに入れられた。

しかたなく伯父の妻が一人で面倒を見ていたが、彼女とも仲たがいした。

その後は孤独だったようだ。この借家を追いだされなかったのが、不思議なくらいである。

白石はバケツを引き寄せ、真っ黒になった雑巾をゆすいだ。バケツの水はどろどろに濁り、埃や虫の死骸《しがい》が浮いた。

水を替えに、白石は立ちあがった。

早くも腰が痛い。腕の筋肉が悲鳴を上げつつある。

はじめのうちは「まずは本を分類し、整理して、売れるものとそうでないものに分ける。箱ごとに食器なら食器、小物なら小物と分けて詰め、必ず緩衝材を――」などと考えていた。

しかし小一時間格闘したいまならわかる。無理だ。とうてい仕分けなどしていられない。掃除して、がらくたを箱に詰めるので精いっぱいだ。

「……いまだけでいいから、和井田並みの体力と腕力がほしい……」

愚痴りながら、白石は洗面台にバケツの汚水をあけた。

8

『那珂男女殺害事件』の第二回会議は、予定どおり朝九時にはじまった。

昨日と同じく、副主任官が司会を受け持つ。

和井田と岸本は、長テーブルの二列目に陣取った。演台のほぼ真ん前と言える、特等席である。

「えー、鑑識および科捜研から上がった情報を、ひとまず報告いたします。現場から、被害者両名のものではない少量の血液を採取できました。おそらく刃物をふるった際、柄を持つ手が血ですべり、刃で傷つけたものと思われます。こちらの血液は科捜研に送付済みで、DNA型を割りだしてもらう予定です。

また洗面所の蛇口、金庫のダイヤルからも、血液と指紋を採取しました。前者は手を洗ったとき、後者は金庫を開けようとして付いたものでしょう。ただし暗証番号がわからなかったようで、金庫の中身は手付かずでした。中身は土地家屋の権利書、通帳、実印、借用書、債券などです」

副主任官は言葉を切り、眼鏡を押しあげた。

「指紋は過去のデータにヒットなし。血液、指紋および下足痕は、マル害と第一発見者を除けば各一人ぶんしか見つかっておらず、現段階では単独犯と推定されます。下足痕の靴と、犯行に使われたパイプ洗浄液については、証拠品班からお願いします」

前列の捜査員を手で示す。

指された捜査員が立ちあがり、替わってマイクを持った。

「証拠品一班より報告いたします。靴裏の文様からして、下足痕はM社のゴアテックスタイプと特定できました。サイズは二十四・五センチ。県内の販売店舗は、追ってリストアップします。

またパイプ洗浄液は、P社の製品でした。こちらは粉末と液体の両製品あり。液体のほうは医薬用外劇物指定でないため、ホームセンターなどで簡単に買えます。主成分は水酸化カリウムで腐食性。皮膚に付着すると、発赤、痛み、水疱《すいほう》、重度の熱傷などを引き起こします」

正面のプロジェクタースクリーンに、被害者両名の顔面が大写しになる。

広範囲の皮膚が、はっきりと赤くただれていた。よく見れば、目のまわりのただれがとくにひどいとわかる。最初から、目を狙って振りかけたのだ。

――こりゃあ、予想以上に計画的だな。

和井田はひとりごちた。

犯人は小柄で非力な人物らしい。対する被害者両名は、どちらも肥《ふと》り肉《じし》だった。三須しのぶは身長約百六十センチ、体重は推定七十五キロ。角田精作は身長百七十五センチで、推定九十キロだ。

――まともに向かってかなう相手じゃない。だから、まず目をつぶした。

怨恨でないなら、そうとうに冷酷な犯人と言える。

腐食性とわかっている洗浄液を他人の顔面にぶちまけるのは、普通の人間ならば、つい本能的にためらう。

その点、この犯人はいたって手際がよかった。掃き出し窓をガラス切りで切り、鍵《かぎ》を開け、被害者たちが気配で目を覚ます前に洗浄液を振りかけている。逡巡《しゆんじゆん》も迷いもないからこそ、なし得た犯行であった。

証拠品班の捜査員がマイクを副主任官に返した。演台を降り、もとの席に戻る。

副主任官が咳払いして、

「つづけます。えー、殺害現場となった角田邸内からは、被害者両名のスマートフォン各一台、ノートパソコン一台を発見、分析中であります。いまのところ確認できているのは履歴のみですが、角田さんのSMS履歴から、複数の女性と性愛関係にあったことが認められました」

捜査員の間から、嘆息に似た声がいくつか洩れた。

「えー、お静かに。SMSの内容からして、お相手は角田さんが経営する芸能プロダクションの、所属タレントの母親たちと思われます。現在確認できている相手は三人ですが、今後増える可能性もあります。また角田さん宛てに、脅迫めいたメールを送っていた人物も、いまのところ二人確認できました」

「三須しのぶのほうはどうした？」

前列から、ベテラン捜査員が野次とも質問とも付かぬ声を飛ばす。

副主任官はじろりと彼を見て、

「三須しのぶ〝さん〟な」

と短くたしなめた。マイクを持ちなおし、

「えー、三須しのぶさんのスマートフォンの履歴からも……」

言いかけた言葉が途切れた。会議室の引き戸が、突然開いたせいだ。入ってきたのは背の高い白衣の男性だった。

男性は幹部が居並ぶ雛壇に駆け寄り、主任官になにやら書類を渡した。ただごとではないと見た副主任官が「失礼」と言い、マイクを離す。

「あの白衣の人、科捜研の研究官ですね」

岸本が和井田にささやいてくる。

「なにかあったようだな」

和井田もささやきを返した。

数分、雛壇での話し合いがつづいた。主任官の眉間に皺が寄っている。副主任官の顔には戸惑いがあった。

やがて副主任官が演台に戻り、マイクを握った。

「えー、失礼。ただいま入った情報をお知らせします」

表情に、いまだ困惑が濃い。

「現場から採取できた微物のうちひとつに、不可解――というか、奇妙な点が浮かんだようです」

科捜研の職員がプロジェクターを操作する。スクリーンに証拠品袋が映しだされた。

「和井田部長」

岸本が身を寄せてくる。

「おう」

和井田は唸るように応じた。間違いない。つい昨日、岸本が「干からびたチーズのかけら」と評した採取物であった。

副主任官が書類をめくり、

「科捜研が分析した結果、こちらは死蝋《しろう》化した人体組織だったそうです」

と言った。

「えー、死蝋とは蝋状に変化した死体を指します。死体が水中や水分の多い土中にあって空気との接触を断たれると、脂肪酸が生じ、カルシウムやマグネシウムと結合して石鹸《せっけん》様、チーズ様、石膏《せっこう》様になります」

スクリーンの画像が切り替わった。

ふたたび捜査員の間から、ざわっと声が起こる。

それは、ひどく醜いマネキン人形に見えた。ミイラにも見えた。同時に、激しく損壊された遺体にも見えた。唇はなく、歯列が剝《む》きだしだった。全体に黒ずんでいながらも、人体にはあり得ぬ、つるりとした奇妙な質感をたたえている。

「こちらはあくまで参考資料です。現場にあった採取物は――おそらくこれほど古くないため、やや白っぽいチーズ様だったと思われます」

説明しづらそうに、副主任官は言った。

「ちょっと待て」

さきほど声を上げたベテラン捜査員が、挙手した。

「それはつまり、犯人が現場に死蝋のかけらを落としていったってことか？　それとも角田邸にもともとあったもんなのか？　被害者たちもしくは犯人は、死体コレクターなのか？　死蝋ってのは一朝一夕にできるもんじゃねえぞ。人体組織が蝋状に変質するからには、そうとう古い死体のはずだ」

「いまの段階では、なんとも言えません」

副主任官は封じるように声を張りあげてから、

「……いまのところ、ほかに死蝋や死骸があったとおぼしき痕跡《こんせき》は、邸内から見つかっておりません。あらゆる可能性を視野に入れて捜査していく方針に、今後も変更はありません」

と締めくくった。

会議を終え、それぞれの捜査班がそれぞれに散っていく。

その前に、和井田は東村係長に呼び止められた。

「和井田。金庫から見つかった借用書の相手や、角田の不倫相手については庶務班に整理させておく。今日は予定どおり、『STエンタ』の元アイドルや家族からたっぷり聞き込みしてこい。どうやら今回のマル害たちは、叩けば叩くほど濃ゆーい埃を出してくれそうだ」

「了解です」

和井田は首肯し、岸本をうながして会議室を出た。

9

和井田と岸本は、北凜音の叔母《おば》に会った。凜音の実母の妹である。

叔母一家が住む家の三和土《たたき》で、三人は話をした。

「凜音のところには絶対に行かないでください。あの子、いまが大事な時期なんです。代わりにわたしがなんでも答えますから」

そう言いながら、叔母は頰を硬くしていた。

凜音の両親はしばらく前に離婚したらしい。父親は再婚済みで、母親は富山の実家へ戻った。現在はこの叔母が、凜音の母親代わりだという。

「ではまず、なぜ『STエンタテインメンツ』に凜音さんが所属することになったのか、そこからお聞かせください」

岸本が言った。叔母は無意識のように額を拭《ぬぐ》って、

「きっかけは、スカウトだったと聞いています。姉――つまり凜音の母親と二人で繁華街を歩いているとき、声をかけられたそうです。姉はそれで、有頂天になってしまって……以来、『凜音を有名アイドルにするんだ！』と躍起でした」

「スカウト以前はどうだったんです？　その前は、アイドルにはまるで興味なかったんですか？　それとも前々から野心はあった？」

「後者、ですかね」

叔母は歯切れ悪く言った。

「話がさかのぼりますが……そもそも、わたしたちの母が厳しい人だったんです。衿《えり》ぐりの広いTシャツは駄目だとか、膝が出るスカート丈は駄目だとか。可愛い服なんて、買ってもらえたことはなかった。自分のお小遣いやバイト代で買っても、やはり叱られました。わたしはそんな母に反抗しましたが、姉は言いなりでしたね。

その反動でしょうか、凜音が生まれた途端、姉は可愛い子ども服を山ほど買いこみ、凜音を着せ替え人形にしました。また凜音も、両親のいいとこどりみたいな可愛い子に生まれたものですからね、なにを着せても似合ったんです」

「スカウトされたとき、凜音さんはいくつでした？」

「八歳だったと思います。小学二年生ですね。デビューは、その半年後くらいだったでしょうか」

「やはり水着などを着てのデビューですか？」

「ええ……」

叔母はうつむいた。

「そのデビュー写真を見たとき、あなたはどう思われました？　正直なところをお願いします」

「正直言うと、そりゃ、引きました」

額の汗を拭う。

「大はしゃぎの姉には『すごいね、可愛いね』としか言えませんでしたけど。ふくらんでもいない胸に、ほんのちょっとの布地が張りついたような水着で……。なのに姉は気にするどころか、『次はもっとエッチなのを着せてもらうわ。そのほうが人気が出るんだから』なんて鼻の穴をふくらませてました。どうしちゃったんだろうと、こっちが怖くなったくらいです」

「凜音さんの父親は、反対しなかったんですか？」

岸本は前傾姿勢になった。

「普通の男親なら、娘のそんな姿は不愉快だと思いますが」

「いえ、お義兄《にい》さん――正確には元義兄ですが、あの人はまるで無関心でした」

叔母の顔に、はじめて薄い苦笑が浮かぶ。

「お仕事が忙しかったとか？」

「公務員でしたから、残業があっても七時には帰ってたみたいですよ」

突きはなすように彼女は言った。

「というか公務員だからこそ、母がお見合いに乗り気になったんです。姉本人の意思よりも、母の意向が強い結婚でしたね。絆《きずな》の薄い夫婦でした。だからよけい、姉は凜音の活動に入れこんでしまったんでしょう」

「失礼ですが、お姉さんは専業主婦でいらしたんですか？」

「パートの事務員でした。と言っても週五日で、九時から四時まででしたから、ほぼフルタイムと変わりないかと」

「では彼女は毎日のパートと、家事育児、そして凜音さんのステージママもこなしていらした？」

「ですね。でも当時の姉にとって、凜音のステージママをすることは、息抜きだったと思います。生き甲斐《がい》、と言ったほうがいいでしょうか。すくなくとも充実していたし、現実を忘れられたんだと思います」

「凜音さん本人はどうでした？　ジュニアアイドルであることを楽しんでいましたか？」

「それは……いえ」

わかりやすく眉が曇った。

「八、九歳の頃は『ママが喜ぶから頑張ろう』くらいの感覚でした。でも十歳を過ぎれば、子どもでもだんだんわかってくるじゃないですか。小四くらいからは、はっきりといやがってましたよ。うちに家出してきては『イベントいやだ、キモい』『変な水着もいや。学校でからかわれる』って愚痴ってました」

「凜音さんは、いくつまで『STエンタ』にいたんです？」

「小六でやめたから、十二歳まででですね。姉はつづけさせたがったけど、凜音がいやだと言い張ったんです。生き甲斐をなくした姉は、一気に老けこみまして……」

叔母はため息をついた。

「姉は、鬱《うつ》になりました。朝起きられなくなり、家事ができなくなった。義兄はそんな姉を怒鳴りました。一方の凜音は『自分のせいだ』と落ちこみ、自傷をはじめ……。わたしが保護しなかったら、あの子はどうなっていたかわかりません」

唇をきつく嚙《か》む。

和井田はそこで割りこんだ。

「『ＳＴエンタ』をやめるときは、引きとめられませんでしたか？　社長と揉めたようなことは？」

「凜音はさほど人気がなかったので、強く止められはしなかったです。ただ」

「ただ？」

「そのう……『最後だから、映画を撮ってみない？』という誘いは、あったようです。姉は心を動かされたようでしたが、凜音が拒みました。どうも凜音は、それがどういう映画なのか、ほかの女の子たちから聞いて知っていたようで」

「ポルノ映画、ということですか」

和井田の目が光った。

「そうです。『ＳＴエンタ』ではなく、知人の制作会社が撮るという建前でしたが、どう考えても……ですよね。ともかくそこで凜音が『絶対に出ない』と言い張り、『ＳＴエンタ』とは縁が切れました」

だが余波は残った。凜音の母が鬱になったことを機に、夫婦仲は一気に悪化した。

凜音が中二のとき、彼らはついに離婚。療養のため、母親は実家に帰った。父親は、離婚後すぐに見合いで再婚した。

父親は心身ともに健康だったが、凜音を引きとりたがらなかった。しかたなく彼女は、高校卒業までを叔母の家で過ごした。叔母のもとには娘が二人おり、さいわい姉妹同然に仲がよかった。

凛音はその後、本人の希望で劇団に所属したという。本格的に演技を学び、十九歳で再デビューできた。

現在は二十三歳で、実力派の若手として注目を浴びつつある。

「いまの凛音の姿こそ、姉に喜んでほしいんですけどね……。でも姉は『あんなの、わたしの娘じゃない。ああなってほしかったんじゃない』と拒否しつづけています。姉は角田に心酔していましたからね。角田抜きで成功した凛音を、『憎たらしい』と言うことすらありますよ」

叔母の頰が歪《ゆが》んだ。

和井田は息を吸いこんだ。ここからが本番である。

「では角田精作が殺されたと聞いたとき、あなたはどう思われましたか?」

「どう、って」

叔母が小首をかしげる。

「そりゃ驚きはしましたよ。けど反面、納得でしたね。ああそうか、殺されたんだ、やっぱり……という感じでした」

「と、言われますと?」

「だってねえ、うさんくさい人でしたもの。子どもを使ってあんな商売をするような人、まともな死にかたはできないでしょうよ。うちの凛音はさいわい回避できましたが、例の映画に出てしまった子も、すくなくないようですし」

「その映画に出た子のお名前はわかりますか?」

「フルネームはわかりません。でも凛音が『ツボミちゃんとか、メルちゃんは撮らされた』と言ってましたね」

「ツボミちゃん、メルちゃんというのは芸名でしょうか？」

「わかりません。わたしはそこまで業界にかかわっていなかったし」

叔母が頬に手を当てる。その手に傷はなかった。両手ともきれいなもんだ、と和井田はひとりごちた。

犯人は手に切創を負ったはずである。「ポルノ出演を回避できた」というのは嘘で、売り出し中の姪《めい》のため証拠隠滅しようと犯行に及んだ――という筋書きも考えられるが、手に傷がないのでは犯人たり得ない。

――今後の捜査で北凜音のポルノ出演が判明したら、わからんがな。

ともあれこの家の誰かが犯人だとしても、身元は全員しっかりしている。容易に逃亡できる身ではない。

最後にアリバイを確認し、和井田たちは叔母の家を離れた。

10

「もう昼だな。牛丼でいいか？」

「もちろんです」

外まわりをする捜査員の食生活は、お世辞にも豊かではない。牛丼、立ち食い蕎麦かうどん、コンビニのおにぎり、菓子パンのローテーションだ。とにもかくにも、早く食えることが大事である。

和井田は牛丼の大盛り、岸本は並盛り。無料の味噌《みそ》汁と水で、流しこむように食べはじめた。

「和井田部長」

「ん？」

岸本が指すほうを見やる。テレビだった。

映っているのは昼どきのワイドショウらしい。若い女性が壇上でフラッシュを浴びている。

「北凜音ですよ。『ＳＴエンタ』の件で記者会見してるみたい」

「ほう」

和井田は牛丼をかき込みながら、北凜音の手を見た。無傷だ。マイクを握った両手は真っ白で美しかった。爪が割れた様子もない。

そこで突然、ニュースが切り替わった。

男性のニュースキャスターが大写しになる。

「速報です。茨城県大洗町《おおあらいまち》のコンビニ駐車場にて、女子中学生五人が突然刃物で襲われ、一人が死亡、四人が重軽傷を負うという事件が起きました。犯人は刃物を持ったまま、いまだ逃走中……」

「おいおい」

思わず和井田は丼を置いた。

「大洗町で無差別殺傷？　いや、まだ無差別と決まったわけじゃねえか。昨日の今日で、また捜査本部《チョウバ》が立つのかよ」

「大洗なら捜本《そうほん》設置は水戸《みと》署ですね。本部の捜一はいま、どの班が待機……」

でしたっけ、と言いかけた岸本の声が、着信音でかき消された。

和井田のスマートフォンだ。

液晶を覗く。牛丼屋に入る前に、捜査本部に入れたメールの返事だった。ほかの客には聞こえぬ程度の小声で読みあげる。

「マル害宅にあったタレント名簿に〝森長《もりなが》つぼみ〟と〝姫野《ひめの》メル〟の名があったそうだ。どちらにも赤ボールペンで囲いあり。森長つぼみは本名だが、姫野メルは芸名で、本名は肥田野芽衣《ひだのめい》。住所と連絡先は……変わっていそうだが、近所に訊いてまわりゃあ、なんとかなるか」

だが残念ながら、森長つぼみは数年前に自殺していた。

連絡が付いたのは、つぼみの三歳上の兄であった。彼が二十七歳だというから、つぼみは生きていれば二十四歳のはずだ。

「『STエンタ』の社長、殺されたんですね。まあ、自業自得でしょ。むしろ長生きしすぎたくらいです」

自動車ディーラーで整備工をしている兄は、三十分休憩を取り、淡々と答えてくれた。軍手をはずしたその手に、やはり傷はなかった。

「つぼみは六歳から九歳まで、『STエンタ』でジュニアアイドルをやってました。一番ちやほやされたのは、六歳から七歳の間くらいかな。おれもガキだったんで、『妹が芸能人なんてすげーじゃん』くらいしか思ってませんでした。けど、いま思うとヤバすぎですよね。六、七歳の子どもに食いこみ水着を着せて、変態どもに写真売ってたんですから」

彼は顔をしかめ、

「同僚に娘持ちが何人かいますけど、六、七歳なんて赤ちゃんみたいなもんですよ。この歳になると、あらためて気持ち悪りいや」

と声を落とした。

「妹は、言っちゃなんだけど、そんなに可愛い顔立ちじゃなかったです。子どもらしい顔はしてましたけどね。七歳まではその層のタレントがすくないんで、そこそこ売れました。でも八歳越えると、やっぱ容姿が可愛い子に人気が集中するんですよ。和泉沢《いずみさわ》なんとかちゃんみたいな、演技派は別としてね。悩んでたとこへ、角田の知人とかいう男が持ちかけてきたわけです。『つぼみちゃんは演技のほうが向いてると思う。撮影費用は出してもらわなきゃいけないけど、どうです、映画に出てみませんか』

なんてね。その撮影費用がいくらだったと思います？　百五十万ですよ。さすがに母も迷ったみたいだけど、『お子さんが有名になるための必要経費です』なんて言われて、払っちまった」

兄の声は、苦渋に満ちていた。

「両親はその頃、はっきり言ってうまくいってなかったです。あからさまに不仲でした。母は、おれとつぼみに期待するしかなかったんでしょうね。おれを馬鹿高い塾に行かせ、つぼみをアイドルにしようと必死だった。そのために、夜中まで働いてました。父はよそに女がいたらしくて、ろくに帰ってもこなかった」

「映画のほうは、どうなったんです？」

岸本がおそるおそる、というふうに問う。末路はわかっていたが、訊かぬわけにもいかない。

「いちおう、出来あがりましたよ。……エロDVDでした。どうりで母を撮影場所に立ち入らせなかったわけだ。たった九歳の妹を、大人たちがよってたかっておだてて、脱がせて……。どんな内容だったのか、おれたち家族が知ったのは、DVDが市場に出まわってからです。

その頃には角田の知人や制作会社とは、とっくに連絡が取れなくなっていた。母は百五十万むしられた上、娘のポルノを撮られたんです。角田に抗議しても無駄でした。『STエンタの仕事じゃないんで、そう言われても困る』『うちとは関係ない』の一点張りでね」

「つぼみさんは、その後は？」

「当時はわかってなかったみたいです。小学校こそ一回転校しましたが、中高時代は普通に過ごしてましたね。でも……」

兄は言葉を詰まらせた。

「十七歳のとき、あいつに彼氏ができたんです。ほんとうに好きな相手ができて、なんというか、相手といい雰囲気になったとき——フラッシュバック、っていうんですか？　撮影のときの記憶が、急によみがえったらしくて」

その日以降、つぼみは人が変わってしまった。呻《うめ》くように兄は言った。

「あたしは汚い、汚い」「死にたい」と繰りかえし、自傷するようになった。彼氏ともうまくいかなくなった。

腕は、リストカットやアームカットの傷跡だらけになった。精神科にも通わせたが、めざましい回復はなかった。

そんな娘の姿に、父は「おまえがアイドルなんかやらせるから」と母を責めた。

母は「あなただって止めなかったじゃない。なによ、家のことなんかほっぽらかして浮気してたくせに」と怒鳴りかえした。

つぼみが死んだのは、十九歳の秋だ。

部屋のドアノブにビニール紐をかけ、縊《くび》れ死んでいた。

両親は離婚した。当時大学四年生だった兄は、就活どころか、ショックで外にも出られなくなった。

休学して精神科に通ったが、結局は復学できずに除籍になった。その後も人と向き合う仕事には就けず、一人で作業できる整備工を選んだという。

「……父の言うことも、一理あるんです。確かに母は馬鹿でしたよ」

兄はため息とともに言った。

「でもおれは、母を嫌いにはなれない。逆に父のことは、はっきり嫌いですね。母は馬鹿なりに、子どもに対して一生懸命でした。父は……なんだろうな、空気？　いや空気ですらなかったです。〝いるけど、いない人〟って感じでした。家の中にいるときでも、父は〝家庭〟の中にはいなかった。つぼみがああなっても、最後まで逃げつづけた。かかわろうとせず、ただ母を責めるだけだった。つぼみの一周忌にも三回忌にも、あいつは顔を出しませんでした」

気づけば〝父〟が〝あいつ〟になっていた。

現在、彼は実家の近くで一人暮らしをし、週に二回ほど母親の様子をうかがいに通う日々だという。

父親は音信不通で、どこでなにをしているかも知らないそうだ。


和井田たちは次いで、肥田野芽衣の元同級生から話を聞いた。

芽衣は現在、消息不明だという。

「小学一年から四年までかな？　子どもなのに、グラビアアイドルみたいなことしてました。陰ではけっこう悪口言われてましたよ。わたしも母に『あの子と仲よくしないで』って言われたし……。だってほら、普通のアイドルじゃなかったですもん。歌手とかならうらやましいけど、あれじゃねえ」

言いづらそうに、しかし率直に元同級生は話した。

「はい。小学生のときにエッチDVDを撮ったんですよね。知ってます。ネットに流れたのを、データごと学校に持ってきた男子がいて……。芽衣ちゃん、それで学校に来なくなっちゃったんです。わたし、プリントとか何度か持っていきました。でも顔見せてくれたことは、一度もなかったな」

その後、芽衣は不登校をつづけた。中学校には一日たりとも登校しなかった。

一家は芽衣が十六歳のとき転居していったが、近隣の誰にも告げぬ、夜逃げ同然の引っ越しだったという。

「去年の同窓会で、芽衣ちゃんの話題が出ました。AV女優として、二本くらいDVDを出したみたいです。確かなのはそこまでで、いまは風俗にいるとかなんとか、変な噂ばっかり。元気なのか、死んでるのかもわかりません」

「あなたの目から見て、芽衣さんのご両親はどんな方でしたか?」

岸本が問う。

「お父さんは、宗教に熱心な人でした。いわゆる二世信者っていうんですか?　そっちにばかり熱心で、芽衣ちゃんに関心なかったです。お母さんは宗教のことを知らずに結婚した、って噂でした。お姑《しゅうとめ》さんと旦那《だんな》さんに『信心しろ』って言われるのがいやで、よけい芽衣ちゃんの芸能活動にのめりこんだとか」

約十年前の転居には、姑も付いていったという。

肥田野家はいまも空き家のまま、寄りつく人もなく荒れ放題だそうだ。

「どこの家も、似たりよったりなのが不思議ですね」

コンビニのイートインスペースで、岸本がコーヒー片手に嘆息した。

「母親がアイドル活動に躍起で、父親は無関心。夫婦仲はよくない。なんだか家庭の問題を、娘の活躍で埋めあわせようとした感じ」

時刻はすでに七時を過ぎた。

会社帰りらしいスーツ姿の男女で、店内は混みあっていた。弁当やホットスナックが静かに、だが飛ぶように売れる。疲れ顔の女性が度数の高い缶チューハイを買い、せかせかと早足で出ていく。

「——〝いるけど、いない人〟か」

アイスコーヒーを呷《あお》って、和井田はつぶやいた。

「森長つぼみの兄が言った言葉だ。『家の中にいるときでも、父は〝家庭〟の中にはいなかった』か。わかる気がするぜ。その場に存在はしていても、輪の中にいないんだ。父親に限らず、反抗期の少年少女も家庭でそうなりがちだな」

「警察《うち》にもいますよ」

すまし顔で岸本が答える。

「在籍はしてても、いないも同然の空気署員」

「確かに」和井田は苦笑した。

「意外と辛口だな、岸本巡査長」

「新たな魅力を和井田部長に見せようかと」

「そいつはもっといい相手のために取っておけ。――おっ、捜本からだ」

内ポケットで鳴ったスマートフォンを、和井田は取りだした。メールではなく電話の着信だった。

「こちら敷イチ。……はあぁ？　なんだと？」

和井田の形相が、みるみる険悪に変わった。

11

三時のアラームが鳴った。

浴室の外に置いておいた、スマートフォンのアラームである。

「もう、そんな時間か……」

白石は床のタイルに手を突いて立ちあがり、固まった腰を伸ばした。その場で四、五回屈伸する。背中や膝の関節がぽきぽき鳴った。

アラームを設定しておくのは、園村牧子のアドバイスであった。

「遺品整理だの大掃除だのは、つい根を詰めすぎて時間を忘れがちだから、必ず休憩を取るようにね。アラームをかけておくといいわ。水分補給も忘れずに。初日から飛ばすと、あとがつづかないわよ」

と重々注意されたのだ。

「さすが園村先生。助言がいちいち的確だ……」

ひとりごちながら白石は脛《すね》を拭き、足の裏を拭き、そのタオルを出口に敷いてから浴室を出た。この家にはバスマットすらないのだ。

——バスマットもなく、浴室用洗剤もない。

父はこの家でどんな暮らしぶりだったのだろう。白石はあらためて思った。自然と、バスタブを振りかえる。

——あのバスタブで、父は死んだんだな。

さいわい、遺体の発見は早かったそうだ。湯はすっかり水になり、浸《つ》かったままの父は皮膚こそふやけていたものの、低気温のおかげで腐乱はなかったという。

遺体はともかく、この浴室はひどい状態だった。

排水口は、髪の毛や脂でどろどろに詰まっていた。浴槽は垢がこびりついていた。床も天井も黴だらけで、鏡はどう擦《こす》っても曇りが取れなかった。

蛇口の上のカウンターには、ボディソープもシャンプーもない。かろうじて、ちびた石鹸だけが石鹼箱に残っている。あとはT字剃刀《かみそり》と軽石があるのみだ。剃刀の刃は、茶いろく錆《さ》びていた。

——両親の離婚は、ぼくのせいか？

白石の脳裏を、そんな思いがよぎった。

——父がこんな汚らしい浴室で、一人きりで死んでいかねばならなかったのは、やはりぼくのせいなんだろうか？

かぶりを振って疑念を払い落とし、白石は縁側へ向かった。

板張りの縁側はすでに雑巾がけし、雨戸を開けはなしてあった。

庭も草ぼうぼうでひどいものだ。虫よけスプレーをあたりに撒《ま》いてから、白石は保冷バッグを置き、板張りに腰を下ろした。

「草刈りもしなくちゃな……。鎌である程度刈ってから、除草剤を撒けばいいのか？　あとでネットで検索しよう……」

独り言を言いつつ、保冷バッグから水筒を取りだす。

中身は朝に淹《い》れたアイスティーだ。ステンレス製のコップに注ぎ、ぐっと呷る。よく冷えて美味かった。アールグレイ特有の、柑橘《かんきつ》の風味が鼻から抜けていく。

荒れ放題の庭ではあるが、すくなくとも緑は豊かだった。さっきまで見ていた黴や水垢よりは、数百倍目にやさしい。

どこかで土鳩が鳴いていた。名も知れぬ雑草が、薄黄いろの可愛らしい花を咲かせている。

二杯目のアールグレイを楽しんでから、白石は保冷バッグからタッパーウェアを出した。こちらも早朝に仕込んでおいたものだ。

「長い作業は低血糖を起こしますからね、おやつを持っていきなさい。面倒なら、飴玉《あめだま》や一口チョコでもいいから」

との、これまた牧子の助言を容《い》れた結果だった。

ただしタッパーの中身は飴玉でもチョコでもない。切り分けてラップに包んだ手製のバナナパウンドケーキである。

ラップを剝《は》がすと、まずバニラエッセンスの香りがし、次にアーモンドプードルの香りが立ちのぼった。

最近は砂糖もバターも使わない健康志向のケーキが流行りらしい。しかし白石はあえて、バターも砂糖もたっぷり、生クリームも使うどっしり系のケーキを焼いた。

――一日じゅう這《は》いずりまわって働くんだ。これくらいのカロリーは取らなきゃ身が持たない。

というか、やってられない。

「甘い。美味い……」

丈高い雑草を眺めながら、しみじみと味わった。

ケーキの三分の二をタッパーウェアに詰め、残る三分の一は冷蔵庫に残してきた。どうせ果子は今日も零時過ぎに帰るだろう。疲れた妹のため、ささやかなデザートを用意するのも兄のたしなみというやつだ。

「うん、やはりバターをケチらなくて正解だった。甘さもちょうどいい……。果子のやつは酒呑《の》みのくせして、甘いものにもうるさいからな」

ぶつぶつと独り言を落とす。

傍《はた》から見れば、きっと不気味だろう。しかしつぶやかずにはいられなかった。だってこの邸内は、静かすぎる。

――静かすぎて、油断すると己の思考に呑みこまれていきそうだ。

あのとき両親が離婚したのは自分のせいではなかったか――？　という、いまさら詮《せん》ない思考と疑問に、である。

白石は青々と茂る若草を前に、

「次はアーモンドじゃなく、くるみでもいいかもな。うん、よく出来てるじゃないか。美味い……」

と小声で自画自賛しつづけた。

それから数時間働き、とっぷりと日が暮れた頃。

雑巾とバケツを片そうとしていた白石の前に、その闖入者《ちんにゅうしゃ》はあらわれた。

「……なんだ、おまえ」

口もとを覆う三角巾をずらし、白石は顔を上げた。

闖入者は月を背に、シルエットとなって白石の前に立ちはだかっていた。

玄関こそ施錠していたものの、庭の枝折戸をくぐれば誰でも入ってこられる。縁側の雨戸を開けはなしているからよけいだ。無言で立つ長身巨軀《きょく》のシルエットに、

「おい、どうした」

と、白石はいま一度声をかけた。

「おまえがなんでこんなところにいる。どうしてここがわかったんだ」

「果子ちゃんから聞いた」

シルエットが――和井田瑛一郎が、そう低く答える。

次いで、彼は問うた。

「椎野千草《しいのちぐさ》を知っているか」

と。

「椎野？　……ああ」

すぐに白石は首肯した。

「知ってる。ぼくが家裁調査官だった頃、担当した子だ」

「どんな子だった」

「は？」

なぜそんなことを訊く、と言おうとして白石はやめた。空気がぴりりと張りつめていた。和井田の顔は逆光で見えないが、ただならぬ気配を感じた。

——なにか、あったらしいな。

そう察した。

和井田とは長い付き合いだ。高校と大学を通しての朋友である。七年を通して同じ学び舎《や》に通った、いまや唯一と言ってもいい友人であった。

「椎野千草は……いわゆる非行少女じゃなかった」

白石は声を押しだした。

「確かに問題を起こしはしたが、根っこはいい子だった。家裁送致になったのだって、あの子のせいじゃない。ただ、いろいろ不幸があって……」

言葉を切り、彼は問うた。

「椎野千草がどうしたんだ」

「人を、殺した」

和井田の答えは簡潔だった。

「先日、芸能プロの社長と内縁の妻を殺害した。今日は女子中学生五人に刃物を振るった。うち一人の少女が、死んだ。わずか十四歳だった」

唸るような口調だった。

「白石。椎野千草について、知っていることをすべて教えろ」

「すべてって……。おまえ、なにを言ってるんだ？」

和井田のシルエットを見上げ、呆《ほう》けた声で白石は答えた。

――椎野千草が、人を殺しただって？

あり得ない。

椎野千草には、あの子には、そんな真似はできないはずだ。

なぜって千草は、誰よりも知っている。殺人のなんたるかを。いっときの激情がどんな結果を引き起こすかを。

だから、あり得ない。

「一番肝心なことは――彼女の過去は、どうせもう突きとめているんだろう。わかっているのに、なぜぼくに訊く」

白石が知る限り、殺人という犯罪をこの世のなにより忌み嫌っている人間の一人が、椎野千草である。

――なぜって彼女は、一家心中の生き残りだ。

千草の父親は殺意をもって、彼女を含む家族全員を刺した。そして自殺した。妻と息子二人を殺害したのち、愛車の中で己の頸《けい》動脈をかき切ったのだ。かろうじて、千草だけが命を取りとめた。

――だから千草が人を殺すなど、信じられない。

万感の思いをこめ、白石は朋友を見上げた。

しかし和井田はなにも答えなかった。

奇妙に赤らんだ月が、彼の背後から借家を昏《くら》く照らしていた。

第二章

1

その朝も家主が出ていったあと、クロゼットから〝影〟は現れた。

まずトイレを使ってから、〝影〟は洗面所へ向かう。コップに立ててある歯ブラシを手に取る。ほんのちょっぴり歯磨き粉を付け、歯をみがきはじめる。

自分がいない間に、こうして他人に歯ブラシを使われていると知ったら、家主の女性はどうするだろう――。

悲鳴を上げるだろうか。それとも嘔吐《おうと》するか。〝影〟は想像し、ふっと笑う。笑った拍子に、泡まじりの唾液《だえき》が垂れて顎《あご》をつたう。

歯をみがき終え、〝影〟は部屋の点検をはじめた。

まずクロゼットの下段にしまわれた、チェストの抽斗《ひきだし》からだ。一番下は下着専用である。たたんだショーツやブラが詰めこまれている。

〝影〟はショーツを一枚摑《つか》み、ひろげる。匂いを嗅《か》ぐ。なんとも言えぬ感情が、胸に広がった。ふたたびたたんで、もとへ戻す。

次に生理用品を点検する。超薄タイプのナプキンだ。

ここの家主は三日ほど前まで生理だった。残り枚数をかぞえ、何枚使ったかを確かめる。出血が多い日だけ家主が夜間に使う、タンポンの残り本数も数える。

〝影〟は立ちあがる。部屋をうろうろと一周する。

とくに意味のない動きだが、こうして歩きまわるのは〝影〟の癖だ。階下に響かないよう、足音を殺した歩きかたも癖のひとつだ。

テレビ台に置かれた貯金箱に、〝影〟は手を伸ばす。

ここの家主は現金主義である。いまだに電子マネーやクレジットカードを信用しない。銀行さえ完全には信じていない。だからこうして、五百円玉貯金にいそしんでいる。

貯金箱から、〝影〟は一枚だけ五百円玉を抜く。そうして、スウェットの尻《しり》ポケットに忍ばせる。

ときおりだが、〝影〟はこの部屋から出て金を使う。使わねばならないときもある。そのための貯えだ。

〝影〟は炊飯器を開ける。昨夜炊いて保温中の飯を、手づかみで一口二口食べる。熱い。だが我慢できないほどではない。〝影〟はもとより、温度感覚や痛覚がにぶい。

〝影〟はテレビを点《つ》ける。もちろん音量は、ぎりぎりまで絞ってだ。

ロウテーブルに置いてあったチョコレート菓子の袋から、ひとつつまんで食べ、布団に寝転がる。

チャンネルを次つぎ替えていく。その手が、ふと止まった。

知った顔を見つけたからだ。

――北凛音。

最近、ドラマなどで売り出し中らしい。

大きくなったな、と〝影〟は思う。

成長したが、切れ長の目と長い睫毛《まつげ》は昔のままだ。平らな胸に極小の水着をぴっちり張りつかせ、カメラに向けて尻を突きだしていたあの頃と。

〝影〟の脳裏に、幼い少女たちの痴態が次つぎよみがえる。

ジュニアアイドル。U－12グラビア。児童ポルノ。走馬灯のように駆けめぐる。〝影〟の記憶にいまも残る、かわいそうで可愛い少女たち。

――あのうち、何人が大人になれたかな。

おそらく十二、三人は自殺していそうだ。寝転がったまま、〝影〟はあくびをひとつ洩《も》らした。

2

和井田を連れ、白石はマンションへ戻った。

時計の針は八時をまわっていた。まだ果子が帰る時間帯ではないが、市井の人びとは夕飯を済ませた頃だろう。

「ひとまずそれでも食ってろ」

和井田にバナナケーキとコーヒーを出し、その間に白石はキッチンに立った。

遺品整理がいかに大変だろうと、「ごめん。疲れたから今日は夕飯なしな」とは言えない。

妹がかわいそうだし、なにより専業主夫としてのプライドがある。

とは言え、今日は簡単なものだ。

まずは、朝のうちに味噌《みそ》、酒、みりん、砂糖に漬けておいた銀鱈《ぎんだら》を焼く。同じく水切りしておいた豆腐を冷蔵庫から出し、賽《さい》の目切りにする。アボカドも種をくりぬき、同様の大きさに切る。あとは手製の和風ドレッシングで和《あ》え、ごまと刻み海苔《のり》を散らしてサラダの体裁を整えるだけだ。

残りの副菜は、常備菜である茄子《なす》の揚げびたし、きんぴら蓮根《れんこん》でお茶を濁すことにした。味噌汁は今朝の残りをそのまま出す。

「おまえも食うか？」

白石は和井田に声をかけた。

「銀鱈の西京漬け、豆腐とアボカドの和風サラダ、あとは常備菜だ。と言っても、たいした量はないぞ。果子のぶんを確保したからな」

「食う」

和井田は短く答えた。バナナケーキの皿は、しっかり空になっていた。

白石は生成りのランチョンマットに角皿、菱鉢《ひしばち》、丸鉢、飯碗《めしわん》、汁椀《しるわん》を並べていった。和井田には、客用のけずり箸《ばし》を出した。

二人とも無言で掌《てのひら》を合わせ、無言で食べはじめる。

銀鱈が半分ほどなくなったところで、和井田がぽつりぽつりと話しだした。

「……おまえもニュースで観ただろうが、那珂市で内縁の夫婦が殺される事件があってな。捜《チ》査本部《ョウバ》が立ち、おれの班が駆りだされた」

白石は相槌《あいづち》を打たなかった。黙々と食べ、黙々と聞いた。

和井田は一方的に話しつづけた。独り言に近い口調だった。

怨恨《えんこん》を思わせる凄惨《せいさん》な犯行態様だったこと。現場から死蝋《しろう》のかけらが見つかったこと。被害者がジュニアアイドルの芸能プロを経営していたこと。予想以上にいかがわしい事務所であり、タレント親子を食いものにしていたらしいこと。

「……で、今日も捜査をしてたんだがな。昼に牛丼屋でメシを食ってたとき、捜本《そうほん》から電話があった。『大洗女子中学生五人殺傷事件』で採取された犯人の指紋が、『那珂男女殺害事件』の指紋と一致した、という報《しら》せだった」

「その『中学生殺傷事件』を、ぼくは知らない」

味噌汁を啜《すす》り、白石は言った。

「今日は一日じゅう、あの家で掃除していた。スマホでニュースを確認することさえしなかった」

「そうか。では説明する」

和井田が箸を置いた。しゃべりながらでも、食事のペースが白石よりはるかに速い。皿も碗も、ほぼ空になっていた。

「今日午前十一時半ごろ、大洗町のコンビニ駐車場にたむろしていた女子中学生五人が、黒のキャップとマスクを着けた人物に刃物で襲われるという事件が起こった。まず一人が腕を切りつけられ、次の二人が顔や肩を切られた。次いで四人目が胸の上を刺されたところで、少女たちは悲鳴を上げ、逃げはじめた。しかし残る一人が逃げ遅れた。腰を抜かしていたのかもしれん」

「殺されたのか」

「そうだ。犯人は五人目の少女に馬乗りになり、滅多刺しにした」

和井田は手帳を出し、読みあげた。

「全員が、大洗町の私立中学に通う三年生だった。クラスも同じだ。五人目の少女を仮にAとしよう。Aは全身十九箇所を刺されて死亡。四人目ことBは胸の上を刺され、重傷。ほか三人は軽傷で済んだ」

犯行の一部始終は、駐車場に隣接するパチスロ店の防犯カメラで確認できた。

当該コンビニは国道沿いに建っており、駐車場は大型トラックが五台駐《と》められる広さだった。女子中学生たちは敷地内の端にたむろしており、店の中から犯行は視認できなかった。交通量が多いため、悲鳴も届かなかったようだ。

「少女三人がコンビニ店内に駆けこんできて、店員はやっと異状を悟った。だが少女たちは混乱しており、事態の把握にはさらに時間がかかったようだ。駐車場に店員がたどり着いたときは犯人は逃走後で、血溜《だ》まりに少女二人が倒れていた。すぐに一一九番したものの、救急車の到着を待たずAは死亡。Bは搬送された。さいわいBの命に別状はないようだ」

「待て。それを」

白石の声がかすれた。

「それを——その犯行を、椎野千草さんがやったというのか」

「おれの意見じゃあない。状況が椎野を指しているんだ」

和井田は無表情に答えた。

「防カメがとらえた犯人は、さっきも言ったとおりキャップとマスクで顔は見えなかった。まわりの車や建築物と比較した結果、身長は百六十から百六十二センチ。体型は痩《や》せ型。黒の長《なが》袖《そで》Tシャツに、グレイのパンツ。黒のスニーカー。この時点では性別は判断できなかった。小柄な男かもしれんからな」

しかし防犯カメラ映像をさかのぼった結果、女性だとわかった。

犯行の約十分前、コンビニのななめ向かいに建つネットカフェから犯人は出てきていた。バックパックを背負い、左手でキャリーケースを引きずっていた。

ネットカフェの履歴を確認したところ、会員証からすぐに身元が割れた。

——椎野千草、二十四歳。

先月中旬にアパートから夜逃げ同然に出奔して以来、行方がわからなくなっていた女性である。半年前に突然退職し、数箇月間引きこもっていたらしい。その末の、不可解な出奔であった。

防犯カメラ映像によれば、千草は午前十一時二十二分にネットカフェを退店。支払いは現金で、十二時間パックの二千四百円だった。

千草は横断歩道を渡り、コンビニに入ろうとしたようだ。

しかし結局は、店に入ることなく立ちどまる。

駐車場の一角に座りこみ、アイスを食べている女子中学生五人に、彼女は目を向ける。背負っていたバックパックを下ろす。

千草が中学生たちに襲いかかったのは、約三十秒後のことだ。

一人目に切りつける。二人目、三人目と刃をふるう。四人目の少女Bを刺し、五人目のAに馬乗りになる。

あとは滅多刺しだ。

三人の少女たちはとうに逃げ、カメラからフレームアウトしていた。

やがて、Aは動かなくなった。

千草は刃物を持ったまま、その場を立ち去った。キャリーケースを引きずり、小走りに東南の方向へと消えていった。

「後足《あとあし》は、科捜研がまわりの防犯カメラを精査中だ」

和井田は味噌汁の残りを啜った。

白石は立ちあがり、急須《きゅうす》を持ってきた。ほうじ茶の葉を入れ、卓上の電気ポットを引き寄せる。

「突発的な犯行だったからか、犯行現場には血染めの指紋がべたべた残されていた。鑑識が『なんて楽な仕事だ』と感心したほどだ。そのおかげで、データ照会もスムーズにいったわけさ」

「つまりその指紋が、『那珂男女殺害事件』で残された指紋データと一致したのか」

白石は湯気の立つ湯呑《ゆのみ》を差しだした。

「そうだ。いまのところ判明している情報は以上。椎野千草は、依然逃走中だ。おれが来た理由は、これでおおよそわかっただろう」

「ああ。しかし、『犬』事件のときも思ったが……」

美味《うま》そうに茶を飲む和井田を、じろりと白石は見やった。

「部外者であるぼくに、こんなに情報をさらけ出していいのか？　ぼくがあちこちで触れまわったらどうする気だ」

「その心配はない。おまえは腐っても元国家公務員だ。基本のリテラシーは遵守するさ。第一、触れまわるもなにもしゃべる相手がいねえ。おまえはおれ以外、友達がいないんだからな」

「…………」

白石は黙った。

失礼な、と怒りたいところだが、和井田の言うことは一から十まで事実だった。代わりに口をひらく。

「ひとつ疑問があるんだが、今日は平日だろう？　なぜその中学生たちは、コンビニでたむろしていたんだ。サボりか？」

「いや、休みだったらしい。クラスメイトの一人が事故死し、葬儀に三年生の全員が参列したんだそうだ。学校側のはからいだな」

「葬儀……。亡くなったその子と、椎野さんの関係は？」

「まだ不明だ。被害者たちとの関係もな」

「現場で見つけたという、死蝋のかけらについては？」

「そいつもまだ不明。正確に言やあ、分析中だな。科捜研がＤＮＡ型等を鑑定し、椎野千草との関連を調べている」

そうか。低くつぶやき、白石は考えこんだ。

眉間《みけん》に皺《しわ》を寄せる彼に、
と和井田が言う。

「さて、ここからが本題だ」

「おまえが担当していた頃、つまり非行少女だった頃の椎野千草について教えろ。生い立ちの件はざっと資料で読んだが、その点も詳しくだ。なにひとつこぼさず、つぶさに話せよ。覚えていることを全部だ」

「覚えていること……」

和井田の言葉を繰りかえし、白石はまぶたを閉じた。

眼裏に、椎野千草の白い顔が浮かぶ。

当時の千草は、まだ十六歳であった。

3

白石は自分の湯呑に茶を注ぎ、吐息まじりに言った。

「椎野さんは特異なケースだったからな。名前も顔もよく覚えている。……心残りだったよ」

「心残り？」

和井田が片目を細める。

「年度をまたいだため、ぼくが異動になったんだ。椎野さんの担当は、二年下の後輩に引き継いだ。だからあとのことは、よく知らない」

「そうとうな悪《ワル》だったのか？」

「いいや。だが家裁送りになった直接の理由は、脅迫事件だった……。まずは、そこにいたるプロセスから聞いてほしい」

当時、椎野千草は高校一年生だった。

一家無理心中事件で家族を失い、児童養護施設から高校へ通っていた。

同じクラスの女子四人に、彼女はいじめられていた。長期のいじめにより無気力になっていた千草は、いじめっ子たちに命じられるがまま、万引きや置き引きを繰りかえした。

盗んだ品は、当然のようにいじめの主犯に〝献上〟した。捕まるか、補導されるのはつねに千草だった。

しかしあるとき、いじめっ子グループと千草の全員が捕まる事態になった。被害に遭った店の店主が慧眼《けいがん》の士で、千草は手先だと見破ったのだ。

逮捕の報せを聞き、主犯の母親は激怒した。そして「施設の子なんかと遊ぶんじゃない」とわが子を叱った。

「……そこで終わっていれば、まだよかった」

白石は苦く声を落とした。

「だがいじめ主犯の母親は、椎野さんの父親の事件を知ってしまった。井戸端会議で愚痴ったとき、心ない風聞を洩れ聞いたんだ」

主犯の母親は娘を連れて施設まで押しかけ、千草を面罵《めんば》した。

場所は、施設の前庭だったらしい。主犯の母親は千草の顔に指を突きつけ、「二度と娘に近づくな」「身のほどを知りなさい」と罵《のの》った。

千草は、じっと無言でうつむいていた。

だが「犯罪者の娘も犯罪者」と言われた途端、形相を変えた。

彼女は主犯の母親に摑みかかり、ひっぱたいた。そして前庭に転がっていたコンクリートブロックをやにわに摑んだ。

だが、そのブロックが振りおろされることはなかった。

腕を振りあげたまま、蒼白《そうはく》な母親に向かって千草は言った。わたしが父似じゃなくて、幸運でしたね、と。

──もしわたしが父似だったら、あなたも娘も、とっくに生きてませんよ。よかったですね。

そして、ブロックを置いて施設に戻った。

いじめ主犯の母親が通報したのは、約一時間後のことだ。

警察に「脅迫された上、あやうくコンクリートブロックで殴られるところだった。殺されるかと思った」と母親は泣きついた。

「それで、家裁送りになったわけか」

「ああ。脅迫の前に、万引きや置き引きを繰りかえしていたことが重く見られた。椎野さんは家裁調査官の──つまり、当時のぼくの手に委《ゆだ》ねられた」

家庭裁判所調査官とは、家裁で扱った少年事件を調査し、加害者の生い立ちや環境、非行にいたった動機などを探究する国家公務員である。

必要に応じて、精神科医や教師、警察などに協力を要請することもできる。試験観察という結果が出れば、審判後も少年少女と面接を繰りかえし、心理テストやカウンセリングなどを通して精神的にサポートしていく。

「椎野さんを担当してすぐ、ぼくは彼女の父親が起こした事件を知った。地元では有名な事件で、いまだに多くの人が覚えていたしね」

白石は和井田を上目遣いに見た。

「警察も、その事件についてはとっくに押さえたんだろう?」

「ああ。椎野千草の履歴を照会したところ、いの一番に出た情報だからな」

和井田が湯呑を置いた。

白石は嘆息して、

「ぼくは八年前、『この少女は非行少女とは言えない』と、調査の末に判断した。なんという か、福祉の失策だと思った。椎野さんは、凶悪事件の被害者だ。加害者の身内ではあっても、加害者じゃあない。子どもが被害者になり、かつその後もつらい思いをしつづけるような社会は間違っている。子どもにそんな社会しか用意してやれなかった、ぼくを含む大人たちの失策だ——と」

呻《うめ》くような声が洩れた。

「『水戸妻子四人殺傷事件』は、十三年前だな。その頃、おれはまだ警察官じゃなかった。大学生だった」

和井田が平坦な声で言う。

「だが、よく覚えてるぜ。従兄《いとこ》の子が、殺された長男と同じ小学校に通っていたんだ。惨劇にショックを受けたその子は、しばらく悪夢と夜驚症に悩まされた」

「気持ちはわかる。……衝撃的な事件だったものな」

白石は相槌を打った。

——十三年前の『水戸妻子四人殺傷事件』。

それは、史上最悪と言っていい無理心中事件であった。

椎野千草の父親は、一見平凡な会社員だった。母親は同じく平凡な医療事務員。

知人の紹介で知りあった二人は平凡に結婚し、二男一女に恵まれた。長女の千草は、当時小学五年生。長男は三年生で、次男は保育園児だった。

図書館などでいまだ確認できる新聞記事には、こうある。

「4日の朝8時ごろ、水戸市氏瀬《うじせ》町の会社員、椎野友和《ともかず》容疑者(41)方で、妻と子供三人が殺傷されているのが発見され、一一〇番通報された。友和容疑者は、現在行方がわかっていない。

警察の調べによると、妻の晴美《はるみ》さん（39）と次男（5）は居間にて死亡。長女（11）は同居間にて発見されたが、息があった。長男（9）は子供部屋で死亡していた。

司法解剖の結果、三人とも刺創による失血死だった。県警はいずれの殺傷にも椎野容疑者が関与していると見て、捜査する方針」

椎野家の惨劇を知るや、警察と消防はただちに半径五キロ圏内の捜索にかかった。しかし発見できなかったため、捜索範囲を八キロ圏内に広げた。

そして約九時間後。水戸市郊外にて路肩駐車しているM社のセダンを、消防署員の一人が発見することになる。

ナンバーを確認すると、椎野友和が所有するセダンのナンバーと一致した。運転席には中年男性が座っており、ハンドルに顔を伏せていた。背恰好《かっこう》からして、間違いなく友和であった。

消防署員は応援を呼び、出てくるよう警察とともに説得した。しかし三十分かけての説得もむなしく、友和は車内で頸《けい》動脈を切って自殺した。

――それが、妻子殺傷事件の顚末《てんまつ》だ。

だが事件はそれだけでは終わらなかった。犯人である椎野友和の過去が、マスコミ各社によって掘り起こされたからだ。

椎野友和は、初犯ではなかったのだ。

履歴をさかのぼったところ、彼は小学生のとき、つづけざまに重大事件を起こしていた。

まず小学三年生のとき、近隣の家に放火し、住宅三軒を全焼させた。死者二名を出す大火事であった。

次いで小学五年生の夏休みには、市内に住む女子高生を包丁で脅し、騒がれて胸を刺している。女子高生はさいわい一命をとりとめたものの、片肺の機能がいちじるしく低下した。

犯行の動機について、友和はこう語っている。

——仲良くなりたかった。体を触らせてほしかったが、いやだと言われ、叫ばれたから刺した。おとなしく触らせてくれれば刺さなかったので、悪いのは大声を出した向こうだと思う。

十四歳未満だったため、友和は審判で裁かれなかった。しかし児童自立支援施設への送致が決まった。

施設での評価は〝おとなしい。温和。従順。更生の意思あり〟。

自立支援施設を出たあとは、研磨工として自動車部品製造会社に就職した。真面目な仕事ぶりが認められ、二十七歳で主任に昇格。翌年、結婚している。

周囲の評価は〝部下にやさしい。家族の話題が多い。普段は温和だが、いったん怒ると怒りが持続するタイプ。羽振りがよく、太っ腹〟。

しかしその〝太っ腹〟には裏があった。

友和の死後、彼に多額の借金が発覚したのだ。消費者金融数社からの、合計七百八十万円の借金であった。無理心中の動機も、借金苦に悩んだ末と推測された。

「……両親と弟二人の死後、椎野さんは児童養護施設へ送られた」

白石はテーブルに指を組み、言った。

「おとなしく、無口な子だった。しかし、父親の事件についてからかわれると、人が変わったように激昂《げっこう》した。……無理もないさ。施設でも学校でも、父親の無理心中事件が知られるや、避けられていじめられてきたんだからな」

「おまえの前でも、そうだったのか?」

和井田が問う。

「おまえが見ている前でも、父親のことになると人が変わったか」

「ああ」

白石はうなずいた。

「だが彼女なりに折り合いを付けようと、努力してはいた。もともと賢い子なんだ。知能指数だって、平均よりかなり高かった。いじめによる不登校のせいで、成績はけっしてよくなかったがな」

――そうだ、椎野千草は聡明《そうめい》な子だった。

いまさらながら、白石は苦い思いを嚙《か》みしめた。

不幸な環境が、彼女の賢さを充分に発揮させてくれなかった。それだけだ。

他人と触れ合うたび、千草は己の過去と父親を恥じ、無口で陰気になっていった。そしてその陰気さが、さらなるいじめを呼んだ。

中学卒業後、千草本人は進学を望まなかった。しかし教師と施設職員が、彼女の聡明さを惜しんだ。

結局、市内で下から二番目の高校に、千草は進学した。

だがまわりの女子生徒は、派手で享楽的な子ばかりだった。千草の存在はいやでも浮いた。またも、いじめの日々が待っていた。

「で、椎野千草はいじめられっ子たち主導の、万引きや置き引きの道へ。あげくにいじめ主犯の母子への脅迫で家裁送り……ってわけか」

和井田が忌々しげに言う。

「そういうことだ」

「やりきれねえな」

「だな。この手の連鎖にはうんざりだ」

白石は視線をはずし、吐き捨てた。

あまり強い言葉は使いたくない。だが本心だった。

親の悪行のつけを払わされる子ども。賢いのに、環境のせいでまともな教育を受けられない子ども。貧困や暴力から抜けだせない子ども。そしてそれを救えない大人と社会。そのすべてに、心からうんざりだった。

「確かに、親の――」

和井田がなにか言いかけた。しかしその刹那《せつな》、着信音が鳴った。

スマートフォンを取りだし、和井田が応答する。

「ああ、わかった。すぐ戻る」

言いながら白石に目をやり、腰を浮かす。

「捜本から呼び出しだ。おれは戻るが、果子ちゃんによろしくな。『きみのために一分一秒でも早くこの事件を解決する。デートの支度をして待っててくれ』と伝えろ」

「誰が伝えるか。気色悪い」

「そう照れるな」

和井田がせせら笑った。

「おれに〝お義兄《にい》さん〟と呼んでもらえる、薔薇《ばら》いろの未来が近日中に待っているぞ。せいぜい楽しみにしとけ」

「やめろ」

白石は本気で鳥肌を立てた。

「食い終わったなら、とっとと帰れ。二度と〝お義兄さん〟などという単語を口にするな。発音するな。いや脳内にすら浮かべるな。汚らわしい」

「やかましいやつだ、まったく」

和井田は指で耳をふさいでみせた。

「三十過ぎてるんだぞ。ちょっとは落ちつけ」

「こっちの台詞《せりふ》だ」

渾身《こんしん》の叫びで和井田を追いだすと、白石は叩《たた》きつけるように扉を閉めた。


果子が帰宅したのは、いつもどおり零時近かった。

「うわ、びっくりした。お兄ちゃん起きてたの?」

リヴィングのソファに陣取った兄を、珍しい、と言いたげにまじまじ見つめる。

日ごろ早寝遅起きの白石は、飲みさしの缶ビールを持ちあげてみせた。

「なんとなく目が冴《さ》えてな」

「遺品整理、初日だからって頑張りすぎたんじゃない? 疲れすぎると、逆に寝れなくなることってあるよね」

言いながら、果子は冷蔵庫を開けた。

西京漬けの角皿、サラダの小鉢と順に取りだしていく。角皿はレンジの中へと消えた。味噌汁の鍋《なべ》をコンロに置き、火を点ける。

「今日、和井田が寄っていったぞ」

「瑛一くんが？　なにか言ってた？」

「いや。おまえによろしくと、それだけだ」

「ふうん」

　果子は意味ありげな視線を寄越《よこ》し、含み笑った。

「なんだ？」と白石が問う。しかし「べっつにぃ」とはぐらかすような答えが返ってきただけだ。白石はむっつりビールを啜った。

　レンジが鳴る。果子が皿を取りだし、キッチンテーブルへ置く。

　ラップを剝《は》がす妹の手を見るともなしに見ながら、

「……明日からの夕飯、手抜きになってもいいか」

　白石は言った。

　果子が驚いたように顔を上げ、次いで深くうなずく。

「もちろん！　ていうか、それで当然でしょ。遺品整理に通いながら、家事も完璧《かんぺき》なんて無理だよ。わたしはべつに、出前やコンビニ弁当でかまわないんだからさ」

「コンビニ弁当は駄目だ」

　白石は即座に却下した。

「野菜がすくない。ビタミンと繊維質が足りない。塩分が多い。毎日真夜中まで働くおまえには、せめて健康的なメシを食ってほしいんだ」

「ありがと」

素直に果子はうなずき、

「でも、手抜きはいっこうにかまわないからね。それにお兄ちゃんの手抜きは、わたしから見たら全然手抜きじゃないよ」

と付けくわえた。

白石は立ちあがり、キッチンへ向かった。味噌汁が沸騰する前に火を止める。炊飯ジャーから飯をよそっている果子の代わりに、汁椀へと注いでやる。

「お兄ちゃん」

「ん？」

「お父さんの家、どんなだった？」

「……べつに、どうってことない。男やもめの一人暮らしで、汚いだけだよ」

目を合わせず言い、白石は缶を持って自室へ退散した。

扉を閉める。途端に、なぜかため息が洩れた。

――明日から夕飯は手抜き、か。

しかたがない。だってやるべきことが増えてしまった。まずこのマンションでの炊事洗濯。次いで父の遺品整理。そして。

――椎野千草さんの、調査だ。

むろん昔のようなわけにはいくまい。国家公務員を退職したいまの白石には、なんの権限もない。だが、じっとしていられなかった。八年前の千草の瞳《ひとみ》と、言葉がいまも胸に焼きついていた。

彼女は白石に、こう告げたのだ。

「父を、いつか理解したいです」

と。

「十一年間いっしょに暮らしましたが、わたしは父についてなにも知りません。知らないだけじゃなく、空虚なんです。からっぽです」

「母と弟たちを殺し、わたしから家族を奪った父を、許せる日が来るかはわかりません。でも父がどんな人だったか、なにを考えていたのかは、ずっと考えていきたい」

――その言葉に、当時のぼくは胸を衝《つ》かれた。

父についてなにも知らない。からっぽだ。それは、白石自身の感覚でもあった。

――そしてぼくは、いまだに父をまるで理解し得ない。

ベッドに腰を下ろし、白石は缶ビールの残りをぐっと呷った。

4

捜査三日目の朝は、重苦しい曇天だった。

和井田も岸本も、昨夜は那珂署に泊まりこんだ。和井田たちは柔剣道場に布団を敷き、岸本ら女性警察官は畳敷きの仮眠室を使った。

和井田が髭《ひげ》を剃《そ》り、身支度をととのえて捜査本部に入ると、先んじた捜査員数人がパソコンでテレビのワイドショウを観ていた。

べつだんサボっているわけではない。各番組が流す『大洗女子中学生五人殺傷事件』の続報をチェックしているのだ。

「『那珂事件』の話題が吹っ飛んじまったな」

「しょうがねえさ。女子中学生襲撃のほうがインパクトがでかいし、同情や義憤だって集まる。『那珂男女殺害』のほうは芸能プロがらみとはいえ、北凜音の会見が済めば、もうたいしたネタはないもんな」

画面を観つつ、捜一の捜査員たちが評論家のごとくコメントする。

本部長の意向で、両事件の関連はまだマスコミには伏せてあった。容疑者が、十三年前の『水戸妻子四人殺傷事件』の生き残りかもしれない、という情報もだ。

彼女が逮捕されれば、マスコミはむろん大騒ぎするだろう。だからこそ、この段階で騒がれたくないのは警察官たちの総意だった。捜査の邪魔になるだけだ。

——おそらく、すぐ捕まるだろうしな。

その場の警察官全員が、そう睨《にら》んでいた。

椎野千草は二十四歳の一般女性だ。経歴を見る限り、反社会的勢力との付き合いはいっさいない。高飛びできるスキルもない。

以前は、笠間《かさま》市の食品製造工場で検品作業をしていた。しかし去年のクリスマス前に「辞めます」と電話を寄越したきり、出社しなくなったという。

彼女をかくまうような係累および友人はなし。施設でともに育った仲間との付き合いもとうに切れている。

勤めていた頃の給与手取りは、約十三万二千円。離職票の交付を希望しなかったというから、失業給付金の受給はなく、所持金は乏しいはずだった。

——面《メン》も割れていることだし、近日中に逮捕できるさ。

そんな楽勝ムードが会議室内に広がっている。

だが、和井田は内心で首をかしげた。はたしてそんなにうまくいくだろうか、と胃の底あたりで警鐘が鳴っていた。

まったく確証はない。理屈もない、ただの勘だ。とはいえけっして馬鹿にできぬ、経験が生む感覚であった。

しかし和井田がそれを口にする前に、

「おはようございます、和井田部長」

肘《ひじ》のあたりで声がした。

見下ろすと、岸本巡査長が立っていた。

スーツは昨日と同じだが、男性陣よりはるかに小ざっぱりしている。そしてその手に、美味そうな握り飯とお新香のセットを携えていた。

「おう、岸本巡査長。……そのメシはなんだ」

「知らないんですか？　向こうで庶務班が炊き出ししてくれてますよ。希望者には、インスタントですがお味噌汁もあります。おにぎりは鮭と梅と昆布で、人気の鮭は残り三個くらいでした」

言われてみれば確かに、廊下の向こうからいい香りが漂っている。炊きたての飯と、湯に溶いた出汁《だし》入り味噌の香りだ。

無言で和井田は捜査本部を飛びだした。

朝の会議を済ませ、和井田と岸本がその日真っ先に会ったのは、殺された芸能プロの社長、角田精作の前妻であった。

角田は生前に二回結婚し、二回とも離婚している。

前々妻はとうに故人で、死因はオーバードーズ。つまり覚醒《かくせい》剤の過剰摂取だった。

一方、角田に薬物関連の問題はない。公然わいせつ罪、わいせつ物頒布等罪、迷惑防止条例違反などで計六回の逮捕歴こそあるものの、いずれも不起訴か執行猶予で済んでいる。

ただし前妻は、角田や前々妻とは別タイプのまっとうな女性であった。

介護用具の卸会社で経理事務員として働く彼女は、角田よりひとつ年上だった。彼との間に娘が一人いるが、とうに成人して既婚だという。

「どうしようもない人でしたけどね。妙な可愛げがあったんです」

まさか殺されるなんて——と前妻は目を伏せ、こめかみを揉《も》んだ。

「ほうっておけないというか、見捨てられない、という気持ちをこっちに抱かせる人でした。人たらしとでも言うんでしょうかね。わたしが付いてなきゃ、駄目になってしまうと思って結婚したんです。……誰が付いていようが、駄目なものは駄目と悟るまでに五年かかりました。若気のいたりです」

自嘲《じちょう》するようにうつむく。

当時、彼女は学生で、中小出版社でアルバイトをしていた。

その出版社で出していた雑誌が、『STエンタテインメンツ』の前身である『角田企画』を取材したことが二人の出会いであった。

「あの頃はサブカル全盛期でしたからね。AV制作会社の中でも、『角田企画』はキワモノ系でした。いまよりコンプラ意識も低かったですし、茶化すような、お笑いっぽい感じで取りあげたんです」

取材する前、前妻は『角田企画』に嫌悪を覚えていたという。しかし角田本人に会い、イメージが変わった。

角田は人あたりがよく、陽気でエネルギッシュだった。

「AVの仕事は足がかりに過ぎない。いつかは、今村昌平《いまむらしようへい》みたいな映画監督になるのが夢です」

と熱っぽく語る目が魅力的だった。気づけば、誘われるがままに彼と会うようになっていた。

結婚したのは翌年のことだ。彼女の妊娠がきっかけの入籍だった。

「ほんとうに、ろくでなしの駄目男でした。でも変なところで真面目でしたね。なんだかんだで子煩悩だったし。彼が『角田企画』を潰《つぶ》したのだって、娘のためなんです。〝あの子もでかくなってきたことだし、AVから足を洗うよ。お父さんがAV撮ってるなんて知られたら、学校でいじめられちゃうもんな〟なんて言って……」

「それで『STエンタ』を興したんですか」と和井田。

前妻はうなずいて、

「ええ。はじめのうちは、まともな芸能プロをやるつもりでした。でも鳴かず飛ばずで商売にならず、いつの間にかあんな事務所になってしまって」

結局、娘にはしっかり嫌われましたよ、と唇を曲げる。つられて苦笑しそうになり、和井田は慌てて頬を引きしめた。

「角田さんを恨んでいた人間に、お心当たりはありますか?」

「彼を嫌っていた人なら、たくさんいます。でも殺すほどとなると……」

前妻は首をかしげた。

「しいて言えば、『角田企画』の頃、共同経営者だった方でしょうか。会社がなくなったあとも、お金のことでずいぶん揉めてましたから」

その共同経営者の氏名を手帳にひかえたのち、和井田はさりげなく訊《き》いた。

「椎野、という人物の名を、角田さんから聞いたことは?」

「シイノ? さあ。ないと思います」

即答だった。

だが落胆するにはまだ早い、と和井田は己にいい聞かせた。いまも生きていれば、椎野友和は角田精作と同年代だ。たとえ前妻は知らなくとも、どこかでかかわりが判明するかもしれない。

「それより……あ、いえ」

言いかけて、前妻が言葉を濁す。

「なんです?」

和井田は尋ねた。

「あ——いえ、不謹慎なことなので」

「かまいませんよ。というか、人死にが出たこと自体、これ以上ないほど不謹慎ですからね」

和井田が肩をすくめてみせると、前妻はふっと頰をほころばせた。

「では言います。もし三須しのぶさんが角田と一緒に死んでいなければ……わたしは、彼女を一番にあやしんだでしょう」

「ほう?」

和井田は岸本に、素早く目くばせした。これは面白い話が聞けそうだ。

「詳しくお聞かせください」

「詳しくと言っても、よくある話ですよ。わたしが角田と出会ったとき、三須さんはすでに彼の愛人でした。もっともわたしがそれを知ったのは、入籍後でしたけど」

口調がわずかに尖《とが》った。

「最初の奥さんと結婚したときも、同じだったみたい。結婚生活を送りながらも、三須さんとは付かず離れず……ですよ。もっとも三須さんは『角田企画』でも『STエンタ』でも彼の右腕でしたから、切るに切れなかったのはわかります」

「三須さんは会社で、具体的にどんな役割をしてらしたんです？」

「実務一般ですね。銀行の融資係とやりとりしたり、税理士と話したり、社員に仕事を割りふったり。タレントの管理も、ほとんど彼女がやっていたと思います」

「なるほど」

そりゃ切れねえわな、と和井田は納得した。

役に立つ、便利な愛人だ。ほうっておけない男こと角田精作を、ほうっておけずにもっとも長く世話したのは、三須しのぶだったわけだ。

しかし角田は彼女をさしおいて二度結婚している。

二度目の離婚のあと、さすがに彼女と同居しはじめたようだが、その後も籍は入れず内縁のままだった。理由は不明ながら、彼にとってしのぶは「結婚すべき女」ではなかったようだ。

――確かに、角田を殺す動機は充分だな。

ないがしろにされつづけた女は、いずれ爆発するものだ。

——だが実際には、しのぶは彼とともに殺されている。

内心で首をかしげつつ、和井田は問いを継いだ。

「あなたから見た、三須しのぶさんの人となりを教えていただけますか」

「わたしから？　……いいことは、言えそうにないですが」

「かまいません。というか、率直なご意見のほうがありがたい。お願いします」

「では……」

息を吸いこんで、前妻は言った。

「利に敏《さと》く、頭の回転が速い人だったとは思います。でも人間的には好きになれませんでしたね。角田とのことを抜きにしても、仲良くなれる気がしませんでした。タレントの母親ともよく揉めていたようです。いちいち態度がとげとげしいというか、尊大で、おまけに手癖も悪くって」

「手癖？」

「はっきり言えば、盗癖があったようです」

なかば投げやりに、前妻は言った。

「本人いわく『アクセサリーの収集家』だそうですよ。けどタレント母子たちの間では〝カラス〟の渾名《あだな》で通ってました。きらきらした貴金属に目がなくて、隙あらばかっさらっていくからです。三須さんにネックレスや指輪を盗まれた上、『疑うの？　あんたの娘には、次からいいポジションをあげないから』と凄《すご》まれ、泣き寝入りした人を何人も知ってます」

「角田さんは、それらのトラブルには不介入？」

「でしたね。わたしの知る限り、角田が盗癖の件で三須さんを咎《とが》めたことはないはずです。基本的に角田は喧嘩《けんか》や争いごとが嫌いで、自分のトラブルからも逃げまわる人でした」

和井田はうなずきながら聞き、最後にこう問うた。

「ところで『角田企画』はキワモノ系だったそうですが、グロ系AVも扱っていましたか？

たとえば死体とか、死蝋とか」

「は？　いえ、それはないです」

前妻は眉根《まゆね》を寄せて答えた。

「あの人の専門は……口に出すのもいやですが、子ども全般ですよ。いまとなれば、あの頃の自分を殴ってやりたいです」

娘を産むまでぴんと来てなかったんですからね――と彼女は自嘲に顔を歪《ゆが》めた。

「時代のせいにするのはよくないですが、電波系だの鬼畜系だの、サブカルに悪趣味を付加していたおかしな時代でした。バブル直後の不景気と、やけっぱちの空気に目をくらまされていた、としか言いようがないですね」

5

二人は次いで三須しのぶの兄に会う予定だった。

しかし駅に向かう途中、捜査本部から連絡が入った。

「『大洗中学生殺傷事件』のマル害Cこと遠藤夏帆《えんどうかほ》、Dこと堺月菜《さかいるな》は従姉妹《いとこ》らしい。つまり母親同士が姉妹なんだな。マスコミを避け、いま両名は母方の実家にいる。おまえら敷鑑一班がもっとも近い場所にいるようだ。住所を送るから、予定を変更してそちらへ向かえ」

「敷イチ了解」

被害者少女たちの母方実家は、閑静な住宅街に建つ一軒家だった。

平日の昼間だというのに、カーポートに車が二台駐まっている。窓は厚いカーテンで閉ざされ、中の様子はうかがえない。

「提案してもいいでしょうか、和井田部長」

玄関ポーチへ向かう前に、岸本が言った。

「少女を一人ずつにして、それぞれ別室で話を聞くというのはどうでしょう?」

「ほう?」和井田は目をすがめた。

「なにか考えがあるようだな、岸本巡査長」

「考えなんてほどのものじゃありません。ただの勘です」

「捜査員の勘なら大好物だ。よし、おれは遠藤夏帆を担当しよう」

「ではわたしは、堺月菜を」

玄関扉の前に立ち、二人はインターフォンを鳴らした。

応対に出てきたのは祖母だった。

三和土《たたき》に靴がずらりと並んでいる。少女のものらしきローファー二足を視認してから、和井田は警察手帳を見せて正式に名のった。

和井田は夏帆と客間で、岸本は月菜と座敷で話を聞くことにした。母親たちは「同席する」と言い張ったが、和井田が断るとさいわい引いてくれた。

夏帆をソファに座らせ、和井田はその正面にあぐらをかいた。

子ども相手のときは、目線を同じ高さか、もしくは低くすると向こうの口がほぐれやすい。

夏帆は左腕に包帯を巻き、額に絆創膏《ばんそうこう》を貼っていた。自分を守るように、膝《ひざ》の上でペイルブルーのクッションを抱きしめている。

「それじゃ、怖いことを思いださせてすまないが、コンビニの駐車場で襲われたときのことを話してもらえるかな。あの日は学校が休みだったんだよね？」

「はい」

夏帆の声はかぼそかった。

「クラスメイトのお葬式だったとか」

「はい。……橋田《はしだ》さん、の」

この亡くなった級友について、まだ警察はたいした情報を持っていない。

姓名は橋田智依奈《ちいな》。五人と同じクラスで、台風が最接近した先日、増水した川に落ちて溺死《できし》したそうだ。

写真によれば、頬がふっくらした色白の少女だった。

「お葬式が終わって、まだお昼まで間があったから、コンビニに寄っていこうってことになったんです。喉《のど》、渇いてたし」

ちなみに「寄っていこう」と言いだしたのは、殺されたAだそうだ。夏帆の口ぶりでは、Aが仲良しグループのリーダー格だったらしい。

「コンビニでアイスとかジュースとか買って、駐車場の日陰に行ったんです。イートインスペースだと、うるさいって言われること、あるから……」

犯人つまり椎野千草が現れたのは、約十分後だ。ネットカフェを出て横断歩道を渡ってくる彼女を、夏帆はなんとはなしに目で追っていたという。

「暑そうな恰好してるなあ、と思って見てたんです。あの日はすごく蒸し暑かったのに、キャップにマスクで、黒の長袖Tシャツだったから。右手には大きな絆創膏を貼ってました」

だが千草に注目していたのは、夏帆だけだったらしい。

ほかの四人は話に夢中だった。とくにAは、興がのってくると声が大きくなる癖があった。

Aの声と、Bのかん高い笑い声が駐車場に響いた。

そのとき、犯人が振りむき、少女たちを見た。

「目が合った——ような、気がしました」

夏帆はいっそう強く、クッションを抱きしめた。

しかし犯人を逐一見ていたことが、結果的に夏帆を救った。駆けてくる犯人を、彼女は見ていた。その手に刃物が光っているのも認めた。

反射的に夏帆は立ちあがった。

真っ先に切りつけられたのは彼女だった。しかし立ちあがったことで目測が狂ったか、犯人の刃は左腕をかすっただけで済んだ。返した刃がさらに額をかすめる。だがやはり軽傷だった。

犯人は次いで仲間たちを襲った。堺月菜が悲鳴を上げ、防御しようと腕を振った。その腕が犯人の顔に当たり、マスクが大きくずれたのが視界の端に見えた。

夏帆は走った。あとも見ず、人がいる方角——コンビニ店舗に向かって、一心に走った。

「いま思えば、月菜とか、みんなを見捨てたみたいな感じになっちゃいましたけど、あのときはそんなの、なにも考えてなかったです。逃げよう、危ない、しか頭になかった。とにかく、死にたくなかったんです」

Aが死に、Bが重傷を負ったのは、話に夢中で立ちあがるのが遅れたせいだろう。しかもAはリーダー格で、上座とも言える一番奥にいた。

「犯人はきみたちに切りつけながら、なにか言ってた？」

「わかりません。覚えてない……」

「顔はまったく見えなかった？」

「はい。キャップを深くかぶってたし、マスクがずれたときは、もう走ってたから。でもあの人、すごく怒ってました。怒ってるってことだけはわかりました」

「それは、きみたちに対して怒っていたってこと？」

「そうです。……そう、だと思います」

夏帆がうなずいたとき、和井田の内ポケットでスマートフォンが鳴った。「ちょっと失礼」とことわり、取りだして画面を覗《のぞ》く。

捜査本部からのメールだった。なかなか興味深い内容だ。

和井田が顔を上げると、夏帆はやはりクッションを抱きしめていた。身を守る盾のように、ぎゅっと腹に押し当てている。

「寒い？」

和井田は問うた。

「あ、いえ」首を振りかけた夏帆のほうは見ず、

「いや、きみじゃなくて――」

と壁の隅を見やる。あたかもそこに、誰かが座ってでもいるかのように。

ひっ、と夏帆が短い悲鳴をあげた。

顔いろが一瞬にして白くなる。目に見えて、唇がわなわな震えだす。

——たわいねえ手口だ。

和井田は内心で苦笑した。

——だが、未成年相手には効くんだよな。

もともとは他県警のベテラン刑事から学んだ技だ。後ろ暗いところのある少年少女は、これで八割がた顔を引き攣《つ》らせる。

実際、かの『綾瀬《あやせ》女子高生コンクリート詰め殺人事件』の犯人が自供をはじめたきっかけも、被害者少女の悪夢にうなされたことであった。

「さあ、お嬢さん」

和井田は微笑んだ。歴戦の犯罪者も震えあがる、凄みたっぷりの笑顔だ。

「もう一度、最初から話してくれるかな。……おまわりさんに言いたいこと、もっとなにかあるんじゃない？」


和井田と岸本が、少女たちの母方実家を出たのは約三十分後であった。

「うまく聞きだせたか？」

「はい」

和井田の言葉に、岸本が即座にうなずく。

あのとき捜査本部から入ったメールの本文は、こうだった。

「中学の同級生および親、複数人からの情報。亡くなった橋田智依奈は、事故死でなく自殺の疑いが濃厚らしい。橋田智依奈は去年からいじめられており、いじめていたのは当の被害者グループ五人だった」

——まあ葬式帰りに、駐車場で平然とアイス食ってたくらいだしな。

和井田は額を掻《か》いた。

不自然だとは思っていた。しかし「今の子はドライだからね。親しくない子なら、死んでも泣くほどは悲しまないさ」という意見もあり、それもそうか、と半分がた納得してしまっていた。

「橋田智依奈の渾名は、下の名をもじって『チーブス』、もしくは『チーグロ』だったそうです」

岸本巡査長が抑揚なく言う。

「なるほど。すこし遠くから聞けば『千草』に聞こえたか」

「はい。会話を聞いて、自分が笑われていると思った可能性は大です」

「マル被は実際に、父親の事件のことでいじめられた経験がある。学生時代の記憶が、フラッシュバックしたのかもしれんな」

ちなみに橋田智依奈いじめの主犯は、グループリーダーのAであった。あの日、駐車場内に響きわたる声で、

「チーグロのやつ、マジ死んでやんの。ウケる」

「溺死って、死体がぶよぶよに腐るんだってよ。まさにチーグロ！　って感じのくたばりかたじゃね？」

と嘲笑《あざわら》っていたのもAだったという。

——奥に座っていたから、逃げ遅れたわけじゃなかった。

椎野千草は、はなからAを狙って襲ったのだ。そして同じくらいの大音量で追従笑いをしていた、副リーダーのBをも。

「ところでどうやって口を割らせた、岸本巡査長？　やっぱりお化け作戦か」

「お化け作戦？　いえ」

岸本がきょとんとする。

「わたしのほうは、よくある戦法ですよ。『わかるー。とろそうなデブって意味なくムカつくよねー』って、共感を演じる系の」

「……なるほど。賢いな」

和井田は咳《せき》払いし、

「となると那珂の事件のほうも、フラッシュバックが原因と考えるべきか？　マル被は父親の事件前も事件後も、ジュニアアイドルとは無縁だったようだが」

と首をひねった。

二人は駅に向かって歩いていた。

梅雨明け前の空は灰白色の雲に覆われ、いまにも泣きだしそうだった。湿った土の臭いが濃い。空気が肌にまとわりつくようだ。

「――マル被の中学時代を、洗いなおしてもいいかもしれません」

岸本がぽつりと言った。

「もちろん個人差はあるでしょうが、体感としては男女とも、中学時代がもっとも攻撃性の高い時期だった気がします。わたしはさいわい部活で好成績をおさめたので、いじめの対象になりませんでした。でもいまだに、紙一重だったと思います。いじめられなかったのは、ただの運に過ぎないな、って」

　ふっと笑い、和井田を見上げる。

「和井田部長みたいな人は、いじめたこともいじめられたこともないでしょう?」

「あー……、まあ、そうだな」

　和井田は認めた。

「部活でのしごきはあったが、いじめはなかった。いざ自分が上級生になりゃ、しごきなんて面倒なだけだったからやってねえしな」

「ですよね。そんな感じです」

　岸本はうなずいて、

「中学生の頃――十三歳から十五歳あたりって、第二次性徴のせいで精神的に不安定で、大人のような分別もなく未熟でしょう。なのに体だけ大人になっていくじゃないですか。健全に育った子は、このアンバランスさを大過なく乗りこえます。でもそうじゃない子は、残酷性を剝《む》きだしにする時期だと思うんです。

　高校からは偏差値その他で振り分けられるので、自然とまわりは同レベルになりますよね。だから一気に平和になる。……そうなってみてから振りかえると、わたしの中学時代って、動物園みたいだったなと思うんです。まったく別種の動物が、ひとつの檻《おり》の中で、それぞれ攻撃性を発揮していたような」

　と嘆息した。

「当時の同級生に、ひどいいじめっ子で、鑑別所にまで行った女子がいます。わたし、その子が嫌いでした。わたし自身がいじめられたわけじゃなくても、嫌いだった。警察に逮捕されたと知ったときも、鑑別所送致になったときも、驚きませんでした。その子は鑑別所を出たあと、一日も出席しないまま卒業しました」

警察官になったいま、彼女をよく思いだします——。

前方の信号機を見据えたまま、岸本は言った。

「彼女の母親は、『クレーマー』という渾名でした。いつも誰かの悪口を言って、学校にぎゃんぎゃん電話してくる人だったんです。父親は、対照的に影の薄い人でした。でも彼女が二年生になってすぐ、痴漢と盗撮で捕まりました。娘とさほど歳の変わらない子ばかり狙う常習犯だったそうです。

彼女は荒れて、いじめもエスカレートして……。いじめのターゲットに『おっさんにパンツ売ってこい。売春してこい』と命じて、ついに逮捕されました。いまならわかります。親のことで、彼女は傷ついていた。傷ついた自分を、いじめを通して誰かに転嫁したかったんでしょう」

「だろうな」

和井田は首肯して、

「だが、だからって他人を傷つけていいわけじゃねえ」

と言った。

「傷は結局、自分でどうにかするしかねえんだ。自分で自分の機嫌を取れんやつは、社会に置いてかれるだけだ」

「はい。もちろんそうです。でもそれは——中学生にはまだ、むずかしいんだと思います」

岸本巡査長の口調は、誰を責めるでもなかった。ひどく静かだった。

信号が青に変わる。信号待ちをしていた人びとが、弾《はじ》かれたようにいっせいに歩きだした。

6

午前中いっぱい、白石は借家の掃除をした。

黄ばんだよれよれの衣服を段ボール箱に詰めこみ、欠けてひびの入った食器を積み重ね、平成初期の新聞紙を束にして、ビニール紐《ひも》でくくった。

脚が一本取れた椅子。真空管テレビと見まがう、デスクトップパソコンの巨大なモニタ。液が漏れた電池。記入することも送ることも忘れたらしい、これまた平成初期の契約書。数えきれないほどのインスタントコーヒーの空き瓶。

ありとあらゆる雑多なものが、室内に広がり、散乱していた。

不幸中のさいわいで、ゴキブリには遭遇しなかった。代わりに何度もアシダカグモに出会《でくわ》した。どうやらこいつが天然のゴキブリ退治屋だったらしい。感謝しつつ、ちりとりに乗せて外へ逃がした。

ぴりりり、とアラームが鳴る。

休憩時間を知らせるアラームだ。水筒とタッパーウェアを携え、白石は縁側に移動した。

今日は昼食とおやつを兼用すべく、ケークサレを焼いた。

と言っても市販のホットケーキミックスを使った、簡易版ケークサレである。具は玉葱《たまねぎ》とベーコン、ドライトマト、ほうれん草。チーズもどっさり入れた。

水筒の中身は変わらず、アールグレイのアイスティーだ。

ケークサレをかじりつつ、白石は左手でスマートフォンをいじった。ＳＮＳアプリをひらく。ダイレクトメッセージの返信が届いていた。

千草が十八歳までいた養護施設の、職員からの返信であった。


「おひさしぶりです。白石さん」

八年前に四、五回会ったきりだというのに、女性職員は彼を覚えていてくれた。

独身時代の貯金で買った缶ジュースの箱を下ろし、白石は会釈した。

「こちらこそおひさしぶりです。このジュースは、よかったら子どもたちに」

もう家裁調査官ではないことは、あえて黙っておいた。説明を怠っただけなら、ぎりぎり経歴詐称には問われまい。

この施設は社会福祉法人が運営する民間施設で、希望しない限り、職員に異動はないようだった。立ち働くほかの職員も、

「ああ、あの家裁調査官か」

という目を向けてくる。もしこの場に和井田がいたなら「ケッ。印象が強くてイケメンはお得だな」と、嫌味のひとつも飛ばしたに違いない。

「昨日も警察の方がお見えでした。……千草ちゃんに、なにかあったんですか？」

女性職員がこわごわと訊いてくる。

白石もつい声をひそめた。

「警察は、なにも言っていきませんでしたか？」

「ええ。わたしがどう訊こうが無視されるだけでした。向こうの質問に、一方的に答えさせら

れただけです」

口調に反感が滲《にじ》んでいる。その反感を、白石は利用することにした。

「じつは、椎野千草さんが行方不明です」

この程度なら話してもいいだろう、と判断して言う。捜査中の事件と、関連付けさえしなければ問題ないはずだ。

「仕事も半年前に辞め、アパートから突然消えました。いまもって足取りは不明です」

「それって、自殺するかも――ってことですか」

女性職員の顔が引き攣る。

「で、でも彼氏がいたとも聞いてませんし。あ、いえ、ずいぶん会ってませんから、でしたらその間に……?」

行方不明と聞いて真っ先に自殺を連想し、かつ女性の自殺イコール恋愛関係のもつれと決めつける彼女に、「なにも知らないようだな」と白石は確信した。思考の流れに邪気がなさすぎる。もし演技ならば、たいした役者だ。

「椎野さんと最後に会ったのは、いつです?」

「一昨年《おととし》の夏です」

昨日警察に答えたからだろう、職員の答えはスムーズだった。

「転職して工場勤務になって、落ちついたと言ってました。『仕事さえしていればいいから、いままでよりずっと楽です』と」

仕事は製品の検品で、いわゆるライン作業だったという。

千草の高い知能に見合わぬ単純なルーティンだが、

——人間関係が希薄なのがいいんです。同僚とコミュニケーションしなくても仕事ができるから、ストレスがぐっと減りました。

と本人は満足そうだったという。

職員いわく、「男の影なし。服装が派手になった、金遣いが荒いなどの様子もなし。健康そうで、病気の気配もなかったです。もっとも、あくまで一昨年のことですが……」だそうだ。

ちなみに白石が異動になったあと、千草は不処分になったという。再非行の可能性はきわめて低いとされたのだ。数すくない、ほっとできる情報だった。

白石は職員の話をうんうんと親身に聞き、タイミングを見て切りだした。

「そういえば八年前、おっしゃってましたよね？　『千草ちゃんに、たまに会いに来る人が二人だけいた』と。その方たちを紹介していただけませんか？」

「え、いいですけど」

職員は目をしばたたいた。

「でもそのお二人も、最近は会ってないと思いますよ？　八年前のときですら、とっくに疎遠でしたし」

当時も聞かされた言葉だ。白石は内心でうなずいた。

だからあの頃の白石は、二人に会わなかった。千草が起こした事件について関係ないばかりか、本人でなく彼女の両親と親しい人たちだったからだ。

——あの頃のぼくは、家裁調査官として椎野さん本人を掘り下げたかった。だから後まわしにしていい二人だった。

しかしいまは違う。白石は再度、職員に頼みこんだ。

「では連絡先を教えていいか、お二人に訊いてみますね」

「お願いします」

深ぶかと白石は頭を下げた。

紹介してもらった一人目は、千草の母、晴美の幼馴染《おさななじ》みであった。

晴美と友和の結婚式に参列し、披露宴では余興もしたそうだ。結婚後は、年一回のペースで会っていたという。

「晴美とは幼稚園からの仲です。その後も小中高と同じ学校に通いました。わたしは就職し、晴美は専門学校に行ったので道は分かれましたが、ずっと仲はよかったですね。気が合う子でした」

今年孫が生まれたそうで、彼女の家には乳児用のおもちゃが散乱していた。

――椎野さん一家にも、あり得たはずの未来だ。

そう思うと、白石の胸はぐっと詰まった。それを押しころし、問いを継ぐ。

「あなたの目から見た晴美さんは、どんな人でした？」

「いい子ですよ。人見知りするところがあったけど、いったん仲良くなるとすごく楽しい子でした。あと、我慢強かったです。遅刻癖があってみんなに嫌われた子にも、晴美だけは最後まで辛抱してましたね」

「晴美さんと友和さんは、いつ頃からお付き合いしていたんでしょう」

「お付き合い期間は、半年くらいだったと思います。とんとん拍子に結婚したなあ、と感じたのを覚えてますから。晴美の先輩と友和さんが同じバレーサークルで、飲み会に誘われて知りあった、と聞いてます」

「あなたの、友和さんへの第一印象を教えていただけますか？」

「やさしそうな人だ、と思いました」

幼馴染みはさらりと言った。

「にこにこして、愛想がよくてね。小柄で、晴美の背よりほんのちょっと高い程度でした。晴美は『背が高い人って、威圧感があって苦手なの』と、いつも言っていましたから……」

語尾に、苦いものが滲んだ。幼馴染みは息継ぎをして、

「いまだから言えますが、わたしが友和さんにはじめて違和感を覚えたのは、二人の結婚式の二次会でなんです」

と言った。

酔いも手伝って、彼女は幸せそうな新郎にこう尋ねたという。

――晴美のどこが一番好きですか？

すると友和はにこにこと答えた。

――料理がうまいところかな。それから口うるさくないところ。彼女、結婚にあせってたから、自分の立場をわきまえてるんです。

「前半はともかく、後半の言いぐさにカチンと来ましたね。晴美は当時、まだ二十六歳ですよ？　そりゃあ当時はいまより結婚適齢期が早かったし、『女はクリスマスケーキ。二十五を過ぎたら売れ残り』なんてひどい価値観も残ってましたけど、結婚にあせってるだの、わきまえてるだの、失礼ですよ」

幼馴染みは当時もその怒りをはっきり顔に出したという。彼女がいやな顔をしたのに気づき、

友和は慌てて「言葉のあやです」と取りつくろった。

その場では騒ぎだてしなかったが、幼馴染みが友和に抱いた不信感は、その後も喉に刺さった小骨のごとく残りつづけた。

「予感は当たりました。晴美から友和さんの愚痴を聞くようになったのは、千草ちゃんが一、二歳になった頃からです」

「どんな愚痴です?」

「『彼がなにを考えてるのか、わからない』と言ってました。『宇宙人と暮らしてるみたい。言葉が通じない』と」

たとえばこんなエピソードがあった。

離乳食の時期が終われば、子どもは大人と同じものが食べられるようになってくる。

椎野家は共働きのため、娘のために晴美は、薄味のおやつやおにぎりを夜のうちに準備した。だが目を離した隙に、友和があらかた食べてしまうのだという。

千草のおやつなのにやめてよ、と怒る晴美に、友和はきょとんと答える。

――残飯だと思った。

――捨てるくらいなら、もったいないから食べてあげようと思って。

晴美に対し声を荒らげたり、居直って暴力をふるうようなことはない。

ただ、往々にしてふてくされる。「おれは不当に叱られた」という態度を崩さず、幼児のようにすねるのだと。

しかたなく晴美はタッパーに『千草のおやつ。食べないで』とシールを貼ったり、付箋《ふせん》を貼ったりして対策した。しかし効果はなかった。

——なんで怒るんだよ。食べてやったのに。

——まずかったら食わないんだ。美味《おい》しいと思ってる証拠だろ。

と友和はむくれるばかりだった。

この逸話を晴美が愚痴ったのは、同窓会の席でだ。テーブルにいた大半が「旦那《だんな》さん、可愛い」「晴美の料理、よっぽど美味しいんだね」と笑った。

しかし幼馴染みは笑えなかった。彼女自身、実兄に同じようなことをされてきたからだ。その記憶がよみがえって、胃がむかむかした。

——ダイエットに協力してやったんだよ。

——そんなに怒るなよ。女のくせに、食い意地張りすぎ。

そう言って笑う実兄に、彼女はいつも純然たる悪意を嗅ぎとった。

一見子どもっぽい行動ながら、それは「おまえのテリトリーなんかいつでも侵せるぞ」との示威行為であり、「この家の中に、おれの自由にならないものがあるのは許さん」という宣言だった。

だがそのときの彼女には、他人にうまく伝えられる自信がなかった。

「いま思えば、わたしはもっと晴美の味方をしてあげるべきでした」

幼馴染みは指で眉間を押さえた。

「同窓会の席で笑われたせいで、あの子は他人に愚痴を言うのを、諦《あきら》めてしまった気がします」

だからだろう。二度目の愚痴を幼馴染みが聞いたのは、数年後だった。

千草は五歳に、長男は三歳になっていた。事態は子どものおやつなどという次元ではなく、金銭問題に発展していた。

たまたま晴美がシフト変更となった平日の昼間、消費者金融業者から督促状が届いたことで発覚したのだ。

晴美はただちに問いつめた。しかし友和は「騒ぐようなことじゃない」と言うばかりだった。

――昇進したからしょうがないんだ。部下に奢《おご》ってやらなきゃいけないだろ。

――これは必要経費であって、無駄遣いじゃない。

さらに「部下に子どもが生まれたから、十八万円のベビーカーをぽんと買ってやった」と言われ、晴美は怒りを通り越して呆《あき》れた。

友和は晴美にベビーカーなど買ってくれなかった。ベビーベッドもバウンサーも親戚《しんせき》からのおさがりで、ベビーシートやチャイルドシートは中古ショップで購入した。

友和が両親と疎遠で頼れないこともあって、ランドセルも、お食い初めの漆器も、七五三も、すべて晴美側の負担だった。

「離婚が頭をかすめた」と、晴美は幼馴染みに愚痴った。

だが間の悪いことに、晴美のお腹には三人目が宿っていた。彼が避妊してくれないことも、晴美の体調に関係なく迫ってくることも、また不満の種であった。

「『離婚はいつでもできるから、もうすこし考えようよ』って、わたし、そのとき言っちゃったんです」

幼馴染みはうつむいた。

「『子ども三人抱えて、女一人で生きていくのは大変だよ。友和さんを掌《てのひら》の上で転がしていくつもりで頑張ろう』なんて。晴美に元気を出してほしかったから、冗談まじりに……。あ、あんな馬鹿なこと、言うんじゃなかった」

語尾が涙でふやけた。

「あ、あのとき離婚していれば、わたしがあんな無責任なアドバイスさえしなければ、晴美はいまも生きてたかもしれません。子どもたちだって……」

「いえ、あなたのせいじゃありません」

白石はなだめた。本心だった。

犯罪が起こると、まわりの人間はみな「ああしていればよかった、こうしていればよかった」と悔やみがちだ。ＰＴＳＤに苛《さいな》まれ、鬱《うつ》になることもすくなくない。だが、加害者以上に悪い人間など存在しないのだ。

「――千草ちゃんは、晴美によく似てるんです」

目じりを拭《ふ》いて、幼馴染みがつぶやく。

「顔も、性格も……我慢しすぎるところも、そっくり」

あまりにそっくりだから、つらくて十五歳以降は会えなくなった、と彼女は言った。千草を見るたび、晴美への罪悪感で押しつぶされそうだった、と。

礼を告げ、白石は幼馴染みの家を出た。

7

那珂署で、午後九時から夜の捜査会議がはじまった。

水戸署からの新たな応援要員を迎え、捜査態勢は約百二十人規模にふくれあがっていた。

司会は、常と同じく副主任官だ。

壇上でマイクを握り、被害者や椎野千草の写真が貼られたホワイトボードの前で資料を読みあげていく。

「えー、『大洗中学生事件』について、マスコミ、とくにテレビの報道が過熱しております。現在はわが県警の広報担当が対応していますが、これ以上広がるようなら警察庁に……」

千草に襲われた女子中学生五人は、いじめの事実が明るみに出るや、一転してバッシングの対象となっていた。

とくに匿名掲示板やSNSを使った誹謗《ひぼう》中傷、個人情報の漏洩《ろうえい》がひどく、夏帆たちは登校はおろか一歩も外へ出られないという。

脅迫電話が多いため、各家は電話線を抜いた。遺体となって帰宅したAにいたっては、「密葬にするしかない」状態だそうだ。

「名前や顔写真はもちろん、小学校の文集や、SMSのスクショまでネット上にさらされているようです」

岸本が和井田にささやく。

「その顔写真を使った、悪質なコラ画像まで出まわっています。いささかまずい領域に入っているかと」

「〝正義の暴走〟ってやつだな。いったん叩いていい対象と見なすと、とことん集団で叩きのめす。……下手すると自殺者が出るぞ、糞《くそ》が」

和井田は渋面で吐き捨てた。

副主任官がマイクを持ちなおして、

「えー、次です。現在、椎野千草のアパート『グランホームズ南』二〇三号室を家宅捜索中。

情報整理のため、現段階で判明している点を報告いたします」

と言った。

「椎野千草は身ひとつで出ていったらしく、部屋には家財道具一式が残されていました。スマホは持って出たようですが、電源が入っていないのかGPSは追えません。ただし、室内からタブレットを押収できました。アパートの駐車場に車はなく、状況からして発作的な出奔だったと見受けられます」

タブレットは現在、科捜研が解析中だという。

なお会社に「辞めます」と電話した直後、千草は銀行へ向かい、口座を解約している。残高は四十四万七千五十二円だった。

「暮らしぶりは真面目で、男の影はなかったそうです。近隣の証言によれば、『たまに訪れていたのも同性の友人ばかり』とのことでした。この友人の素性は判明しておりませんが、地取り班が引きつづき聞き込み中です」

「マル被と、被害者たちの関連は?」

捜査員の一人が質問した。

「そちらもまだ判明していません。ただ椎野千草と同工場に勤務する四十代男性に、ジュニアアイドル好きが一人見つかりました。撮影会などのイベントに、年間十四、五回参加しているそうです。本事件との関連は、目下精査中です」

副主任官が淡々と答えた。

「マル被がジュニアアイドルだった過去はないんですよね?」

「ありません。かつての同級生や、施設の仲間などにいたかは捜査中です」

「父親の事件との関連は？」

「そちらも捜査中です。ただ科捜研の心理担当官によれば『性格は遺伝するが、犯罪性は遺伝しない。関係者の各証言から推察できる椎野千草は、実母似の性格。いじめ主犯の母親を脅した事件は爆発気質を思わせるが、生い立ちおよび過去の事件のＰＴＳＤが引き起こした突発的なものと推定され、先天的とは言えない』だそうです」

副主任官は資料をめくり、

「失礼。科捜研から、もうひとつ重要な指摘がありました」

と付けくわえた。

「『大洗中学生事件』の防犯カメラ映像を分析した結果、マル被すなわち椎野千草のマスクがずれた際の、唇の動きが読めたそうです。言葉の前半はキャップの庇《ひさし》に隠れて読めませんでしたが、後半は『――は、失敗しない』でした。中学生たちに対し、牛刀をふるう直前に発した言葉とのことです」

居並ぶ捜査員たちから、困惑のざわめきが起こった。

和井田もその情報に首をかしげた。意味不明だ。だがこれから起こす犯行への意気込みとも取れる。

「『今度は失敗しない』ですかね？」

岸本がささやいてきた。

和井田も身を傾け、ささやきかえす。

「だとしたら那珂のコロシは、椎野にとって失敗だったってことか？　まだよくわからんな」

言い終えると同時に、着信音が鳴り響いた。

警電だ。一番近くにいた捜査員が手を伸ばし、応答する。

顔いろがさっと変わったのが、和井田の角度からも見えた。雛壇《ひなだん》の主任官のもとへ駆けていく。

副主任官も壇上から降り、しばし三人で話していた。どの顔にも、やはり色濃い困惑が浮いていた。

かぶりを振りつつ副主任官が壇上へ戻り、マイクを握る。

「えー、たったいま入った情報です。椎野千草のアパートを捜索中の家捜班より、不可解な――いえ、重要な情報が入りました。

椎野千草が住む二〇三号室の天井裏から、人間一体ぶんの死蝋が発見されたとのことです。死蝋は顔面と腹部に、激しい損壊あり。『那珂男女事件』の現場で発見されたかけらとの関連は、科捜研の分析を待って発表いたします」

第三章

1

暗い屋根裏で、〝影〟はまどろんでいた。

やはりここは落ちつく。真っ暗で、息苦しいほど埃《ほこり》っぽい。自分の指さきすら見えない。

ずっとこうして寝そべっていると、体ごと闇に溶けていく気がする。どろどろと、とろとろと溶けて、自分のかたちがなくなっていく。やがて意識もなにもかも、消え失《う》せる錯覚に陥る。

――気持ちいい。

ときおり手足や顔の上を、蜘蛛《くも》が這《は》っていく。それすらも心地いい。

蜘蛛が警戒しないのだから、自分は天井板の一部と見なされているのだ。無機物に同化している。己が、個人が、自我が消えていく。消失できる。

――明るいところは嫌いだ。

だって見えすぎる。自分も他人もくっきり見えて、吐き気をもよおす。

澄んだ空気が嫌いだ。花の香りや、風のそよぎが嫌いだ。

笑い声が嫌いだ。人混みが嫌いだ。すれ違いざま触れていく、他人の腕や肩の感触も嫌いだ。

おしゃべりが嫌いだ。赤ん坊の泣き声が嫌いだ。高校生の汗の臭いが嫌いだ。中年男性の咳《せき》が、煙草の副流煙が、他人の体臭が嫌いだ。

排ガスが嫌いだ。スマホの着信音が嫌いだ。柔軟剤の香りが嫌いだ。鳥のさえずりが嫌いだ。チャイムが嫌いだ。嫌いだと思う自分も嫌いだ。

他人を知覚したくない。自分の存在も自覚したくない。溶けてなくなりたい。

濃い闇にとろとろと溶けて。真っ黒なスープのように。バターになった虎のように。なにものでもない無になりたい。

——なのに腹は減るし、排泄《はいせつ》もしたくなるから腹が立つ。

食欲も排泄欲も、平均的な市民に比べればごく低いはずだ。ほとんど食べないせいで胃は縮まり、排泄の回数もすくない。

それでも、いやだ。不便なだけでなく、自分が生きものなのだと突きつけられるようで、ひどく不快だ。

——でも、この部屋はなかなかいい。

いままで何軒もわたり歩いてきた。その中でも、この部屋は上位に入る。

居心地がいい。家主のことも気に入っている。鈍感なのが、なによりいい。

——まあ、気づかれたら去るだけだ。

ほんのすこしでも悟られたと察したら、〝影〟はすぐ退去すると決めていた。どうせ荷物はすくない。迷いなく逃げられる。

もっとも「屋根裏に人がいる」と見破った人間は、いまのところいなかった。

〝影〟の気配を感じても、大半は自分の気のせいだとごまかすか、もしくは心霊現象を疑う。

御祓《おはら》いを検討したり、「この部屋、事故物件じゃないんですか?」と管理会社を問いつめる。

そうなったら、〝影〟は住民がいない時間を見はからい、とっとと退散する。

――かまわない。隠れ家のストックはまだまだある。

寝そべったまま、〝影〟はキイホルダーを思い浮かべる。二十数本もの合鍵《あいかぎ》をぶら下げた、ずっしりと重いキイホルダーだ。

〝影〟の、数すくない荷物であり、財産のひとつである。〝影〟がまだ表を歩いていた頃、せっせとつくった財産だった。

閉じた眼裏を、走馬灯がめぐる。

記憶の走馬灯だ。

あの頃の〝影〟は人間だった。人並みに働いていた。人並みに住まいを借り、家賃を払って住んでいた。そして、いまと同じく孤独だった。

犬や猫を飼おうかと思ったこともある。ペットがいればなにか変わるのではと。

だが駄目だった。〝影〟は犬にも猫にも嫌われた。愛したくても、可愛がりたくても、そのたび拒絶された。

――みんな、離れていく。

〝影〟の脳裏を記憶が駆け抜ける。

しかたない。あのときも、あのときもそうだった。みんな離れていく。みんな自分を嫌う。避ける。だからこうなったのも、しかたない。

やがて走馬灯は、あの日の浴室を映しだす。

あの浴室で、〝影〟は解体作業にいそしんでいた。

死体の解体ではない。死蝋《しろう》の解体——というより、破壊だった。包丁の柄で叩《たた》くと、蝋状になった元人体組織がぼろぼろ崩れ、タイルに散らばった。

〝影〟は死蝋の顔面を根気よく叩き、突き崩した。崩れた破片はすこしずつトイレに流すか、小分けにして外のゴミ箱に捨てるか、地面に撒《ま》いた。

——みんな離れていく。

だから、しかたない。

包丁の柄は、死蝋のふくらんだ腹部にも及んだ。本体と同じく死蝋化した、胎児をおさめた腹部であった。

2

白石が施設職員に紹介してもらったもう一人の人物は、友和を担当した元保護観察官だった。

現在七十代なかばらしいが、ふさふさの髪といい、肩の張った頑健そうな体軀《たいく》といい、ずいぶん若わかしい。焦茶いろの瞳《ひとみ》で彼は白石を見かえし、

「そうですか。千草ちゃんを担当された家裁調査官……」

とうなずいた。

やはり白石は「元です」とは言わずにおいた。

「失礼ですが、あなたが椎野友和さんを担当なさったのはかなり前ですよね？　事件後も椎野家を気にかけていた理由を、お訊《き》きしていいですか？」

白石が問うと、元保護観察官は「かまいませんよ」と答えた。

「友和くんは珍しいケースでしたからね。自立支援施設で更生したと聞いたあとも、ずっと気にかかっていたんです。成人後も、遠くからですが見守っていました。……ですが結局は、あんなことになったわけでしょう。自責の念というかね、もっとなにかできたんじゃないか、と忸怩《じくじ》たる思いがありまして」

あんなこと、とは友和による一家殺しのことだろう。

「だからせめて、千草ちゃんが施設で元気でいるか、健康でいるかを確かめたかったんです。半分は、自分のためですな。罪悪感を薄れさせたかった」

元保護観察官が嘆息する。

白石は「罪悪感なんて」と言いかけ、やめた。自分が彼の立場だったら、安易な慰めはいらないと思えたからだ。

代わりに、白石は言った。

「じつは、椎野さん──千草さんが行方不明になっています」

「そのようですね」

元保護観察官がさらりと言う。

「ご存じでしたか」

「あなたを紹介してくださった方と、しばらく電話で世間話をしましたのでね。白石さんは、千草ちゃんを捜してくれているんですか?」

「その一助になればいいと、思っています」

出された茶で舌を湿し、白石はつづけた。

「千草さんを捜す手がかりのひとつとして、今日は友和さんのことをうかがいたくお邪魔いたしました。千草さんは以前、ぼくに言いました。『父を、いつか理解したい』と。『父がどんな人だったか、なにを考えていたのかは、ずっと考えていきたい』、そう語っていました。また彼女は『十一年間いっしょに暮らしましたが、わたしは父についてなにも知りません』とも言っていた」

「あなたは千草ちゃんが、父親のことを知る旅に出た、とお思いなんですか？」

「わかりません。ただ、いまは手がかりになるならなんでも知りたいんです」

「ふうむ」

元保護観察官は腕組みして、天井を仰いだ。

「……せんにも言いましたとおり、友和くんは珍しいケースでした。九歳で放火し、十一歳で刃物による傷害事件。死者二人、重傷者一人を出している。これだけ聞けば、とんでもない劣悪な環境に育った、凶悪な非行少年と誰もが思うでしょう」

「ところが、そうじゃなかった？」

「いたっておとなしそうな色白の少年でした。言葉遣いもきれいで、なにより生家が裕福だった。父親は会社役員、母親は専業主婦。県庁所在地の一等地に、一軒家を建てて住んでいました」

保護観察官とは、基本的には保護観察の仮解除や、少年院からの仮退院審理にかかわる国家公務員だ。

しかし椎野友和は〝特例〟だったため、彼が担当した。

「白石さんもご存じでしょうが、普段はおとなしくても、きっかけさえあれば急に激昂《げっこう》する非行少年は多いです。だが友和くんは、それともすこし違った。なんと言ったらいいか――」

彼は言葉に迷ってから、

「とにかく、異質でした」と言った。

「わたしが担当したとき、彼は十一歳でした。小学五年生ですね。思考の流れや感性を知りたくて作文を書かせてみたら、かなり達者な文章を書くんです。中学生並みの文才でした。そうして『反省しています。いま思えば、どうしてあんなことをしたのかわからない。家庭でも学校でもうまくいかなくて、その出口がほしかった気がします。今後は自分の欠点から目をそらさず、やりなおしていきたい』なんてふうに書いてくるわけですよ」

「模範的ですね」

「そう、模範的すぎました」

元保護観察官はかすかに苦笑した。

「反省文のマニュアルをなぞっているだけです。なにひとつ、彼の感情が伝わってきませんでした。うわっつらを、つるつる撫《な》でているだけでしたよ」

次に彼は、友和に心理テストをおこなった。

まずはバウムテストだった。紙とペンを渡し〝実のなる木〟を描かせる有名なテストである。

友和は細長い幹を描いた。その幹からは根が伸びていたが、地面は描かれず、浮いていた。枝は数本描き込まれたものの、幹から離れていた。葉や実のたぐいはいっさい描かれなかった。

「実のなる木を描いてほしいんだが」

元保護観察官がうながすと、友和は枝の間におざなりな丸をいくつか描いた。実のイメージが浮かばないか、興味がないようだった。文章の達者さとは対照的に、幼稚園児が描くような絵であった。

次には〝山、川、人、家、田、道、木、花、石、動物がいる風景〟を描かせた。

これもまた、ひどく稚拙だった。画用紙の上部に〝川〟がまっすぐな二つの線として描かれ、その下に家や花や石がぽつんぽつんと無秩序に描かれた。風景としての構成は、はなから放棄されていた。

〝田〟は漢字がそのまま書かれ、〝道〟はくねる短い二本線だった。〝家〟はやけにちいさく描かれ、棒人形のような〝人〟は、家から一番遠い位置にいた。

最後はロールシャッハ・テストだった。インクの染みのあるカードを見せて「なにに見える？」と尋ねる心理検査だ。

このテストに、友和はもっとも手こずった。答えるまでにいちいち時間を要し、「なににも見えない」と諦《あきら》めることが多かった。

一般的に多い「花」「蝶《ちょう》」「動物」などの答えはほぼなかった。染み全体でなく一部を見て「この部分が、目みたいに見える」などの反応をした。この「目」という回答は異常に多く、視線恐怖症の傾向がうかがえた。

元保護観察官はこう評価したという。

――社会との隔絶感、情動の乏しさ、共感能力と想像力の低さが見てとれる。

――総合視点がなく、自分の考えや衝動をどう表現し、コントロールするかが苦手。ただしマニュアルがあれば、社会に適応していけるだけの知能は充分にある。

「ちいさく描かれた〝家〟が、〝人〟から一番遠い位置にあった、というのが気になりますね」

白石は言った。

「友和さんの生家は裕福だったとおっしゃった。金銭的には恵まれていても、あたたかい家庭にはほど遠かったんでしょうか？」

「資料によれば、そうです」

元保護観察官が複雑な表情でうなずく。

白石は問うた。

「虐待《アビユース》ですか」

「身体的な虐待は、いっさいなかったです。彼の体には傷ひとつ、痣《あざ》ひとつなかった。性的虐待や、言葉による精神的虐待も認められませんでした。――あれは、養育放棄《ネグレクト》の結果ですよ」

元保護観察官は遠い目をした。

「例の事件後、千草ちゃんに会うため、施設に何度か通いました。ようやく心を許してくれた頃、千草ちゃんが話してくれたエピソードが忘れられないんです」

千草が中学生のとき、思いだしたように、ふと聞かせてくれたのだという。

――父の日に、お父さんの似顔絵を描いて渡したことがあるんです。

と。

「友和くんがどうしたと思います？　にこにこしながら、千円札を手渡してきたそうですよ。千草ちゃんが苦笑いしながら言ってました。『弟は喜んでたけど、わたしはがっかりしました。ただ〝ありがとう〟とか〝上手だな〟と言ってもらえれば、それでよかったのに』とね」

「それは……そうでしょうね」

白石は相槌《あいづち》を打った。

友和は「部下に奢《おご》ってやらなきゃいけない」と妻に言い、借金までして〝太っ腹な上司〟のイメージを保っていたらしい。

——人間関係を、彼は金でしか買えなかった。

いや、金でしか買えないと思いこんでいた、が正解か。

「千草ちゃんはこうも言ってましたよ。『万事において、父はそういうピントはずれなところがありました。いきなり犬を三頭飼うと言いだしたり、すぐ下の弟が骨折したとき、急に〝ディズニーリゾートに行くぞ〟と言いはじめたり……。空気が読めないっていうか、ときどき、怖かったです。あまりに感覚が違っていて』」

室内に、短い沈黙が落ちた。

元保護観察官は冷めた茶を飲んで、

「友和くんの生い立ちに関しては、わたしより嵯峨谷《さがたに》さんのほうが詳しいですよ」

と言った。

「嵯峨谷さん？」

「友和くんの保護司です。わたしは限られた権限しかない上、案件を抱えすぎで友和くん一人にかまけていられなかった。しかし嵯峨谷さんは、彼が自立支援施設を出てからの数年間、そうとう親身になってあげたようです」

保護司とは、法務大臣から委嘱を受けた無給の非常勤国家公務員である。たいていはほかに本業を持っており、元教師、市議、地元の名士などが多い。

くだんの嵯峨谷は僧侶《そうりよ》だったそうで、現在九十二歳。住職はとうに引退し、寺は孫が継いでいるという。

「ご高齢ですが、頭のほうはしっかりしておられます。じつは千草ちゃんにも、数年前に嵯峨谷さんを紹介したんですよ。今回もわたしから電話して、話を通しておきましょう」

元保護観察官はそう請けあってくれた。

帰宅して、白石はまず米をといだ。

炊飯器の内釜《うちがま》に米、水、えんどう豆、昆布、酒を適量入れ、予約ボタンを押す。

次に、鶏腿肉《とりももにく》をたれに漬けておく。酒、はちみつ、みりん、醤油《しょうゆ》の、ごくオーソドックスな漬けだれである。

肉に味が染みるまでの間、白石は自室のパソコンに向かった。いまのところ得た情報をざっとテキストにまとめておく。

いったんテキストを保存し、凝った肩をほぐすため入浴した。

熱い湯につかりながらストレッチし、体と髪をよく洗ってからキッチンへ戻ると、炊飯器が盛大に蒸気を噴いていた。

「炊き込み飯はいいよな。飯に味があるぶん、おかずを手抜きできる……」

つぶやきながら、白石はきゅうりを薄切りにした。さらにミニトマトを半分に断ち割り、さっと甘酢和《あ》えに仕立てる。

あとはメインの鶏の照り焼きだが、フライパンで焼くだけだ。

足りない野菜は味噌《みそ》汁で補った。玉葱《たまねぎ》と落とし卵の味噌汁は、果子の好物である。そこへキャベツ、えのき茸《だけ》、油揚げを足して、具だくさんの味噌汁にした。

夕飯を終えたあとは、またパソコンに向かった。まとめたテキストを推敲《すいこう》し、いくつか補足の言葉を添えて和井田のアドレスへと送る。

ふたたび凝った肩をまわしながら部屋を出ると、果子が帰宅していた。

「なんだ、今日は早いな」

時計を見上げて言う。とはいえ、ゆうに十時過ぎだ。

「珍しく、会議が予定どおりに終わったの」

「そりゃよかった」

言いながら、白石は冷蔵庫を開け、甘酢和えの鉢と、照り焼きの皿を取りだした。照り焼きは、ラップをかけたままレンジへ突っこむ。

頭を、ふっと思考がかすめた。

――父にも、こうするべきだっただろうか。

レンジのボタンを押し、セットする。

――父が生きているうちに和解し、ともに食卓を囲むべきだったのか。

白石は果子を振りかえった。

「今日も手抜きメシで悪いな」

「なに言ってんの」

果子が笑う。

「そんなこと言うなら、わたしが本気の手抜きメシを披露してあげよっか？　毎晩レトルトカレーとパックごはんだよ。贅沢《ぜいたく》したい夜は、そこに生卵を落とす」

「はは」

笑いかえしながら、白石は頭の片隅で妹に呼びかけた。

――果子。

おまえは、両親の離婚がおれのせいだと思ったことはないか？

——おれは、ある。

ずっと考えないようにしてきた。直視しないよう、つとめてきた。

だが父の死を知って、疑念が溢《あふ》れ出てしまった。

あのとき下手を打ったせいで、おれはおまえから父親を奪ってしまったんじゃないか？

「うわ、やったぁ。豆ご飯じゃん」

炊飯器を開けて、果子が歓声を上げる。

「なにをはしゃいでるんだ。小学生か」

「いいじゃん。大人だって炊き込みご飯は好きなのよ。疲れて帰ってきたとき、好物を見ればテンション上がるの。明日への活力が湧くの」

ふっと間を置き、

「けどさ」と彼女は声を落とした。

「お兄ちゃん。冗談抜きに、もっと手を抜いてよ」

振りかえらず、果子はつづけた。

「……わたし、よく覚えてないお父さんより、お兄ちゃんの体のほうが大事だから」

3

捜査四日目の朝がはじまった。

常のとおり、副主任官が壇上でマイクを握る。

「えー、科捜研から報告があります。主任研究官、どうぞ」

マイクを譲られた研究官が一礼し、報告をはじめた。

「椎野千草の部屋に残されていたタブレットですが、昨夜のうちにロック解除できました。検索履歴を確認したところ、芸能プロ『STエンタテインメンツ』に所属する、もしくはしていたジュニアアイドルを何人か検索していたようです。その中には北凜音、森長つぼみ、姫野メルの名も含まれます。

また閲覧履歴には、『角田企画』が過去に出した児童ポルノが何本か残っていました。タブレットに付着していた椎野千草以外の指紋は、現在分析中です。引きつづき、中身についても精査します」

研究官は息継ぎし、つづけた。

「また屋根裏から発見された死蝋ですが、こちらは旅行用スーツケースに入った状態でした。骨盤からして、おそらく女性でしょう。組織からDNA型が採取できそうなので、こちらも法医研究室にて分析します。また頭蓋《とうがい》骨に肉付けし、顔を復元する案も出ております。科捜研からは以上です」

副主任官にマイクが戻った。

「ありがとうございました。では次に、証拠品班から報告願います」

長机に着いた捜査員が立ちあがる。

「昨夜九時ごろ、大洗市郊外にて、椎野千草の車が発見されました。近隣に建つ電気工事会社の社員の証言では『三、四日前から駐《と》まっていた。とくに往行に邪魔でなかったので、通報しなかった』そうです。車はT社の軽自動車。ナンバーがはずされていましたが、車台番号で椎野千草所有の車と特定できました」

「ありがとうございました。こちらは車内の指紋および微物を採取し次第、科捜研にまわす予定です。次は……」

朝の捜査会議を終え、和井田たちは笠間市の食品製造工場へ向かった。椎野千草が、去年の十二月まで勤めていた工場である。

千草の直属の上司だったという係長は、縁なし眼鏡の神経質そうな男だった。

マスクをはずし、ガーゼの帽子を取って、和井田を上目遣いに見上げる。

「椎野さんね。覚えてますよ。彼女がどうかしたんですか?」

「すみませんが、捜査についてはお話しできません」

岸本が定型句で答えた。

「椎野さんが辞めたときのことを、うかがいたいんですが」

「辞めたとき? ああ、ちょっと迷惑だったかな。彼女はクリスマスにも正月にもシフトの希望を出してましたから、直前に辞められるとね」

「穴埋めに苦労されました?」

「多少ね。でもたいしたことはなかったです。特別手当が五千円付くんで、希望者はそれなりにいるんですよ。正月に親戚《しんせき》を迎えるのが面倒だからと、進んでシフトを入れる女性も多いです」

係長は首を擦《さす》って、

「でも椎野さんが、電話一本で辞めたのは意外でしたね。無遅刻無欠勤で、真面目な子だと思ってましたから」

と言った。

「とはいえ工場は人の出入りが激しいですからね。連絡なしに来なくなる子だって、年に十二、三人は出ます。電話をくれただけ律儀と考えるべきかな」

「離職票を取りに来なかったそうですが？」

岸本が問う。普通は退職者の住所に郵送するものでは？　とは、あえて言わなかった。係長が薄く笑う。

「だから、いい転職先が見つかったから辞めたんでしょうよ。椎野さんは若くて可愛いし、働き口ならいくらでもありますもんね」

下卑た笑みだった。どうせ夜の商売に行ったんだろうと、その表情が言外に当てこすっていた。

「椎野さんと親しかった社員はいますか？」

「さあ？　わかりません。うちは社員間のプライベートには口出ししないんで」

そう言いながらも、係長は背後の女性を親指でさした。

「女性従業員のことなら、あそこの喜納《きのう》に訊いたほうが早いですよ。彼女はそういうの、こまごまとよく気が付きますから」

喜納主任は四十代なかばの、ふくよかな女性だった。マスクを顎下《あごした》へずらすと、色白の顔にうっすら汗が浮いていた。

「椎野さん？　彼女になにかあったんですか？」

「すみません。捜査についてはお話しできません」

さきほどもした問答を繰りかえす。しかし係長とは違い、彼女は食いさがってきた。

「まさか、西織《にしおり》さんと同じことになったんじゃないですよね？」

和井田と岸本は、無言で目くばせし合った。

――西織さん？

突然出てきた名だが、ここで「西織さんとは？」と訊きかえすわけにはいかない。和井田は代わりに尋ねた。

「なぜそう思われるんです？」

「なぜって、だって、こんな短期間のうちに、警察の方が何度もお見えになるなんておかしいから……」

もごもごと言う。

さっきの係長は見かけより狸《たぬき》だったのか、それともほんとうに社員に関心がないだけなのか。訝《いぶか》りつつ、和井田は問いを継いだ。

「椎野さんや西織さんと、あなたは親しかったんですか？」

「そういうわけじゃないですけど」

喜納主任は首を振った。

「でもやっぱり、怖いじゃないですか。〝自殺は伝染《うつ》る〟とかって、聞いたことがありますし」

「椎野さんが自殺する原因に、お心当たりでも？」

「いえ、そんな意味で言ったわけじゃ」

「では西織さんのほうに心当たりが？」

「違います」

語尾がかすれ、うわずった。揺さぶりは充分なようだ。おどおどと目を泳がせる彼女に、和井田はさらに訊いた。

「椎野さんと西織さんの関係は？　仲良しでしたか？」

「わたしの知る限りでは、べつに……。二人とも無口で、一人でいるのが好きなようでした。お昼も個々で食べていましたし」

「二人に接点は？」

「どうでしょう。同僚だったことと、同年代なことくらいかと」

「西織さんは〝ああなる〟直前まで、こちらで働いていたんですか？」

「いえ。椎野さんより二箇月ほど先に辞めました。そういえば彼女も、離職票を取りに来ませんでしたね。まあうちは希望者にしか発行しないし、はなから放棄する人は珍しくないですが……」


ひとまず工場を離れ、和井田たちは〝西織〟なる女性の名が出たことを、捜査本部に電話で報告した。

すると先月の十七日、茨城町《いばらきまち》で発見された白骨死体が浮かんできた。

さっそく岸本が自前のスマートフォンで検索する。

残っていたキャッシュによれば、当時の記事は以下の通りだ。

「17日午後1時45分ごろ、茨城町東浜台《ひがしはまだい》で散歩中の男性が、白骨化した死体を発見。一一〇番通報した。

現場は人通りのない雑木林。遺体は仰向《あおむ》けの状態で倒れていた。発見者の男性によれば『重なった落ち葉の間から、骨や服の一部が見えたため通報した』という。警察は身元の確認などを進めている」

記事はそう締めくくられていたが、実際には身元はすぐに判明した。遺体から約一メートル離れた地点に、女もののショルダーバッグが落ちていたからだ。

バッグの中には財布があり、数千円の現金と図書館利用者カード、美容院のポイントカードなどが入っていた。ただしスマートフォンや携帯電話のたぐいは、遺体の周辺に見あたらなかった。

――西織実花《みか》、二十五歳。

地元警察が調べたところ、身寄りのない天涯孤独の女性であった。

スマートフォン等の通信機器が見つからなかったことから、警察は他殺を想定した。この年頃の女性が、スマートフォンも携帯電話も持たずに出歩くわけがない。

しかし検視の結果は「自殺もしくは自然死」であった。事件性はないとされ、捜査本部も設置されなかった。

遺体は引きとり手がなかったため、行政側で火葬にして、無縁納骨堂におさめたという。

「捜査本部《チョウバ》が立たなかったなら、本部が把握できなくて当然だな」

和井田の言葉に、岸本がうなずく。

「那珂署《うち》もです。他署管内の自殺まで覚えているのは無理です」

実花は千草より、約二箇月早く工場を辞めていた。やはり電話一本での退職だったという。

行方不明になったのはその直後だ。

「検視官を疑いたくはないですが、西織実花の死に、事件性はほんとうになかったんでしょうか？」

「わからん」

和井田は唸《うな》るように言った。

「白骨死体ってのは、ただでさえ死因も死亡時期も特定しづらい。たとえば絞殺でも、舌骨が折れんことが稀《まれ》にある。白骨化で頸部《けいぶ》の索溝《さっこう》が確認できず、舌骨が無事なら、自然死と取り違えられるケースもないではない」

「マル被が西織実花を殺した可能性は、考えられないでしょうか」

「それもまだ、なんとも言えん」

和井田は再度唸った。そう答えるしかなかった。

土中に埋めた死体は、白骨化するまでに数年かかる。しかし埋めずに放置された場合は三箇月程度、盛夏ならば数週間で骨になると言われる。

和井田のスマートフォンが鳴った。

捜査本部からだった。二言三言応答し、通話を切って岸本を振りむく。

「軟部組織の消失程度からして、西織実花は〝おそらく四、五箇月ほど前に死亡〟と推定されたらしい」

「西織実花の遺体が発見されたのは、先月の十七日ですよね？　じゃあ死亡時期は、マル被の退職時期とおおむね一致しますね」

「ああ。そしてマル被がアパートから消えたのも、先月なかばだ」

――西織実花を殺したから、千草は退職して引きこもった？

和井田は考えこんだ。

——実花の遺体が見つかったのをニュースで知り、逃亡したのか？

わからなかった。現段階で自分たちにできるのは、得た情報を捜査本部に報告し、主任官の判断を仰ぐことのみだ。

和井田は空を見上げた。

梅雨の終わりかけの空は、奇妙に透きとおった灰いろをしていた。

4

友和の保護司をつとめたという元住職は、寺務所の横に建つ自宅の縁側で、座布団に埋もれてちんまり座っていた。

齢《よわい》九十を過ぎているだけに耳は遠いが、補聴器の助けで充分会話できた。「自分の茶は自分で淹《い》れる主義」と、急須《きゅうす》や湯呑《ゆのみ》を扱う手も危なげなかった。

「ああ千草ちゃんね。うん。父親の話を聞きに、うちに何度か来なすったよ」

白石に向かって、嵯峨谷は目を細めた。

「いい子だった。頭の回転が速くて、飲みこみがよくってね。あんないい子が行方知れずだなんて、そりゃあ協力しないわけにはいかないな」

「彼女とは父親、つまり友和さんのお話を主にしていらしたんですよね？」

白石は膝《ひざ》を進めた。

「友和さんの生い立ちについて、一番詳しいのはご住職だとお聞きしました」

「いやいや、わたしゃもう住職じゃないよ。それに彼の生い立ちについても、詳しいなんて言えるかどうか……」

まあ知ってることはお話ししますがね、と、残りすくない鬢《びん》を指でいじる。

「千草ちゃんの父親の友和くんは、義務教育を終えると同時に支援施設を出てね。ええと、十五歳から十八歳まで、わたしが担当したんだねえ」

自分の言葉にうなずきながら、白石に湯呑を差しだす。

「ではお聞かせください。嵯峨谷さんから見た友和さんは、どんな人でしたか」

「どんなってねえ。さてね」

嵯峨谷はすこし視線をさまよわせてから、

「あなた、〝狼に育てられた少年〟って知ってるかね？」

と言った。

唐突な質問に白石は面食らった。

嵯峨谷が喉《のど》で笑い声をたてる。

「わたしがまだ若かった頃、話題になったんだよ。ありゃあ、インドだったかな、捨て子かなにかが狼に拾われ、乳をもらって子狼と一緒に育ったってな話だ。二足歩行できず四つん這いで走り、生肉を好んで食べたと言われる。マザー・テレサに保護されたあとも、完全に人間らしくはなれなかったそうだ」

嵯峨谷は渋茶を啜《すす》り、

「失礼を承知で言うが、わたしゃ友和くんを見るたび思ったよ。『これも一種の狼少年だな』『人間らしく育てられんと、人間らしくはなれんのだな』とね」

「そんなにですか」

白石は愕然《がくぜん》とした。

「そんなにひどかったんですか。友和さんの成育環境は」

「いやいや」

白石が手土産に持ってきた最中《もなか》の包みを剝《む》き、嵯峨谷は手を振った。

「誤解を与えたならすまんが、べつだん彼は生まれてすぐ野っ原に放りだされたわけじゃないよ。むしろ、お蚕《かいこ》ぐるみの赤ん坊だったろうさ。ただ――」

最中をひと口かじり、彼はつづけた。

「――ただ、愛情をいっさい注がれんかった。愛というものをまったく知らず、彼は育ったんだ」

嵯峨谷によれば、友和の両親は見合い結婚だったという。本人たちの意思をまるで無視した、家同士、親同士の意向による結婚だそうだ。

当時、友和の父親は三十八歳で再婚。母親は十八歳で、むろん初婚だった。

「一説によればこの結婚を、彼女は〝泣いていやがった〟らしい。そりゃそうさ。二十も歳が離れた相手だものな。大学に行きたかったが、親が許さず、高校を卒業してすぐ無理やり輿入《こし》れさせられた。結婚生活に、歪《ゆが》みが出たのも当然さね」

この結婚の三年後、友和は誕生した。

両家にとって待望の長男であり、跡取りだった。

しかし友和の母親は、彼をいっさい愛さなかった。ほとんど見向きさせず、抱くことも、添い寝することも、乳をやることすらなかった。

「『一度もあの子を抱っこしなかった。話しかけたこともない』。悪びれることなく、御母堂は堂々とわたしに言いはなったよ」

嵯峨谷は苦笑した。

さらに彼女はこうも言ったという。

——言葉のわからない赤ん坊に、話しかける意味があるんですか？　ベビーベッドがあるんだから、抱く必要なんかないでしょう。

——わざわざ授乳しなくたって、ミルクのほうが栄養価は高いですしね。

母乳が出なかったわけではない。むしろ出すぎて困るほどだったという。しかし彼女は、搾乳してはその乳を捨ててしまった。

ただし、わが子を飢えさせたわけではなかった。友和の母はマニュアルどおり、三時間おきにきっかり十五分間ミルクを与えた。

それ以外のときは、いくら泣こうがおかまいなしだった。耳栓をして無視した。おむつもやはり、決まった時間に決まった回数しか替えなかった。

椎野家にとって不幸だったのは、時代が〝中途半端に現代〟だったことだろう。

もうひと世代前なら、彼らの家柄に相応の乳母を雇うのが普通だった。

もし乳母がいれば、彼女が友和に甘い乳と、人肌のぬくもりを与えてくれた。抱いてくれる腕や、絶えず話しかけてくれる声がそばにあったはずだった。

しかし社会は、核家族化する一方だった。

母親も、家の中に他人がいるのをいやがった。かといって政略結婚を完全に拒めるほどの時代でもなかった。

乳母も使用人もいない代わり、最新式の家電が揃った家で——密室で、母親はごく静かに暮らした。うるさい泣き声は、耳栓とヘッドホンでシャットアウトした。

夫はさいわい、滅多に帰ってこなかった。ほかに複数の愛人がいることは、結婚前から把握していた。

彼女がヘッドホンやイヤホンを常用したため、椎野家はつねに無音だった。赤ん坊の友和は、テレビやラジオの音さえ聞くことなく育った。

また母親は、健診などで母子ともに外出しなければいけないときは、

——あの子を紙袋に入れ、手に提げて歩きました。

そう淡々と認めた。

——汗やよだれが、皮膚に付くのがいやだったので。他人の体温って、気持ちが悪いですよね。

そんな彼女に「他人じゃなくわが子ですよ？　可愛くないんですか」と食ってかかった保健師もいたらしい。

しかし母親はすぐさま反論した。

——望んで産んだ子じゃないので、わが子なんて気がしません。あなた、自分の体から出た蟯虫《ぎょうちゅう》や膿《うみ》や、ニキビの脂に愛着が湧きます？　わたしにとっては、友和はそれらと同じです。

養子に出そうにも、友和は〝名家の大事な跡取り〟ゆえできなかった。

また友和の母の心理的拒絶を、周囲の全員が甘く見ていた。

——若い娘特有のわがまま。

——なんのかの言っても、最後にはちゃんと世話するだろう。女なんだから。

とたかをくくっていた。

夫婦仲は最悪と言ってよかった。夫は妻を「穴のあいた、産む機械」と見なしていた。妻は夫をひたすらに毛嫌いした。

のちに受けた心理テストや性格検査で、彼女には幼少期の性的被害による強い性嫌悪があったことが判明している。しかし当時は誰も、彼女の訴えに耳を傾ける者はいなかった。

両家の親族がようやく危機感を抱いたのは、友和が保育園に通いはじめてからだ。

複数の職員が、

――友和くんには精神的、心理的に問題がある。

――発語が遅すぎる。耳は聞こえているのに反応がにぶすぎる。

と二年間にわたって何度も何度も訴えた結果、ようやく意見を取りあげてもらえたのである。

その頃、友和の父親は十四歳の愛人と暮らすため、年の三分の一以上をラオスで過ごしていた。母親は独身時代の貯金で大学に通っていた。

一方で、わずか四歳の友和は自傷行為を繰りかえした。何度目かの受診で疾患を疑われ、小児科から精神科へまわされた。

彼の瞳を見た精神科医は、一目で「フローズン・ウォッチフルネスだ」と断定した。凍りついた凝視。愛されなかった子特有の眼差《まなざ》しだ――、と。

検査の結果、友和の脳波には乱れがあった。

身体的虐待はいっさい確認できなかった。それでなくとも彼に触れたがらない母親が、殴る蹴《け》るをするはずもなかった。

脳波の乱れは、繰りかえし壁に頭をぶつけるなどの自傷行為のせいと思われた。また友和は乳児期に二度、真夏の車中放置で救急搬送されてもいた。

母親は医師の面談にこう答えている。

――衣食住は足りさせています。教育にお金をかけるつもりもあります。虐待を疑われるなんて、心外です。

また彼女はこうも言った。

――『親として義務を果たせ』と言われるなら、わかります。でも愛情って、強制されて湧くものじゃないでしょう。

――『愛せ』と言われても、それは無理だとしか言えません。愛とか慈しみとか、そういう感情を強いられたって困ります。

父親は一度も病院に来なかった。

椎野家には、何度か行政の指導が入った。しかし保護者たちの――両親よりその周囲の――反対が強く、施設での保護はできなかった。

当時の医者は友和について、こう所感を記している。

『視覚、聴覚、知能などに障害はなし。しかし反応がにぶい。音、光などはむしろいやがる。二歳までをほぼ無音で過ごしたせいか、外的刺激一般を嫌う。

話しかけられることも好まない。発語はひどく遅れており、自分の欲求を伝える際には、看護師をしつこく叩く、蹴る、奇声を上げるなどで伝える。体躯は四歳児だが、精神年齢は一歳程度』

またこんな辛辣《しんらつ》な言葉も残っている。

――人間というよりは、猿の子のように見える。

言葉を切り、嵯峨谷は新たな茶を湯呑に注いだ。

「ひどい言葉だ。でもこの医者の言うことも、わたしゃあわかるんだよ」

しみじみとした口調だった。

「虐待を受けた子、愛されなかった子というと、たいていの人間は〝怯《おび》えた、哀れな子ども〟を思い浮かべる。傷ついた天使のような子をさ。けど、実際に接してみるとそうじゃない。被虐待児ってのは、大半が可愛くないよ。乱暴で、しつけられてなくて、こっちを睨《にら》んできたり、つばを吐いてきたりする。――当然だわな。愛されて育ってないから、〝愛しかた〟も〝愛されかた〟も知らないんだ」

「それは、わかります」

白石は首肯した。

世の大半の子どもは〝にっこり笑い、可愛く甘えれば愛してもらえる〟と体験で知っている。しかし被虐待児はそうではない。

彼らは〝微笑めば、礼儀正しくすれば、愛されて誉められる〟ことを知らない。そもそも礼儀を教えられていない。他者からの反応がほしいときは、攻撃して関心を惹《ひ》くしかすべがないのだ。

「友和さんは実際、母親を叩いたり蹴ったり、奇声でうるさくしたときしか振りむいてもらえなかったでしょうね」

「ああ。そしていっそう母親に嫌われた。実母の気を惹きたくて、見てもらいたくて、騒げば騒ぐほど疎まれた。典型的な〝可愛くない子〟のできあがりさ」

その果てに、友和は事件を起こした。

小学三年生で放火事件を、五年生のときは刃物を使った傷害事件である。どちらも凶悪とラベリングしていい事件だった。

少年院ではなく、友和は児童自立支援施設へ送られた。義務教育を終える十五歳までを施設で過ごし、出所して嵯峨谷と出会った。

「友和さんの、第一印象を教えていただけますか」

白石は言った。

嵯峨谷は首をひねって、

「第一印象は、普通のおとなしい子に見えたな」と言った。

「施設で礼儀作法を叩きこまれたんだろう。はきはき挨拶《あいさつ》したし、『ありがとう』『すみません』もちゃんと言えたよ。いま思えば、第一印象が一番よかったな。あの子のことを知れば知るほど、ああこりゃ難物だな、とわかった」

「難物、ですか」

「頭はよかったよ。自分に問題があると、ちゃんと自覚してた。共感能力が低いこと、友達ができないこと、無感動なこと、ときに攻撃衝動を抑えられないこと、愛情がわからないこと、被害妄想が強いこと、極端に他罰的なこと等々。そしてそれらをマニュアルで隠すすべも心得ていた」

「隠しかたは巧《うま》かったですか?」

「あの歳にしちゃね。けど、しゃべればしゃべるほどボロが出たなあ」

嵯峨谷は苦笑した。

こんなエピソードがある。友和が小学二年生のとき、副担任が夏休み中に事故死した。人気のある先生だったので、クラスメイトの多くが泣いた。

だが友和は、泣けなくて困ったという。まわりと同じでいたかったから、泣きたかったのに、と。

嵯峨谷が、なぜみんなが泣いたかわかる？　と問うと、友和は答えた。

——先生が死んだからでしょう。

——死んだら、なぜ悲しいのかな。

友和はしばらく考え、やがて言った。

——うーん、もう学校に来ないから？　一緒にドッジボールとか、二度とできなくなったから？

そして付けくわえた。

——ほんと言うと、わかんないです。あの年は先生が死んだから、夏休みの宿題を出さなくても叱られなくて、得したんですよね。得したのに、なんでみんなが泣くのかわかんなかった。

——でも『空気読めないやつ』って言われたくなかったし、下向いて鼻ぐすぐす言わせて、ごまかしました。

「普通の非行少年はこういうとき、イキがって『おれは全然悲しくなかった。泣かなかったぜ。あいつらめそめそして、馬鹿じゃねえの』って言うもんだよ。でも友和くんはそうじゃなかった。珍しいタイプだったな。一生懸命、平凡な人間に擬態しようとしていた」

「擬態……」

「ああ、だがうまくいかなくて、ストレスが溜《た》まりに溜まって、もう無理だ——となったとき、彼は爆発したんだと思う」

「それが例の放火であり、女子高生への傷害事件だったと?」

「わたしは、そう疑っているよ」

嵯峨谷は二個目の最中に手を伸ばした。

彼いわく、保護司の担当を離れるぎりぎりまで、友和は〝自分の感情や衝動を、他人に伝える〟ことが不得手だったという。

また友和は造語が多かった。たとえば「落ちこむ。しんどい」と言えばいいとき、「湿度感がグッとする」「脳ギシ」などという言いかたをした。

――胸んとこで湿度感がググッとして、脳のここらへんがキシキシして、ほっとくとギシギシになって、脳ギシになるわけです。

――そういうのはひとりでになるわけじゃないから、ぼくを脳ギシにさせる向こうが悪いんです。

といったふうにだ。基本は無感動な人間だったが、ストレスが溜まって興奮してくると、マニュアルが崩れてこうした奇妙な話しかたになった。

「狼少年、か……」

白石は低くつぶやいた。

狼に育てられた少年は、人間社会に保護されたのちも二足歩行できなかった。成長期に、立つことを教わらなかったからだ。

そして愛を知らず、愛を教わらなかった椎野友和は、人殺しになった。放火で二人死なせ、女子高生を刺し、長じて自分の妻子を惨殺した。

湯呑を置き、白石は眼前の庭を眺めた。

手入れのいい庭だった。仄白《ほのじろ》く咲いた蛍袋の花が、吹き過ぎる風でかすかにそよいだ。

5

白石がマンションに戻ると、留守番電話のランプがまたたいていた。再生ボタンを押した途端、流れだしたのは和井田の声だった。

「六時ごろそっちへ行く。メシを用意して待ってろ」

時計を見上げると、五時二十二分だった。慌てて白石は、和井田に電話をかけた。

わずか二コールで和井田は応答した。

「おう、ちょっと遅れるぞ。だが六時半までには行ける」

「おうじゃない。なんだ、その家族の一員みたいなもの言いは。それにわが家はいま、絶賛手抜きメシ週間だぞ」

「かまわん。牛丼や蕎麦《そば》以外ならなんでもいい」

言うが早いか、和井田が通話を切る。

白石は叩きつけるように子機を置――こうとしたが、家電が傷むのはいやなので、結局そっと充電器に置いた。

和井田が着いたのは六時二十八分だった。

「変なところで律儀だな。ほんとうに六時半までに着くとは」

白石は呆《あき》れながら、靴を脱ごうとする和井田に洗濯籠《かご》を突きだした。

さらに、固く絞ったタオルを手渡す。靴下を回収し、足を拭《ふ》かせるためだった。何日も洗っていない足を上がり框《がまち》にのせられては、たまったものではない。

足を拭きながら和井田はぼやいた。

「おまえ、潔癖が嵩《こう》じて寛容な心をどんどん失ってないか？　そんなだから、誰にもお婿にもらってもらえんのだぞ」

「おまえこそ、そんな汚い靴下と汚い顔でよく聞き込みにまわれるな。世の女性が一番嫌うのは清潔感のない男だぞ。和井田はその点、下の下。最低レベルだ」

「ふん、生憎《あいにく》だな。岸本は……」

「岸本？」

白石が聞きとがめる。

「なんでもない」

咳払いして和井田はごまかし、

「それよりも、会って早々に人を黴菌《ばいきん》扱いするんじゃねえ。やかましく言うなら、せめてシャワーを使わせろ」と声を張りあげた。

シャワーを済ませて小ぎれいになった和井田を、白石は〝本日の手抜きメシ〟で迎えた。よだれ鶏、ピーマンとしらすのおかか和え、オニオングラタンスープである。

「手抜きじゃなかったのか」

「十二分に手を抜いた」

テーブルに炊飯器を置き、白石は和井田の向かいの椅子を引いた。

「よだれ鶏はフォークで穴をあけて下味を付けた鶏胸肉を、レンジで加熱すればできる。あとは切り分けて、調味だれをかけるだけだ。たれはおろし大蒜《にんにく》をたっぷり、辣油《ラーユ》も多めにしてある」

説明しながら炊飯器を開けた。炊きたてご飯の蒸気が、盛大に立ちのぼる。

「こっちのおかか和えも、ピーマンを切ってレンジにかけ、しらすとおかかと和えただけだ。味付けは市販のめんつゆ」

「そりゃあいい。めんつゆ味が一番間違いないからな」

セルフで飯茶碗《ぢゃわん》に大盛り飯をよそい、和井田は腰を下ろした。箸《はし》を持つが早いか、わっしわっしと食いはじめる。

そんな友人をよそに、白石は解説をつづけた。

「オニオングラタンスープも、時短の手抜きだ。玉葱は冷凍すると細胞が壊れるから、短い炒《いた》め時間で飴《あめ》いろ玉葱ができるんだ。味付けは市販の鶏《とり》ガラスープの素と塩胡椒《こしょう》。溶けるチーズと炙《あぶ》ったフランスパンを浮かべれば、それらしく見える」

「果子ちゃんが食う頃には、パンがふやけちまうんじゃないか」

「大丈夫だ。果子のぶんは食べる寸前に入れるよう、別添えにした」

白石は自分のぶんの飯を盛った。

椅子に腰を落ちつけ、箸を取り、ぽつりと言う。

「……椎野友和さんの、元保護司に会ってきた」

和井田は相槌を打たなかった。無言で食べつづけていた。

白石は一方的に話した。嵯峨谷元住職から聞かされた椎野友和像を、自分の意見は入れずに淡々と物語った。

「ふむ。狼少年か」

きれいに食べ終え、箸を置いて和井田が言った。

「愛を知らず育った友和は狼少年になり、そんな友和を父に持った千草は、殺人者として逃亡中――ってわけだ」

「だがぼくは、千草さんが〝狼少女〟だったとは思わない」

白石はさえぎった。

「椎野家の子育てのメインは、母親の晴美さんだったはずだ。そして晴美さんは、ごく普通の家庭に育った愛情深い女性だった。千草さんは、けっして愛を知らずに育った人間じゃなかった」

和井田はしばらく、腕組みして無言だった。

まだ食事中の白石の手もとを眺め、やがて、低く言った。

「椎野友和の生い立ちは、確かに悲惨だ。――だが、友和の母親も気の毒だな」

くぐもった声音だった。

「おれはしょせん男なんでな。好きでもなく尊敬もしていない野郎に無理やり嫁がされ、そいつの子を産む屈辱を、百パーセント理解することはできん。せいぜいで想像する程度だ。だからまあ、気の毒としか言えん。気の毒だ」

「言いたいことは、わかる」

白石はうなずき、つづけた。

「わが子に触れもせず、話しかけもせず、紙袋に入れて持ち歩く。確かに異様としか言いようがない母親だ。実際、椎野友和が小学生時代にたてつづけに事件を起こした際、彼女は世間から集中砲火を浴びたようだ。『どんな子育てをしたんだ』『母親がまともに育てないからああなる』等々だ。近隣はもちろん、全国から悪罵《あくば》を受けた。その頃、父親はラオスでのんびり愛人と暮らしていた」

和井田は嘆息した。

「友和の両親はどちらも故人だ。だが、最後まで離婚しなかったらしい」

「と言っても籍を抜かなかったというだけで、ずっと別居だったがな。母親は世間の非難から逃れるため、親戚を頼って九州《きゅうしゅう》へ引っ越した。施設を出た友和は、父方の祖父母に引きとられた。実母とは、その後一度も会わなかったそうだ」

「そのエピソードも、やはり〝ひどい母親〟像を補強してくれる」

白石は苦笑した。和井田がうなずく。

「ああ。ひでえ母親だ。どうしたってそこは否定できん。母親としては、最低と言っていいだろう」

だがな――、と和井田はつづけた。

「おれは最近、どうも気になってるんだ。少年事件や虐待事件が起こると、真っ先に非難されるのは、つねに母親だ。だがちょいと調べてみると、その陰にはたいてい〝存在しているはずなのに、いない父親〟〝透明人間まがいの父親〟がいる。『毒親』なんて言葉が人口に膾炙《かいしゃ》して久しいが、毒母のそばにいる〝影の薄い父親〟にも、世間はそろそろ目を向けていいんじゃないかね」

確かに、と白石は思った。

たとえば秋葉原《あきはばら》無差別殺傷事件や、神戸連続児童殺傷事件の犯人だ。どちらも母親がエキセントリックな人物だったと言われる。

しかし父親の影は、驚くほど薄い。厳格すぎる母親を咎《とが》めたというエピソードもほとんど見ない。

附属池田《いけだ》小事件では犯人の父親がマスコミに叩かれたが、これは会見の態度が無礼とされたせいだ。子育ての責任を非難されたのではなかった。

「『STエンタ』に所属していたジュニアアイドルの兄が、こう言っていた」

――〝いるけど、いない人〟って感じでした。

――家の中にいるときでも、父は〝家庭〟の中にはいなかった。

「おれはな、二歳のとき難病にかかったんだそうだ」

和井田が言った。

唐突な台詞《せりふ》だ。しかし、白石は黙ってつづきを待った。

「難病と診断されるまでに、母は七軒の病院をはしごした。医者に『ただの風邪だ』『ただの下痢だ』『ただの結膜炎だ』と言われつづけたが、納得できなかった母は、まわりじゅうに頭を下げて仕事を休み、高熱のおれを抱えて駆けずりまわった。小中学生の頃、何度も何度も聞かされた話だ。そのたび『大変だったんだからね。母さんに感謝しな!』と説教された。だがある日、ふとおれは気づいた。そのエピソードの中に、親父が一度も出てこねえことにな」

和井田は薄く苦笑した。

「親父は、単身赴任する職種じゃあなかった。毎日家に帰っていたはずだ。なのに親父の存在は、一連のエピソードからすっぽり抜け落ちてるんだ。母とおれのために車を出しただの、看病を替わったくだりすらない。〝無〟なんだよ」

だが、とくに驚きはなかったという。だろうな、と思っただけだ、と。

白石は腰を浮かせ、ポットを引き寄せた。

急須にほうじ茶の茶葉を放りこむ。あたためた湯呑に食後の茶を淹れ、ひとつを和井田の前に置いた。

茶をがぶりと飲んで、和井田が言う。

「だからまあ、親父といまいちうまくいかんのは、おまえだけじゃねえってことだ」

白石は目線を上げた。

「果子から、なにか聞いたのか」

「当たりまえだ。ほかに誰がいる」

「あいつ、よけいなことを」

思わず顔をしかめた白石に、和井田は手を振った。

「よけいなこととはなんだ。彼女はおれを信用して話してくれたんだぞ。つまり、人を見る目も一流ってことだ。おまえごときと違ってな」

さて、と居ずまいを正し、彼が白石に問う。

「おまえ、西織実花という名に心当たりはないか?」

「西織?」

白石は目をしばたたいた。

「さあ、知らないな」

「確かか。おまえの担当少女じゃなかったか?」

「そんな珍しい苗字《みょうじ》、担当していれば覚えてるさ。知らない名だ」

「そうか……。さすがに、そううまくはいかねえな」

舌打ちして、和井田は頭を掻《か》いた。その様子に、白石は思わず尋ねかえした。

「誰なんだ？　その西織なにがしさんは」

「椎野千草の元同僚だ。先月、雑木林で骨になって見つかった」

息を呑む白石に、和井田はつづけた。

「天涯孤独で、千草とはまたべつの施設で育ったそうだ。だからもしかして——と思ったんだがな。まあいい。地道に聞き込みするさ」

「ちなみに、どこの施設か教えてもらっていいか」

和井田が口にした名に、白石はうなずいた。

「『鳩《はと》の子《こ》学園』か。そこなら何度か行ったことがある。顔見知りの職員も、残っているはずだ」

和井田はとくにコメントせず、二杯目の茶を自分で注いだ。

「ところで例の死蝋の話だがな。かけらじゃなく、千草の部屋の屋根裏から見つかったほうだ」

「ああ」

白石は首肯した。すでに和井田から、メールの返信で知らされていた情報だ。

「科捜研の法医研究室によれば、どうやら妊婦だったようだ。しかし肝心の胎児がいなかった。誰かが腹部を損壊し、取りだしたと思われる」

「胎児を、取りだした……？」

「そうだ。目的はさっぱりわからんがな」

和井田が腕組みした。

「ともかくこの死蝋といい、西織実花といい、椎野千草のまわりには〝死〟が多すぎる。それも〝異様な死〟がだ。さすがのおまえも、その点は否定できんだろう」

白石は返答に詰まった。和井田が言葉を継ぐ。

「知ってのとおり、死体の死蝋化には数年かかる。椎野千草は二十歳そこそこの頃からシリアルキラーだったとでも言うのか？　父親の性質を受け継いで？」

「まさか」白石は即座に言った。

「あり得ない」

「なぜそう思う。理由は？」

「理由は――ぼくが、椎野千草さんを知っているからだ」

答えになっていないな、と自覚しながらも、白石は言った。だが言わずにいられなかった。

なかば無意識に顔をそむける。

「彼女はそんな子じゃなかった。それが理由だ。……あり得ないから、あり得ないんだ」

そむけた頬に、和井田の冷えた視線が痛かった。

6

和井田は捜査本部に戻り、岸本巡査長と合流した。時刻は七時半を過ぎていた。

岸本は小ざっぱりし、髪も化粧も整えなおしていた。

「係長への報告と、お風呂《ふろ》と着替えと食事、この隙に全部済ませました。ありがとうございます」

「礼の必要はない。おれもメシと風呂を済ませた。ついでに、椎野友和の元保護司とやらの話を仕入れてきたぜ」

和井田は袖《そで》をずらし、腕時計を覗《のぞ》いた。

「今夜の捜査会議は九時半からだ。それまでに、あと二人は会えるな。元保護司の逸話については、道々話すとしよう」


二人はふたたび食品製造工場へ向かい、千草の元同僚と会った。

「椎野さんと西織さんの接点？　さあ……。べつに仲良くなかったと思いますよ。しゃべってるのも見たことないし」

やはり喜納主任と同じ意見だった。

「でも、どっちかというと西織さんのほうがとっつきにくかったな。椎野さんはちゃんと挨拶したし、話しかければ答えてくれたもん。その点、西織さんはつんけんしてましたね。挨拶しても無視されることが多かったです。たまに口をひらいても、言葉遣いがすっごい乱暴で、やな感じでした」

唇を曲げ、彼女は吐き捨てた。

「美人だから、きっと調子乗ってたんですよ。工場長も係長も、西織さんばっかひいきしてましたもん」

「ほう。彼女は美人だったんですか？」

「え、顔見たことありません？　えーとね……」

ポケットに手を入れようとして、

「あ、作業服だった。スマホはロッカーです。ごめんなさい」と苦笑する。

和井田は係長の許可を得て、彼女にスマートフォンを取ってこさせた。元同僚はSNSアプリを立ちあげ、数回スワイプしてから液晶画面を突きだした。

「去年の夏に撮ったやつです。ほら、この後ろに写りこんでるのが西織さん。いまいちピント合ってませんけど」

和井田はスマートフォンを受けとり、岸本とともに画像を確認した。

ポーズを取る女性三人が手前に写り、その後ろに、偶然通りかかったらしい女性がフレームインしている。

確かに横顔のみでピンボケだ。しかし端整な容貌《ようぼう》なのはわかった。

顔がちいさく、手足がすらりと細長い。女優やアイドル系でなく、ファッションモデル系の美女である。髪をきつく後頭部でひっつめているせいか、よけい顔がちいさく、首が長く見えた。

「ずるかったですよ。西織さんだけ、作業の途中に何度もトイレ休憩取るんです。なのに係長叱んないし。遅刻しても、工場長が『まあまあ』で許しちゃうし」

元同僚はいまだに怒り冷めやらぬ、といったふうだった。

「ここだけの話、工場長か係長のどっちかと不倫してんじゃね？　と疑ってました。下手したら両方かもね。死んだって聞いたときも、痴情のもつれだと思いました」

次いで二人は、三須しのぶの兄から話を聞いた。

「お話しできることはないですよ。妹とはとっくに縁を切っていますから」

疲れた表情で、彼はため息まじりに言った。

「縁を切ったきっかけを、おうかがいしていいですか？」

「きっかけねえ……」

兄は遠い目をして、

「きっかけと言うなら、まあ、最初から気が合わなかったんです」

と声を落とした。

彼いわく、しのぶは子どもの頃から異質だったという。家族構成は両親、自分、しのぶ、妹の五人だったが、しのぶだけが絶えず浮いていた、と。

「うちは平凡な一家なんです。祖父母は農家だし、父は市職員。母はスーパーでレジ打ちのパートをしてました。全員が平凡な顔で、平凡なおつむだった。もちろんしのぶだって同じです。なのにあいつだけ、妙にぎらぎらしてましたね。上昇志向が強い、って言うのかな」

小学生の頃から、しのぶは芸能界に憧《あこが》れ、「いつかアイドルになる」と言っていたという。それだけなら、よくあるたわいない夢だ。兄も聞き流していた。

しかし小学校高学年あたりから、言動に違和感を覚えるようになってきた。

「しのぶはずっと、Aという男性アイドルに熱を上げてました。でもあるとき気づいたら、Bというべつのアイドルに鞍《くら》替えしてた。なんとなくからかうつもりで『おい、Aのことはもういいんか』と声をかけたんです」

しのぶはこう答えたという。

――Aはもう落ち目。落ち目を応援してると、こっちまで落ち目が伝染る。

――あたし、ツキがなくなったやつって大嫌い。

「なんとなく、ぞっとしましたね。あまりにも冷たく言うもんだから、なんだこいつ、って思ったのをいまも覚えてます」

もちろんしのぶは、アイドルになれなかった。

容貌やスタイルが平均以下だったことも理由だが、それ以上に、彼女には人間的魅力が皆無だった。

友達らしい友達が、しのぶには一人もいなかった。それどころかクラスでは避けられていた。

級友からの評価は「嘘つきで、手癖の悪い人」だった。

「二十歳を過ぎて、もうアイドルは無理って歳になっても、あいつは芸能界にずっと憧れていました。角田精作と深い仲になったのも、あいつが映像制作会社の端くれにいたからでしょうよ」

しのぶと角田は五反田《ごたんだ》の飲み屋で知りあったという。

当時のしのぶは、まだ二十歳そこそこの学生だった。以来、三十年以上もの腐れ縁がつづき、結局は死の床まで角田とともにした。

「角田のやつは、キワモノのAVを撮ってたんです。しのぶはそれに、どっぷり加担してた。……なにが芸能界だ。あいつは、一族の恥です」

彼がしのぶと最後に連絡を取ったのは、六年前だという。母親が病死したときだ。

実母の死を報《しら》せたというのに、しのぶは通夜にも告別式にも来なかった。弔電一本寄越《よこ》さなかった。初七日が終わった頃、ふらりと彼女は実家にあらわれた。

「金、金、金しか言わない女になっていました」

兄は唇を歪めた。

悔やみの言葉ひとつなく、しのぶは「遺産はどうした」「あたしはいくらもらえるんだ」としか口にしなかった。そして遺産などろくにないと知るや、同じくふらりといなくなった。

その後、家中をあらためて兄は愕然とした。亡母の箪笥《たんす》から、指輪やブローチや、翡翠《ひすい》の帯留めなどがごっそり消えていたのだ。

「もちろんどれも、たいした品じゃあない。安ピカものばかりでした。……それでも、がっくりきましたよ」

その日を境に、彼は二度としのぶと連絡を取っていないという。彼だけでなく、妹も叔父叔母《おじおば》もだ。

「あいつはもう、死んだものと思って暮らしてきました」

淡々と彼は語った。

「薄情を承知で言いますが――殺されたと聞いたときは、悲しいというより、ほっとしました。わたしらにも子どもがいますんでね。あの子たちに迷惑がかかっては、たまったものじゃないですから……」

最後に和井田は尋ねた。

「妹さんの口から『椎野』もしくは『友和』『千草』などの名を聞いたことはないですか？」

しかし兄は、「いや、さっぱりです」とかぶりを振った。

十三年前の妻子殺傷事件について、思いいたる様子もなかった。

夜の捜査会議は、予定どおり九時半からはじまった。

捜査員たちの顔つきに苛立《いらだ》ちが濃い。

なぜ捕まらない？　と、彼らの面《おもて》に書いてあるようだった。たかが小娘一人、なぜ捕まえることができないんだ？　と。

まずは科捜研の研究官が報告に立った。

「椎野千草のタブレットを分析した結果、彼女がTwitter、Facebook、YouTubeなどにアカウントを持っていたことが判明しました。ただしいわゆる〝ROM専〟というやつで、閲覧に徹していたようです。千草本人から、なにかしらの情報が発信された形跡はありません。

彼女がSNSでフォローしていたのは、父母の知人、弟たちの元同級生などが主です。YouTubeでは、国内の凶悪事件についてまとめたチャンネルなどを多く登録していました。また父親が起こした事件についての記事をブックマークしており、定期的に閲覧していた模様です。

芸能プロ『STエンタテインメンツ』の所属ジュニアアイドルを検索しはじめたのは、約半年前からです。それ以前には、検索もしくは閲覧の履歴はありません」

次に、敷鑑一班として和井田が立ちあがった。

西織実花という存在が浮上したこと。彼女が茨城町で先月、白骨死体となって発見されていること。推定死亡時期が、千草の退職時期と一致していること等を報告した。

話せば話すほど、周囲のざわめきが大きくなる。

「……ただし椎野千草と西織実花の関係については、いまのところ元同僚という以外は不明です。千草と三須しのぶの関係についても、接点らしい接点は浮かんでおりません」

和井田は着席した。

しかし次の、地取り二班の報告は、さらに一同を驚かせた。

椎野千草が住んでいたアパート『グランホームズ南』の住人のうち一人が、行方知れずになっていると判明したのだ。

千草の住む二〇三号室の真下、一〇三号室の住人であった。

桑野《くわの》一騎《かずき》、三十一歳。約三箇月前に失踪《しっそう》。

連絡が取れなくなったことで母親が行方不明者届を出すも、成人男性の失踪ゆえ、とくに事件性なしと見なされたという。

「元同僚は白骨死体で発見され、真下の住人は行方不明、だと……?」

和井田の後ろに座る捜査員が、呻《うめ》くように言った。

「死神なのか? 椎野千草は」

その疑問に応《こた》える声は、ひとつとしてなかった。

第四章

1

その撮影は、狭くるしいアパートの一室でおこなわれていた。

予算が乏しいので、同じ場所で七、八本まとめて撮ってしまうのだ。出演者も、もちろん使いまわしである。

「えーと、次はなんだっけ？　『花山院《かさんいん》ゆうきの先生とぼく』『叔父《おじ》とぼく』と来て——ああ、『兄妹もの』か。ＯＫＯＫ」

角田精作がスタッフを振りかえり、指示を飛ばす。

ベッドに横たわっていた裸の子どもが起きあがり、次の撮影にそなえるべく服を着はじめる。

今度は女児用のワンピースだ。短い髪にはリボンを着けて、それらしくごまかした。

「どうせあそこはモザイク入れんだからよ。男か女かなんて、観てるやつらにゃわかりゃしねえよ」

『角田企画』は児童ポルノで食っている会社だ。以前は成人の女優を使ったＡＶも撮ったが、児童ポルノのほうが実入りがいいため転向した。

脚本はお粗末で、撮影技術もひどいものだ。おまけに出演者は、男児も女児もごっちゃの使いまわしときている。

それでも売れるのは、供給よりもつねに需要がうわまわるからだ。

ペドフィリアはいつの世も絶えない。とくに昨今のニーズは、過激化の一途をたどっている。『角田企画』のような弱小プロダクションでも「キワモノ撮ります。ソフトポルノは出しません」との看板を掲げていれば、一定の顧客が付いてくれる。

「このままつづけて撮っちゃうか？　休憩入れる？　よっしゃ、一時間休憩だ。おーい、メシ食ってきていいぞ」

「ういーす」

「うーす」

スタッフたちが物憂く声を上げ、散りはじめる。半日以上閉めっぱなしで、こもってよどんでいた空気がドアの隙間から逃げていく。

出ていく彼らとは逆に、ワンピースの子は窓ぎわへ走った。

窓ぎわには女が一人座っていた。傾いたパイプ椅子に座り、けだるそうに煙草を吸っている。

女はバッグを探り、スナック菓子の小袋を取りだした。ワンピースの子に向かって、ぽんと放る。さっそく小袋を嚙《か》み破り、子どもは手を突っこんで食べはじめた。

「よくしつけたもんだなあ」

角田が苦笑する。

鼻から煙を噴き、女も「でしょ」と笑った。

「この子、水とポテチさえあれば生きていけっかんね。あ、レンジでチンするポテトも食うか。

ガキなんて、芋食わしときゃ充分だっぺ」

あはは、と乾いた声を上げる。

ワンピースの子はせわしなくスナック菓子をかじり、かじっては塩気の付いた指をしゃぶっている。そんな子に、角田はやや遠くから声をかけた。

「おーい、今日は三回も失敗したな？　しのぶおばちゃんがいないからって、たるんでんじゃないか？　フィルム撮りの時代だったら、ごはん抜きにされてるとこだぞ。もう今日は、失敗なしな？」

ワンピースの子は返事をしなかった。目線だけ上げ、角田をじろりと上目遣いに睨《にら》んだ。

白目がにぶく光った。

2

片付け四日目の午前十一時。

白石は借家の一室で床に座りこみ、黴《かび》くさい古紙の香りに包まれていた。かたわらでは、ポータブルラジオが懐かしいポップスを流している。ニュースを聞き逃すまいと持ちこんだラジオであった。

膝《ひざ》の上で、白石はアルバムのページをめくった。

父のアルバムだった。蔵書を整理していたら見つけてしまったのだ。生後まもなくから、高校時代までの写真をおさめたらしいアルバムであった。

——父さん、果子にそっくりだな。

感心しかけ、「いや、ということはぼくにも似てるのか」と気づく。

それどころか、同性なぶん白石のほうが相似性は高いだろう。ぶ厚い眼鏡をかけ、身なりに無頓着《むとんちやく》で、身長が約十センチ低い白石がそこにいた。

――たまたま母方に、長身の人が多かったんだよな。

白石はさらにページを繰った。

小学校の入学式らしい写真が貼ってある。校門の前で撮った写真だ。父の入学式とおぼしいが、祖母と伯父《おじ》と父の三人が写っていた。

父より三歳上の伯父は、場の主役然と真ん中でピースサインを出している。満面の笑みだった。祖母はその真後ろで、伯父の肩に両手を乗せていた。

父はといえば、彼らからすこし離れて立っている。

男児用のスーツを着こみ、眼鏡のレンズに陽を弾《はじ》かせた彼は、まるきりの無表情だった。兄とは対照的に、なんの感情もない顔であり、眼差《まなざ》しだった。

つい先日和井田に語った、己の言葉が脳裏に浮かんだ。椎野家について語った言葉である。

――子育てのメインは、母親の晴美さんだったはずだ。

――晴美さんは、ごく普通の家庭に育った愛情深い女性だった。千草さんは、けっして愛を知らずに育った人間じゃなかった。

いま思えば、あれは自分についての弁明だったな。

苦々しく白石は思う。

父がどんな人間であれ、自分はまともな母と祖母に愛されて育った。だから狼少年なんかじゃない。友和と一緒にしてほしくない。そう和井田に対し、無意識に言いわけしていたんだな

――と。

羞恥《しゅうち》がこみあげた。いい歳をして馬鹿だな、と自嘲《じちょう》したとき。

借家のチャイムが鳴った。

「鍵《かぎ》は開いてるぞ。こっちだ、ここにいる！」

白石は廊下に向かい、声を張りあげた。

「聞き込みのついでに寄る」と和井田から連絡があったのは、二十分ほど前だ。「好きにしろ」と白石は返信しておいた。

軋《きし》む板張りの廊下を、やかましい足音が歩いてくる。どたどたと近づいてくる。

「おい。おまえ、もうちょっと痩《や》せろ。廊下を踏み――」

踏み抜くなよ、と言いかけ、白石はぎょっと声を呑《の》んだ。

開けっぱなしのドアの向こうから覗《のぞ》きこんだ顔が、和井田のものではなかったからだ。若い女性だった。果子よりもっと若い。二十六、七歳に見えた。

白石の顔から、音をたてて血の気が引いた。

「いや、その、違います」

白石は叫んだ。

「さ、さっきの『痩せろ』は、あなたに言ったのではなく――わ、和井田、いや友人に向けた言葉でありまして、けっしてあなたの体形に物申したわけでは」

「うるせえぞ」

和井田が、彼女の背後から顔を出した。

「なにをふがふが言いわけしてやがる」

「わ、和井田ぁ」

白石の肩から、どっと力が抜けた。

「いるならいると、早く言え。てっきり知らない女性に無礼をはたらいてしまったかと、寿命が百日縮んだ」

「『恐怖新聞』かよ。若者に通じないギャグはよせ。それより、彼女が今回の捜本《そうほん》の相棒、岸本巡査長だ」

「はじめまして。那珂署捜一係の岸本です。白石さん、お噂どおりの方《かた》ですね」

にっこりと言う彼女に、

「おい、なにを陰で噂した」

白石は食ってかかった。

「なにも言っとらん」和井田が涼しい顔で答える。

「岸本に『もしおまえがイケメンに弱いなら、会わせるのはやめておく』と事前に釘《くぎ》を刺しただけだ」

「弱くないのでおともしました」

岸本巡査長はあくまでにこやかだった。

「ははあ」

気圧《けお》された白石は、身を引いてうなずくしかなかった。

「ひとまずお茶でも――って、ああもう、おまえ以外も来ると知っていれば、もっといいものを用意したのに」

和井田に向かってぼやきながら、保冷バッグから水筒を出す。紙コップを多めに買っておいてよかった、とひそかに冷や汗を拭《ぬぐ》った。

「どうぞ、粗茶ですが……。ミルクも砂糖もなしの、ストレートで申しわけない」

詫《わ》びつつ、岸本に紙コップを手渡す。隣の和井田には無言で渡した。

「美味《おい》しい！　アールグレイ、大好きです」

岸本が声を弾ませた。

「きんきんに冷えてるのも嬉《うれ》しいですね。捜査がはじまると、どうしても自販機かコンビニのコーヒーばかりになっちゃうから、ありがたいです」

「そ、そうですか？」

白石は頭を搔《か》いた。

「よかったらケーキも。あ、その前に、アレルギーはないですか？」

「ないです。好き嫌いもありません」

「ではどうぞ。林檎《りんご》とアールグレイのケーキです」

いそいそと白石は切り分けた。

じつを言うと彼は、「美味しい」と他人から言われることに飢えていた。

果子とは仕事の都合で滅多に食卓をともにできない。和井田は残さない代わり、最近はうまいともまずいとも言わない。三十過ぎても承認欲求か、と笑われそうだが、やはり「美味しい」と誉めてもらえるのと、そうでないのとでは張り合いが違った。

「……美味《うま》っ！」

ひと口食べて、岸本はちいさく叫んだ。

「あ、失礼しました。『美味しい』ですよね。つい地が出ました」

「ああいやそんな、気にしないでください。ぼくごときに敬語なんか使う必要はありませんから」

「これ、もしかして手づくりですか？　すごい。見た目は手づくりっぽいけど――あ、重ねがさねすみません。でも味は、売ってるのみたい」

「いやいや、これ簡単なんですよ」

白石は手を振った。

「市販のホットケーキミックスと、炊飯器があればできるんです。材料を混ぜて、炊飯器の内釜に林檎のコンポートを並べて、あとは生地を流し入れたら炊飯スイッチを入れるだけ……」


数分後、きれいに空になったタッパーウェアを前に、

「――まあ、おまえらがさっさと打ちとけてくれてよかった」

と和井田が言った。

「やはり食いもんは、心の垣根を早々に取っぱらってくれるな。各国首脳が、ことあるごとに会食したがる理由がよくわかる。それはそうと、桑野一騎という名に覚えはあるか？」

「クワノカズキ……？　どんな字だ」

白石の問いに、和井田が指で床へ字を書く。白石はかぶりを振った。

「知らないな。クワノもカズキも担当したが、その漢字を書いてカズキと読ます子はいなかった。元非行少年なのか？」

「いや。念のため訊《き》いただけだ。非行の前歴はなく、両親も揃っている。満三十一歳だというから、おまえが担当したはずもないしな」

「千草の部屋の真下に住んでいた。現在、行方不明だ」

「事件の関係者か」

「彼女とどういう関係だ？」

「まだわからん。だが親いわく、引っ越し魔だったそうだ。この二年のうちに三回引っ越している。言いわけするつもりはないが、警察が行方不明者届を受理しても、捜索しなかった理由はそこだ。『また引っ越しただけじゃないか？』と思ったらしい」

和井田はアイスティーを啜《すす》って、

「ともかく西織実花につづいて、またも千草のまわりから失踪《しっそう》者が出たわけだ。千草はやはり、父親の人生をなぞっちまったのか？」

「そうは思いたくない」

白石は頑固に言い張った。

「だが椎野さん――千草さんは、〝父〟を調べつづけていたはずだ」

一家惨殺とも無理心中ともつかぬ大事件から、たった一人生きのびた長女。父親は彼女の人生における十字架であり、解くことのかなわぬ永遠の謎だった。

――父を、いつか理解したいです。

――父がどんな人だったか、なにを考えていたのかは、ずっと考えていきたい。

「千草さんのタブレットに、テキストデータが残っていなかったか？　友和さんについて調べ、まとめ、考察する内容のテキストだ。ブログなら公開せず、鍵をかけてやっていたと思う。そんな痕跡《こんせき》はなかったか」

「まだ見つかってねえな。ノートのたぐいもなかったようだ」

和井田は答えた。

岸本が口を挟む。

「ノートなら、持って逃走したのかもしれません。もしくはスマホの中にテキストデータがあるのかも。でもマル被の失踪後、彼女名義のスマホに電源が入ったことは一度もありません」

「なら、ノートのほうが可能性が高いか。数日間、彼女がデータに一度も目を通さずにいられるとは考えづらい」

白石は顎《あご》に手を当てて考えこんだ。

ちらりと横に目をやる。父の蔵書と、アルバムが積んであった。父は勉強家だったようで、蔵書はあらゆるジャンルに及んでいた。

——まがりなりにも家族だったときは、父は仕事にしか興味のない男だ、と思っていた。

しかしこうしてまとめてみると、仕事関係の研究書だけでなく、工学、歴史、美術、心理学などにも関心があったようだ。とくに心理学の本が多いのが意外だった。

「……日本には、父親像がないよな」

白石はぽつりと言った。

「家父長制度はあっても、父親そのものはない。制度があるだけなんだ。——一見、男性優位に見えるが、そのじつ男性自身も幸せにしない構造だ」

アメリカでは二十世紀後半から父親研究がさかんになり、書かれた論文は累計で一万本を超えるという。女性の社会進出で共働きが増えたことも一因らしい。〝父親の役割の見なおし〟がはじまったのだ。

しかし日本では、共働きが増えようと、子育てはあいかわらず母親の役目である。仕事をしつつ、家事、育児、親戚《しんせき》や近隣との付き合い、ＰＴＡ活動を母親がメインでこなすのが普通だ。

——労働時間と通勤時間ばかりが長い、日本の父。

——その長さゆえ、親業を〝免除〟されてきた構造。

それは、けっして父を幸福にしない。むしろ孤独にしただけだ。

「父親像はあるっちゃあるが、フィクションの中だけだな」

和井田が言った。

「星一徹《ほしいってつ》に海原雄山《かいばらゆうざん》。あとは碇《いかり》ゲンドウ、範馬勇次郎《はんまゆうじろう》か」

「漫画ばっかりだな」

白石は呆《あき》れた。和井田が笑う。

「だがわかりやすいぜ。どの父親も、主人公の前に立ちはだかる高い壁だ。敵と言ってもいいかもな。そして家庭人としては、全員が糞《くそ》だ」

「いまは、過度期なんだと思いますよ」

岸本が言った。

「たとえば去年は〝イクメン〟なんて言葉が流行したじゃないですか。ＳＮＳでは〝産後クライシス〟なんて言葉が生まれつつあります。従来の育児や産後の問題点を、社会が意識しはじめたからできた言葉ですよ。それ以前は『母親が育てるのが当たりまえ』『育児は幸せなもの』が社会の共通意識だったから、言葉が生まれるまでもなかった。不満は無視されてきたわけです。

　わたしの父なんか、まさに過度期の人だから苦労してますよ。家族のために生きたくても、身近なロールモデルがないんです。父の父——わたしにしたら祖父は、家庭人とはほど遠い人でしたからね。だから〝いい父親〟が家庭の中でどんな役割を果たし、なにを担うかを、父は肌で知らないんです」

「だよな。実地を知らん」

和井田が同意した。

「かろうじてイメージはあっても、ドラマに出てくるマイホームパパくらいだ。やはり虚像に過ぎん。そう思うと、これから結婚する予定のおれは暗澹《あんたん》たる気持ちになるな。社会が少子化になるのも当然か……」

腕組みしてぼやく。

そんな友人を後目《しりめ》に、白石は言った。

「ぼくは午後から『鳩の子学園』へ行くつもりだ。もうアポも取った」

和井田が彼に目を向ける。

「西織実花がいた施設だな？」

「そうだ。千草さんと西織さんには、元同僚という明確な接点があった。ほかの被害者たちにはない点だ。家族を失ったことでいじめられた千草さん。彼女と同じく施設にいた西織さん。どうも、彼女が気になるんだ」

白石は紙コップを置き、和井田を見上げた。

「ぼくは家裁調査官時代のコネをフルに使うつもりだ。施設出身の非行少年少女は、たいてい警察が嫌いだからな。ぼく相手のほうが、まだしも口は軽くなると思う」

「なるほど。やってみろ」

和井田がうなずいた。

「ただし得た情報は、隠さずすべておれに報告しろよ」

「もちろんだ。ぼくだって早く千草さんを見つけたいんだ。肝心な捜索力と機動力は、圧倒的に警察が上だからな」

言いながら、白石は考えていた。

西織実花が退職し、行方不明になったのが八箇月前。死亡したのが四、五箇月前とすると、そこには三箇月ほど空白の期間がある。

——その三箇月間に、なにがあったんだ？

千草が西織実花を殺したとは、いまも思えない。検視の結果どおり、自然死だったと信じている。そしてそれと同じくらい、「実花の死に、千草は関与している」と白石は信じていた。

庭の雑草が、湿った風にそよいだ。

3

前回と同じく缶ジュースを箱買いして、白石は『鳩の子学園』へ向かった。

「あら白石さん。もしかして、ご結婚されました？」

古株職員の第一声はそれだった。

「えっ、なんでそう思われます？」

「だって雰囲気が落ちついたというか、家庭の匂いがするというか」

「はは……」

専業主夫になったからです、とは言えず、白石は笑ってごまかした。

そして世間話のついでを装って西織実花の話題を出し、悔やみの言葉を述べた。

「そうなんですよ。あの子、工場で働きはじめてから安定したようだったのに、どうしてあんなことに……」

と、古株がてきめんに眉《まゆ》を曇らせる。

「西織さんは、何歳からこちらにいらしたんですか？」

「十二歳からです。お母さんが薬物依存症でね、過剰摂取で救急搬送されたんです。お母さんのお話から子どもがいるとわかったので、まず役場の職員が実花ちゃんを保護しました。次に病院、次にうち、という順番でしたね。あの子、それまで学校にも通えてなかったんですよ」

「十二歳まで未就学ですか。それは本人ももちろんですが、施設のみなさんも大変でしたねえ」

と白石はねぎらってから、

「ということは、安形《あがた》さんたちと同時期に施設にいたわけだ？　安形リカさん、懐かしいな」

さりげなく探りを入れた。

「ええ、そうそう。リカちゃんもねえ、一時期は荒れて白石さんのお世話になりましたけど、いまは立派なもんですよ。公的資格を二つも三つも持ってるんだから」

「ほう。そりゃすごい」

白石は微笑んだ。

「ひさしぶりに会ってみたいな。どちらで働いておられます？」

安形リカは、大洗町の鉄工所で働いていた。

作業着にヘルメット姿のまま、白石に飛びついてくる。

「洛ちゃあん！　ヤバーい、三十過ぎても全然変わんないじゃん。アンチエイジングしてんの？　それとも魔法？　悪魔に魂売った？」

「安形さんこそ変わらないよ。いや、立派になったと言うべきかな」

「えへへ。いちおう現場主任やらせてもらってます。事務仕事が苦手で、結局は体動かすほうに来ちゃった」

男性ばかりの現場で、危険な作業も多いらしいが、リカはいきいきとしていた。

さいわい完治したものの、かつてのリカは小児麻痺《まひ》患者だった。

子どもが難病にかかる、障害を負うなどすると、離婚する夫婦は多い。統計の取りかたによって数字は異なるが、六割強とも八割近いとも言われる。うち大半は、父親が家庭から逃げるケースだ。

リカの両親もご多分に洩《も》れなかった。

父親に捨てられて以後、母親はリカを抱えて朝も夜も働き、彼女が十歳のときに過労死した。とうに再婚済みの父親が引きとりを拒んだため、彼女は施設に保護されたのである。

白石と出会ったとき、リカは十五歳で、非行のまっただ中だった。その年にして、すでに覚《かく》醒《せい》剤濫用者だった。

体を使うことでしか他人にかまってもらえず、次つぎと行きずりの男に身を任せるうち、薬の味を覚えさせられたのだ。やがて薬代のため売春するようになり、逮捕され、白石の担当少女となった。

「西織実花？　ああ、あのゴリラね」

当時のすさんだ目が嘘のように、さわやかに汗を拭《ふ》いてリカは言った。

「ゴリラ？」

「だっておっかなかったんだもん、乱暴でさあ。見た目はゴリラっていうより鶏ガラだったけど、乱暴通り越して凶暴ってやつ？　いっつも『おれはなあ、おまえなんかいつでも殺せんだよ！』みたいなこと怒鳴って、イキりまくってたよ。で、あいつがどうしたの？」

白石が手短に説明すると、リカは目をまるくした。

「死んだの？　うわあ、知らなかった。ゴリラとか言ってまずかったな。なしなし、さっきのなしね。聞かなかったことにして」

高速で手を振り、

「そういや二、三年前、ヒナちゃんが偶然ゴリ……じゃない、実花に会ったって言ってたな。『めちゃ美人になっててビビった』ってさ。すごい静かになって落ちついてた、って聞いたのに……。そっか、死んだんだぁ」

と声を落とした。自殺と思いこんでいる様子だった。

「実花のこと嫌いだったし、施設にいる頃はずっと避けてたけど……。死んだとなると、やっぱクるもんがあるね。きれいになったらしいし、男がらみかな」

──実花も、いじめっ子気質だったのだろうか？

白石は内心でつぶやいた。

三須しのぶ、襲われた少女グループ、そして西織実花。みな千草にとって、過去のいじめを想起させる女性だったのか。

とはいえ実花の死が他殺であるとは、証明できていない。

彼女の遺体は、役場によって荼毘《だび》に付された。遺骨は一年後に無縁仏として埋葬する決まりで、いまだ保管されているものの再検視はできない。DNA型その他の微物は、高温の炎で焼失しているからだ。

「西織さんと一番親しかったのは？」

「わかんない。いないんじゃないかな」

白石の問いに、リカは首を振った。

「しいて言えば熊倉《くまくら》先生？　あの先生が一番、実花を気にかけてたと思う。逆に一番迷惑かけられたのは、ヒナちゃんだよ。ずっとあいつと同部屋だったもん」


リカの言う〝熊倉先生〟は二年前に定年退職し、行方《なめがた》市で孫の面倒を見ながら悠々自適の暮らしをしていた。

「実花ちゃんですか？　ええ、わたしもびっくりしましたよ。でもお墓がありませんのでね。せめてもと思い、お仏壇に昔の写真を飾って、お線香を上げさせてもらっています」

「ではぼくも、お線香を上げていいでしょうか」

白石は彼女にことわり、仏壇の前へ進んだ。

祖父母らしき遺影の横に、集合写真から引きのばしたとおぼしき子どもの写真が飾ってある。これが昔の西織実花か、と白石は見つめた。顔立ちは整っているようだが、ピンボケすぎてよくわからない。

「わたしの実姉が、実花ちゃんの母親を保護した病院で看護師をしてたんです」

そのときの話を聞いていたから、実花ちゃんに情が移っちゃって……と熊倉は声を落とした。

「実花ちゃんの母親は、言いにくいですけど、アダルトビデオ――まあ、そういったたぐいの作品に出演してたみたいです。だから入院中も、姉たち看護スタッフは苦労していました。彼女が男性の患者さんやら、お医者さんにちょっかいをかけますものでね。『あたしの作品、買って買って！　ネットで買えるよ』なんて言いながら、大部屋に押しかけたりして……」

名は、西織トミ子。

彼女が迷惑をかければかけるほど、スタッフたちは別の病院へ保護された実花に同情を寄せたという。

こんな母親と二人で、娘はいったいどんな暮らしぶりだったのか。想像しただけで、みな暗澹たる気持ちになった。

「そんな話を姉から逐一聞いていたものでね、実花ちゃんには、できるだけ良くしてあげたかったんです」

しんみりと熊倉は言った。

保護された実花は、見るからに栄養失調だったそうだ。十二歳にはとても見えなかった。体つきといい口調といい、せいぜい八、九歳程度だった。

体に痣《あざ》などはなかったものの、あきらかな養育放棄《ネグレクト》だった。医師が緊急性ありと判断し、保護者の同意なしでの保護が決まったという。

白石はうなずきながら、神妙に聞いていた。

だがその胸中は、興奮で逸《はや》っていた。

──実花の母親は、ＡＶ女優だった。

ということは、角田精作とかかわりがあったかもしれない。児童ポルノを撮りはじめる前の『角田企画』は、成人女優ものも扱っていたという。

「施設に来た当時の実花ちゃんは、心も体もすべてがアンバランスでしたね。母親から引き離されてもけろっとしているかと思えば、夜中に急に泣き叫んだりして。『おれ、一人になっちゃった』と泣くあの子に、『大丈夫。ここのみんなが家族よ』と、何度も何度も言い聞かせたものです。『血が繋《つな》がってなくても、相手を思う気持ちがあれば家族なの。家族になろうね』って」

――一人になっちゃった、か。

友達も頼れる親戚もいない実花には、母親だけがよすがだったはずだ。その母親から引き離され、実花はどんなに心細かったろう。

「ちなみに実花さんは、どちらの病院に保護されたんでしょう?」

ふと思いたち、白石は問うた。

熊倉が口にしたのは、水戸市の総合病院の名だった。

――保護されたとき、西織実花さんは十二歳。

つまり十三年前だ。十三年前といえば、『水戸妻子四人殺傷事件』が起こった年でもある。

当時の千草は十一歳。

――病院で、彼女たちがニアミスした可能性はないだろうか?

これは和井田に報告しなきゃな、と白石はひとりごちた。

西織トミ子と角田精作の関係。そして病院で、実花と千草が接触する機会があったかどうか。

これはさすがに、白石では調べきれない。

「トミ子さんは、退院後はどこへ?」

「薬物治療専門の病院へ送られたそうです」

熊倉は言った。はかったようなタイミングで、赤ん坊が泣きはじめた。潮どきと見て、白石はいとまを告げた。

4

リカの言う「一番迷惑かけられたヒナちゃん」は、六時過ぎまで体が空かないそうだ。それまでの時間をどう使うか迷い、白石はいったんマンションへ戻ることにした。と言っても自宅にではない。向かったのは、園村牧子が住む十一階だった。

「あらあら、『つわぶき堂』の鹿の子葛《かこくず》もちじゃない。これお高いのよね。まあ、琥珀《こはく》糖まで。やっぱり白石さんは気が利くわ」

和菓子党の牧子は案の定〝賄賂《わいろ》〟に気をよくし、ほくほくと彼を出迎えてくれた。

「で、なに？　こんなに奮発するからには、なにか頼みごとでも？」

話が早くてありがたい。

白石はさっそく、顔の広い元教頭先生に名前のリストを見せた。『つわぶき堂』にて菓子を包んでもらう間、メモ帳にざっと書きだしたリストだ。

「先生。このうちの誰かをご存じじゃありませんか？」

——角田精作。三須しのぶ。椎野友和。椎野（旧姓・大久保《おおくぼ》）晴美。

——桑野一騎。西織実花。西織トミ子。

「どれどれ」

牧子は指で眼鏡を押しあげ、リストを覗きこんだ。

「角田、知らない。三須、知らない……。椎野友和さんって、十年以上前に事件を起こした人よね。でも本人は知らない」

一人一人、小声で言いながら除外していく。

「桑野……この名前の子は知らないな。西織……ああ、最後のこの人は知ってる」

「ほんとうですか」

白石は身をのりだした。

「ええ。本人と直接会ったことはないけどね。でもトミ子さんの妹を、二年ほど担任したの」

急須《きゅうす》を手に取り、牧子は言った。

「そうそう、西織照子《てるこ》さんよ。懐かしい。あの頃女の子で人気の名前は、真由美《まゆみ》とか恵《めぐみ》あたりでね。トミ子も照子も悪い名前じゃないけれど、時代的にやっぱり浮いてたわねえ」

ちなみに姉妹の古風すぎる名は、西織家の祖母が付けたものらしい。

この祖母は西織家の最高権力者で、実子であるトミ子の父も頭が上がらなかったようだ。嫁いびりが苛烈《かれつ》なことでも有名だった。

トミ子を妊娠中の嫁に、三十キロの米袋を持たせる、食事を抜く、暖房を使わせない等のいびりを繰りかえしたという。

母体にかかった重いストレスのせいか、トミ子は月足らずで生まれ落ちた。トミ子の幼少期を知る者はみな、

——なんだか、のろくさい子。いつもぼーっとして、発語もすくないし。

と感じた。

ただし障害と呼べる障害はなかった。耳は聞こえたし、発声機能も問題なかった。知能も正

常域だったという。ただ全般的ににぶいのだった。

トミ子を受けもった小学校の担任は、のちに牧子にそっと洩らしたという。

――器質的な障害はなかったです。ただ、完全に正常とも言いきれませんでした。と。

そんなトミ子は、クラスメイトにも授業にも適応できなかった。友達は一人もできず、一年生の二学期からいじめられるようになった。

学校へ行くのをいやがったトミ子を、祖母は頭ごなしに叱った。

「べつの学級へ移ってはどうでしょう？　保健室登校からはじめる手もありますよ」との担任の提案も、「うちに恥をかかせる気か」と突っぱねた。

トミ子の母は姑《しゅうとめ》に怯《おび》え、娘をかばってやれなかった。ちょうど妹の照子が、手がかかる歳ごろだったことも災いした。

父親は「母さんはああいう人だからさ。おまえたち、うまくやってくれよ」と言うばかりだった。

家にも学校にも居場所のないトミ子は、やがて学校をサボるようになった。

あてどもなく町をふらつくうち、彼女は「体を触らせれば、かくまってくれる大人がいる」ことを学んだ。

彼らはトミ子を家に引き入れ、テレビを見せ、菓子を食べさせてくれた。見返りに体を差しださねばならなかったが、祖母に曲尺《かねじゃく》でひっぱたかれたり、いじめっ子たちに取り囲まれるより百倍ましだった。
十二、三歳になる頃には、周囲のトミ子への評価は固まっていた。

――にやにや、くねくねして気持ち悪い子。

――大人の男にべったりくっつく、いやらしい子。

トミ子は、中学校には数えるほどしか登校しなかった。祖母が叱っても反抗するようになっていた。ある日祖母の手から曲尺を取りあげ、横っ面を殴りかえして流血させてからというもの、両親でさえ彼女を恐れた。

そんなトミ子の三歳下の妹である照子も、同じく学校でいじめられた。

――姉ちゃんみたいに、おまえもヤリマンなんだろ。

――馬鹿の妹も馬鹿だろう。

照子は、むしろ利発な部類だった。しかしトミ子よりずっとおとなしかった。真面目に学校へ通い、いじめられてもうつむいて泣くだけだった。

そんな照子の担任になったのが、当時の園村牧子である。

「……校内でのいじめは、なんとか解決できたけどね」

葛もちを黒文字で切り分けながら、牧子は嘆息した。

「でもそれって、根本的な解決にはなってないわけでしょう。ほんとうの問題は、家庭内にあるんだから」

「確かに」

白石は首肯した。

卒業までの二年間、牧子は西織照子の担任だったという。

その間、トミ子は家出を繰りかえした。補導されて家に連れ戻されるたび、肌が荒れ、目つきがすさんでいった。風俗嬢をしていただの、AV女優になっただの、悪い噂ばかりが飛びかった。

そんなある日、

――先生。お姉ちゃんが赤ちゃんを産みました。

静かにそう告げた照子の顔は、疲れきって萎《しお》れていた。

――気づいたときは、もう堕《お》ろせない月数だったそうです。父親が誰かは、お姉ちゃんにもわからないみたい。

当時、照子は十五歳。トミ子は十八歳だった。妙に黄みがかった顔で、照子はぽつりと洩らした。

お姉ちゃん、死んでくれればいいのに――と。

トミ子が産んだのは娘だった。

周囲の誰もが、トミ子には育てられないと判断した。しかし養護施設へ預けるか、それとも親戚の誰かに引きとってもらうか、と迷っているうち、トミ子は娘を抱えて家出してしまった。

中学卒業後も、照子は牧子のもとへ年賀状を送ってくれた。その年賀状の片隅にはこう書いてあった。

――頑張って勉強して、早く上京したいです。わたしがあの人の妹だと、誰も知らない土地で暮らすのが夢です。

その夢がかない、照子は奨学金で東京の大学に進学した。

大学でできた彼氏と早々に結婚し、いまや二児の母だという。実家とは疎遠で、姉とは完全なる音信不通だそうだ。

「いまだに年賀状をくれるのよ。写真のお子さんが大きくなっていくのを、毎年見るのが楽しみでねえ。確か上の子は中二で、下の子は小五だったはず」

　牧子は目を細めた。

「曲尺で孫を叩《たた》いてたお祖母《ばあ》さんは、十年ほど前に亡くなったらしいわ。お母さんはすっかり鬱々《うつうつ》とした人になって、『照子の子に会わせてもらえないのは、あなたがお義母《かあ》さんの言いなりだったせい』『この家にいい思い出がなにひとつないから、照子は帰ってこないんだ』って、旦那《だんな》さんに恨み言ばかり言ってるみたい」

　西織家が建つ区画の町内会長が、「あの奥さんは陰気くさくて困る」と、牧子にこっそり愚痴るほどだという。

「園村先生」

　白石は黒文字を置き、居ずまいを正した。

「じつはいま、ある女性が行方不明になっています」

　牧子の目をまっすぐに見て言う。

「その女性の失踪に、どうやら西織トミ子さんの娘さん――実花さんが関係しているようなんです。しかしその実花さんは、先月の十七日、雑木林で白骨死体となって見つかりました」

「まあ」

　牧子が目を見ひらく。白石はつづけた。

「ぼくは、西織トミ子さんのその後を知りたい。園村先生、あつかましいお願いで心苦しいのですが、情報収集にご協力願えませんか。現在進行形のことなので、詳しくは説明できません。でも、人助けだということだけは断言できます。お願いします」

　白石は頭を下げた。

牧子はしばし黙った。白石は頭を下げたままでいた。つむじのあたりに、牧子の視線を強く感じた。

やがて、牧子が嘆息した。

「わかったわ、調べておきましょう。……まったくもう。こんなお高い手土産を食べたあとじゃ、断れないじゃない」

5

時刻が六時を過ぎたので、白石は「一番迷惑をかけられたヒナちゃん」に会いに向かった。陽の夏と書いてヒナタと読ませるらしい彼女は、水戸駅前のアパレルショップで働いていた。

「実花ですか？　ええ、はい。施設では、なんでかずっと同部屋でしたね」

色白でつるりとした顔に、お団子のヘアスタイルが少女のようだ。

「死んだらしい、っていうのは聞きました。けどまだお墓に入ってないらしいから、いまんとこ、お参りもなにもできてません」

陽夏《ひなた》が気まずそうに視線を床に落とす。

白石は問いを継いだ。

「二、三年前、実花さんにお会いしたそうですね？」

「あ、はい。道で偶然会ったんですよ。すっごい美人になってたから驚きました。歩きかたが変わってなかったから、かろうじてわかったけど」

陽夏が言うには、実花は前方をまっすぐ見据え、脇目もふらず、というふうに歩く癖があったという。そこは千草さんに似てるな、と白石は内心でひとりごちた。

「施設にいた頃は迷惑ばっかかけられて嫌いだったけど、あのときはずいぶん大人びて落ちついてましたよ。いい環境なんだろうな、よかったなって思いました」

「実花さんは、自分の近況などをなにか語られましたか？」

「ちょっとだけ。工場でライン作業してるとか、お母さんと再会したとか」

——西織トミ子と？

あやうく眉根が寄りそうになり、白石は意志の力でこらえた。

「それはよかった。実花さんも喜ばれたでしょう」

「うーん、それはどうかな」

陽夏がかすかに苦笑する。その反応からして、実花は再会を歓迎しなかったようだ。

白石は言葉を継いだ。

「じゃあ落ちついたのは、お母さんより仕事のおかげかな。実花さんは、工場勤務がけっこう長つづきしたようですからね」

「友達がいる、みたいなこと言ってたし、だからじゃないかな」

陽夏は言った。

「引く手あまたで困っちゃう、みたいなことも言ってましたよ。ははーん、ってぴんと来ました。きれいになった理由はそこだな、って」

つまり彼氏だ、と陽夏は解釈したようだ。

表情には出さず、白石は考えをめぐらせた。同僚いわく、実花は工場長にも係長にも〝ひいき〟されていたらしい。

――千草さんも、それが不快だったのだろうか？

白石の知る彼女は、性的なこと全般に潔癖な少女だった。工場長や係長をめぐって、実花と三角関係になったとは想像しづらい。ちょっかいをかけたとしたら、おそらく実花のほうからだろう。

――実花はいったい彼女になにをした？　なぜ潔癖なはずの千草さんが、ジュニアアイドルの情報なんて検索したんだ？

「工場の友達の名前は？　渾名《あだな》など口に出しませんでしたか？」

「さあ。わかんない。覚えてないです」

陽夏が首をかしげたとき、白石のスマートフォンが鳴った。

すみません、とことわり、その場を離れて白石は通話ボタンをタップした。

「おまえ、いまどこだ」

和井田であった。

「出先だ。西織実花さんと、施設で同部屋だった子と会っていた」

「そうか。では駄目もとで、その子に『別所建吉《べっしょけんきち》という名に心当たりは？』と訊け。なぜと訊きかえされたら、はぐらかせ。いまは藁《わら》にもすがりたい心境だ」

「どうしたんだ。その別所とかいう男は誰だ？」

「今日未明、水戸市で殺されたマル害だ」

和井田は嚙みつくように言った。

「現場に残っていた指紋が、『那珂男女事件』『大洗中学生事件』で採取された指紋と一致した。それで、うちの捜査本部に連絡が来たんだ。歓楽街の小路《こうじ》で立小便していたところを刺されたらしい。液状のパイプ洗浄剤で目つぶしされ、やはり滅多刺しだ」

「そんな……」

白石は絶句した。

これで死者は四人になった。たった五日間のうちに四人だ。実花も入れれば五人である。

——千草さんは、殺人マシーンになったとでも言うのか？

額に粘い汗が滲《にじ》んだ。ごくりとつばを呑みこむ。

「別所と、千草さんの関係は？ 接点はあるのか」

「いまのところ、直接の接点は見つかっていない。別所建吉は五十一歳。熟専《うれせん》デリヘル嬢のヒモだった。児童ポルノ禁止法違反、売春防止法違反などの前科あり。いまのところ、これしかわかっちゃいねえ」

「児童ポルノ売買……。またそれか。児童ポルノやジュニアアイドルと、千草さんとはどう関係するんだ？」

「うるせえ。知りたいのはこっちのほうだ」

白石を、ぴしゃりと和井田がさえぎる。

彼は唸《うな》るように、

「動機だ。せめて動機を解明したい。——動機がわかりゃあ、おのずと千草の行く先もわかる。先まわりできるはずだ」

と低く言った。

白石は戻っていちおう陽夏に尋ねてみたが、やはり彼女は別所建吉を知らなかった。彼女を駅まで送ったあと、白石はふたたびスマートフォンを手にした。

ただし相手は和井田ではない。友和の元保護司、嵯峨谷である。

「先日お邪魔しました、白石です」

ひととおり挨拶《あいさつ》を述べてから、彼は切りだした。

「つかぬことをおうかがいしますが、別所建吉という名の男性をご存じではないですか？」

別所は複数の前科ありで、デリヘル嬢のヒモだったという。

この手の男は、十代から乱れた生活をしているケースが多い。長らく保護司をやっていた嵯峨谷なら知っているかも、との可能性に賭《か》けた。

「べっしょ？　ああ、夕方のニュースで見たばかりの名だ。その人がどうしたね？」

――さすがに、そううまくはいかないか。

舌打ちしたいのをこらえ、白石はつづけた。

「すみません。詳しいことはお話しできないんです。でも千草さんの行方を捜すために、彼の情報が必要です。十代の頃は非行少年だった確率が高いため、嵯峨谷さんにお訊きしてみました」

「ほう」

嵯峨谷はしばし考えこんでいたが、やがてきっぱりと言った。

「わかった。昔の保護司仲間に当たってみよう。ええと、その別所って男、歳はいくつだね？」

「五十一歳で、椎野友和さんの三歳下です。ご協力ありがとうございます」

何度か重ねて礼を言い、白石は通話を切った。

ふうと息をつき、空を仰ぐ。嵯峨谷の言葉が嬉しかった。牧子と並ぶほど、頼りになる援軍であった。

6

帰宅して、白石は冷蔵庫を開けた。

半月ほど前に多めに作って冷凍したハンバーグを、今朝がた冷蔵庫に移しておいたのだ。触ってみると、いい具合に解凍できていた。

フライパンを熱し、ハンバーグを焼く。両面に焦げ目を付けてから、缶詰のデミグラスソースを投入する。赤ワイン、ケチャップ、ウスターソースを適量くわえ、あとは煮込むだけだ。

煮込んでいる間に、みじん切りの玉葱《たまねぎ》とベーコンをさっと炒《いた》めた。お湯を二カップ注ぎ、あくを取ってから市販のコーンスープを二袋溶かし入れる。

あとはサラダだが、さすがに今日はあちこち行って疲れた。半分に切ったプチトマトをレタスと和え、お茶を濁した。

――岸本巡査長に好評だったケーキの残りもあるし、なんとかなるだろう。

林檎とアールグレイのケーキは、果子の好物でもある。今夜は週末だからきっと晩酌するに違いない。甘さひかえめで白ワインにも合うはずだ。

その夜も果子は、早めの帰宅――と言っても夜十時近いが――だった。

甲斐甲斐《かいがい》しくハンバーグをレンジであたため、スープをコンロにかけた兄の背に、果子が呼びかける。

「明日、有休とったの。わたしも掃除の助っ人《と》に行くよ」

「いいよ。おまえは家で休め」

振りかえらず、白石は即答した。

「なんでよ。あ、わかった。お兄ちゃん、わたしが整理整頓どころか散らかすと思ってるでしょ」

果子の軽口に、白石は取り合わなかった。やはり振りかえらぬまま、

「あの家は……なんというか、いるだけで気が滅入《めい》るんだ」

だからぼくが一人でやる――。

低くそう告げ、彼はコンロの火を止めた。


白石が風呂《ふろ》から上がると、果子はリヴィングの灯《あか》りを消し、ソファでサブスクの有料チャンネルを観ていた。

通りすがりにほんの数秒眺めただけで、なんの映画かわかった。スティーヴン・キング原作で、スタンリー・キューブリック監督の名作『シャイニング』だ。

リヴィングの端を歩いてキッチンへ向かう。

冷蔵庫を開けかけ、思いなおして、食器棚からワイングラスをひとつ取った。ケーキと白ワインの罎《びん》を前に、映画を観ている果子の隣に腰を下ろす。

画面では名優ニコルソン演じる主人公のジャックが、ホテルのバーテンダーにバーボンのロックを注文するところだった。

バーテンダーに「お代はもうもらっています」と言われ、ジャックが財布を引っこめるシーンまで観たところで、

「……お兄ちゃん、これの原作読んだ？」

果子がぽつりと言った。

「どうだったかな。たぶん読んだと思うが、細部はほとんど覚えてないよ」

ワインをグラスに手酌で注ぎながら、白石は答えた。

「そう」

果子はうなずいてから、

「知ってると思うけど、『シャイニング』ってさ。ただのホラーじゃなくて、父と息子の話だよね」

と言った。

「作家志望でアルコール依存症の主人公ジャックには、幼い息子ダニーがいる。原作のダニーは父親を熱烈に愛している。その関係に、母親が嫉妬《しっと》するくだりがあるの。〝わたしがこんなに愛してるのに、息子はいつだってパパ、パパ、パパ、パパだ。なんでなのよ！〟って。はじめて読んだとき、わたし、びっくりしちゃって」

低く忍び笑う。

「母親が嫉妬するほどのパパっ子、とくに息子なんて、日本じゃ滅多に見ないじゃない。でもアメリカじゃ普通なんだ。こんな普遍的名作に出てくるファクターってことは、向こうじゃすんなり受け入れられる設定なんだ、と思って――。とにかく、びっくりしたの」

白石は答えなかった。ただ画面を見つめた。

まばたきひとつしないバーテンダーのロイドと、グラスを持ってカウンターを離れるジャックを観ていた。

果子も手酌でワインを注ぎ、つづける。

「三年くらい前かな。出張でシリコンバレーに行ったとき、家庭どうこうの話になって、上司が『日本では夫に先立たれた女性は長生きするけれど、男性はその逆なんです』と話したの。もちろん『その点あなたの国はすばらしい』っていう、お世辞半分の軽口よ。その場では受けたけど、あとで取引先の支社長に呼びとめられて、言われた」

――さっき、あなたの上司は、とても悲しい話をした。

――あんなふうに笑いながら語ってはいけない。

――とても悲しい話だった。夫にとっても妻にとっても。そしてもちろん、彼らの子どもにとっても。

「それからこうも言われた。日本人の社員を何人か抱えているけれど、日本の家庭は不思議だ。家の中に〝妻〟がいないように見える、って」

――家族全員の母親がいるだけだ。夫の配偶者がいない。

「わたし、ああわかる、って思った」

果子が言う。

「従姉《いとこ》や友達を見ていても思うことだけど、子どもを産んだ途端に、彼女たちは〝お母さん〟になっちゃうのね。子どもだけでなく、夫にとっても〝お母さん〟なの。お世話する人、保護する人。家族みんなの面倒を見て、いちいち叱って、ぶつくさ言いながらも後かたづけする人。夫のことも、子どもと同じようにお世話して、保護して、叱って……。それが当たりまえになっている。もちろんそれでうまくいってる家庭も多いから、一概に否定すべきじゃないけどね」

映画は進み、ジャックが上着を管理人グレイディに拭いてもらうシーンが映っていた。かつて妻と娘二人を惨殺し、自殺したはずのグレイディに。

「……明日の晩ごはんは、気にしないで。わたしがカレー作っとくから」

果子が静かに言った。

「じゃがいも抜きのポークカレー。お兄ちゃん、好きでしょ？　市販のルウを使うから、味も心配いらないよ」

7

六日目。床の得体の知れない染みを、白石は這《は》いつくばって擦《こす》っていた。

なんでこの家は、どこもかしこも脂じみてべたべたするんだ――。

内心で愚痴りながら、クレンザーをかけた床をブラシで擦る。あまり力まかせにやりたくはないが、力を入れなければ落ちないのだ。

昨夜は結局、果子に付き合って最後まで『シャイニング』を観てしまった。ワインも二杯ほど飲みすぎたようだ。そのせいだろう、頭の芯《しん》が心なしか重い。

――母親が嫉妬するほどのパパっ子、とくに息子なんて、日本じゃ滅多に見ないじゃない。

果子の言葉が、鼓膜の奥でよみがえる。

確かにそうだな、と思う。

家裁調査官時代に白石は、非行少年少女の家庭も、そうでない家庭も何十何百と見てきた。

しかし言われてみれば父親べったりの息子や、「父を尊敬しています」と目を輝かせる少年には出会ったことがない。クラスメイトにも、同僚にもいなかったように思う。

父子二代で国家公務員という同僚は何人かいたが、

「仕事といえば公務員しか知らないからなあ。試験にも受かっちまったし」

「けどこの歳になって、ようやく親父の苦労がわかった感じかな」

とみな苦笑まじりだった。若い頃は、それなりに反発していた様子がうかがえた。

白石は手を止め、額の汗を拭いた。

ゴム手袋をはずし、魔法瓶に手を伸ばす。今日は暑いため、アイスティーでなく麦茶にした。やはり蒸し暑い日には麦茶が一番だ。

きんきんに冷えた麦茶を呷《あお》り、「うーっ」と白石は年寄りくさい唸りを洩らした。

窓の外に、ふと目をやる。

丈高く伸びた雑草の間を、一匹の蜜蜂《みつばち》が飛びまわっていた。白石には名もわからぬ花の蜜に惹《ひ》かれ、やって来たらしい。ひどくのどかな眺めだった。

——父も、この窓からこんな景色を見たのかな。

二杯目の麦茶に口を付け、白石は思った。

非行少年の家庭というと、世間では〝崩壊家庭〟だの〝親が酒びたりで、借金まみれ〟だののイメージを抱く人が多い。

しかし白石の知る限り、半数以上が「一見、平凡な家庭」だった。親が無職なわけでも、アルコール依存症でもない。借金があるわけでもなく、貧困家庭でもない。そんな家がほとんどだった。

傍目《はため》には裕福で、父親は堅い職業に就いていていて、衣食住に一度も不自由したことがない。なのに子どもは荒れ、家出を繰りかえし、他人を傷つける――。そういったケースを、この目で山ほど見てきた。

家裁調査官として、白石は審判の材料のために親たちと面談する。彼らは最初は心を鎧《よろ》っているが、何度か会ううちに次第に打ち解け、白石に心をさらけだす。

母親側から幾度となく聞かされたのは、この台詞《せりふ》だ。

――主人のことは、もう諦《あきら》めています。

あとにつづくのは、お定まりの〝夫は家庭に関心がない〟という愚痴だ。

――子どもが病気になっても、なにひとつしてくれない。

――それどころか、「おれのメシは?」だの、「おれも熱が出たぞ。三十七度二分もある」だの、こっちの仕事を増やしてばかり。

――二言目には「おまえは感情的だ」となじるくせに、こっちが理屈で問いつめると、うつむいてだんまり。

――黙っていることが論理的なの? 自分が論理的な人間だと言い張るわりに、話しあいの土俵にのってこないのはどうしてなのよ。

男性の端くれとして、糾弾があまりにきつくなると白石もつらかった。自分が責められているような気がして、居心地悪かったことは数えきれない。

対照的に、父親側で正直に心情を吐露してくれる人は稀《まれ》だった。女性の調査官のほうが話しやすいのかとも思ったが、むしろ結果は逆らしかった。

その〝稀〟な父親たちがこぼした言葉を、いまも白石は忘れられずにいる。

――ずるいと思うんですよね。

――おれたちの親世代は、〝父親は仕事だけしてりゃいい〟〝妻子を養うのが男の役目〟というのが普通だったでしょう。

――なのに〝時代が違う〟なんて言葉ひとつで、おれたちは仕事も家事も育児もやらされるんですよ。そんなの、ずるいですって。貧乏くじです。

比較的裕福に育った非行少年少女のうち、七割強が「両親は不仲」だと語った。いわく「毎日のように、目の前で怒鳴り合いの夫婦喧嘩《げんか》をする」「夫婦で目も合わせない。冷えきってる」「喧嘩のたび、八つ当たりされるのがいや」「父が浮気してることを、母がこっちのせいにしてくる。〝おまえの出来が悪いせいだ〟って言うけど、知らないよそんなの」等々。

この浮気どうこうも、非行家庭でよくのぼってくる問題だ。浮気したのが父親にせよ母親にせよ、親の性問題に傷つかない子どもはいない。とくに少女のほうが心に傷を負いやすい。浮気でなくとも、父親が盗撮や痴漢で捕まった場合なども非行への引き金になるようだ。

こうしたケースの非行で、白石に心を許してくれた父親のうち何人かが嘆いたのが、セックスレスの問題だ。

――妻が〝母親〟になってしまった。

彼らは一様にそう言った。ただしそこには、異なる二種があった。

ひとつは「もう妻を子どもの母親としてしか見られない。女として意識できない」という主張。

もうひとつは、「家庭の中で母親役になってしまった妻が、もう自分を男として見てくれない」という主張である。

果子の話に出てきた支社長の言葉と同じだ。白石は思う。

――日本の家庭は不思議だ。家の中に〝妻〟がいないように見える。

――家族全員の母親がいるだけだ。夫の配偶者がいない。

また岸本巡査長は言った。日本には父親のロールモデルがない。だからいまの父親世代は苦労しているのだ、と。

逆に言えば、女性側にも当てはまる――。

ひとりごちて、白石は麦茶をもうひと口飲んだ。

父親のロールモデルがないのと同様だ。この国には結婚後も〝妻〟でいつづける女性のロールモデルが存在しない。見習うべき手本がいない。

手もとで、スマートフォンが鳴った。

「はい。白石です」

「園村ですけど、いまどこ?」

園村牧子先生である。白石は答えた。

「例の借家で掃除中です」

「ああ、例のあれね」

牧子は納得してから、

「トミ子さんの行方はわからなかったけど、照子さんから話が聞けたわ」

と言った。

実妹である照子のトミ子評は、なかなかに辛辣《しんらつ》だったそうだ。

学校に適応できず、サボって町をふらつくようになったトミ子は、家出を繰りかえしたあげく、十四、五歳でキャバクラ嬢となった。十六、七のときは、どういう巡りあわせかAV女優になっていたという。

芸名はいくつかあり、『竜宮城《りゅうぐうじょう》ミカ』『姫公方《ひめくぼう》実花《みか》』だのと、いかにもキワモノ系だったそうだ。しかし下の名は必ず〝ミカ〟だった。

——お姉ちゃん、自分の名前が大嫌いだったから。

——わたしもこの照子って名前が好きじゃないけど、お姉ちゃんは、もっともっと嫌ってた。

やがてスタッフと同棲《どうせい》をはじめたトミ子は、十七歳で妊娠する。しかし男に逃げられ、臨月のお腹を抱えて放浪しているところを補導されて、実家に連れもどされた。

出産したときは十八歳。生まれたのは女児だった。

だが親たちと、名づけで揉《も》めた。

トミ子は実花と名づけたがった。両親と照子は「それ、あんたの芸名じゃない」「その名前だけはやめて」と止めた。

ふてくされたトミ子は強引に〝実花〟で出生届を出し、そのまま出奔した。

その後は長い間、音信不通だったという。

照子は大学進学に合わせて上京した。父方祖母の死は、その十数年後のことだ。その間、トミ子は生きているか死んでいるかもわからなかった。実花がどうなったかも不明だった。

ただ風聞だけは、あいかわらずいろいろと流れてきたようだ。

ソープランドに入ったらトミ子がいただの、デリヘル嬢を呼んだらトミ子だっただの、よくない噂ばかりだ。

地元を離れた照子は、人づてに耳に入る噂をただ聞き流した。

実家には盆も正月も帰らず、里帰り出産もしなかった。両親とは、メールと電話のみで淡々と付き合った。いい思い出など、ひとつもない故郷であった。

そんな照子のもとを、ふらりとトミ子が訪れたのは二年前の冬だ。

――お金、貸して。

玄関さきでそう言って掌《てのひら》を突きだした姉は、見るからに健康体ではなかった。痩せさらばえ、頰は削《そ》げ落ち、下腹だけが奇妙にふくらんでいた。子どもの頃に教科書で見た、餓鬼の絵を照子は連想した。

濁った瞳《ひとみ》で、トミ子はいま一度言った。

――お金、貸してよ。

――一万でも二万でもいい。そしたら二度と来ないから。

嘘だ、と照子は思った。ここでいくらか渡したら、姉は味を占めてずるずるとたかりに来る。わたしは姉をよく知っている。お姉ちゃんはそういう人だ、と。

――どうしてここがわかったの。お姉ちゃん、いまなにをしてるの。

――うるっさいな。そんなん、どうでもいいがっぺ。

――まさか千円もないの？　お祖母ちゃんの形見の真珠だって、どうせとっくに売っちゃったんでしょ。

このお祖母ちゃんとは、曲尺で殴る祖母のことではない。姉妹が小学生のときに病死した、母方祖母のほうだ。

トミ子は形見分けの席に乱入し、「これ、あたしの！　あたしがもらう！」とパールケースを抱えて離さなかった。根負けした親戚が、しかたなくトミ子に譲った、といういわくつきの形見であった。

だが照子のその言葉を聞いて、

——ああ、あれ。

トミ子の表情が、一気に弛緩《しかん》した。

——あれね、……あれ、なくしちゃった。

子どもの口調だった。

寄る辺なく立ちつくす、孤児《みなしご》のようだった。なぜかその瞬間、姉への強い憐《あわ》れみに、照子は胸を衝《つ》かれたという。

電話口で照子は、牧子にこう語った。

——娘が五歳くらいの頃の、べそをかいてる姿を思いだしちゃって。

——わたしも人の親になった、ってことなんでしょうね。

——そのあとちょっとだけ立ち話したけど、お姉ちゃん、履歴書の書きかたも知りませんでした。〝住民票〟や〝印鑑証明〟なんかの言葉も通じなかった。そういうものすべてと、無縁に生きてきた感じでした。

ただAV業界からは、とうに足を洗った様子だったという。

——美人でもないし、キワモノ系でも人気出なかったから、「きつい企画ものをやらされて、我慢できずにやめた」って言ってました。

——あの姉が「きつい」と言うからには、そうとうひどいことをやらされたんだと思います。男性の関心を惹くためなら、昔からなんでもする人でしたから。

結局照子は、パートの給料から出した三万円をトミ子に手渡し、帰らせた。

そして帰宅した夫を説きふせ、予定していた引っ越しを半年早めてもらった。以前から、夫の故郷で二世帯同居する話を進めていたのだ。

この引っ越しについて、照子は地元の誰にも告げなかった。

――だからいま、昔の知りあいで、年賀状を送ってるのは園村先生だけです。

――そっちに戻ることは、もう冠婚葬祭の葬以外では、ないと思います。ですから先生、どうかお元気で。

照子は電話口でわずかに涙ぐみ、つづけた。

あれ以来、お姉ちゃんには会っていない、と。そして申しわけないが、今後も会いたいとはまったく思わない――と。

8

元保護司の嵯峨谷から、白石のもとに連絡があったのは、約一時間後のことだ。

昨日殺された別所建吉の、元担当保護司を見つけたという報《しら》せであった。

「伝言ゲームになると齟齬《そご》が起きるんで、できれば本人同士で話してほしいんだ。白石さんの連絡先、向こうに教えてもいいかね?」

「もちろんです」

白石は請けあった。嵯峨谷が言葉を継ぎ、

「これはわたしから伝えてもよさそうなんで言うが、別所くんは、椎野友和くんと過去にニアミスしていたよ」と言った。

「ニアミス、ですか」

「ああ。友和くんがいた児童自立支援施設に、別所くんは十五歳で入所した。友和くんが退所したのは、その二週間後だ。だからほんのわずかな期間ながら、彼らは同じ施設で暮らしたことになる」

「ありがとうございます」

思わず白石は、スマホを耳に当てたまま頭を下げた。向こうには見えていないとわかっていても、下げずにはいられなかった。

入所したての別所と、退所まぎわの友和に接点らしい接点があったとは考えづらい。だがいまは、椎野家と被害者の間に細い糸が見えただけでありがたかった。

別所の元保護司の姓だけ聞き、白石は通話を切った。


掃除を一段落させた白石は、午後から電車を乗り継ぎ、墓地をはしごした。

まずは千草にとって母方先祖となる大久保家の墓へ、次いで椎野家の墓へ向かった。どちらにも千草の姿はなく、来た形跡もなかった。

ただし両寺院の前には、捜査車両らしい不審なセダンが一台ずつ駐《と》まっていた。張り込みの車だな、と白石は察した。考えることはみな同じ、というわけだ。

白石は買ってきた花を椎野家の墓前に供え、燃え残りのちびた蝋燭《ろうそく》で線香に火を点《つ》けて、掌を合わせた。

墓地を出て、境内へ戻る。

本堂横の水道で手を洗わせてもらっていると、足もとで「うにゃあ」と声がした。

よく言えば風格がある、悪く言えばふてぶてしい顔の虎猫《とらねこ》がそこにいた。どうやら水を飲みに来たらしい。

白石は脇へどき、蛇口をひねって水を細く出した。

猫が水を飲むさまを、なんとはなしに見守る。頃合いを見て蛇口を閉めようと待っていると、

「わたしが閉めますので、お気になさらず」

背後で声がした。

白石が振りむくと、六十代とおぼしき女性が箒《ほうき》を持って立っていた。

「ですから、早く車へお戻りください」と硬い声でつづける。

その口調と目つきに、警察官と勘違いされているのか、と白石はようやく気付いた。

「いえ、あの――ぼくは、元家裁調査官でして」

しまった、と瞬時に後悔する。つい馬鹿正直に〝元〟を付けてしまった。しかし女性は「カサイチョウサカン」なる言葉を知らなかったようで、きょとんとしていた。

白石はあらためて首を振り、

「警察官ではありません。あのう、鉦善寺《しょうぜんじ》さんの先々代ご住職――嵯峨谷さんの知りあいの者です」と名のった。

「あら」

女性の表情が、目に見えてゆるむ。同じ宗派のようだからと、名を出してみたのが正解だったらしい。ほっとして白石は尋ねた。

「失礼ですが、奥さまですか」

「ええ、坊守をさせていただいております」

女性がうなずく。要するに住職夫人である。夫人は張り込み中のセダンを横目で見て、

「ここでは立ち話もできませんね。よかったら、寺務所でお茶でも」

とうながした。警察への不信が生む反動だろうか、願ってもない申し出であった。

猫が満足したふうなのを確認し、白石は蛇口を閉めて住職夫人のあとを追った。

寺務所は本堂と駐車場の間にちんまりと建っていた。引き戸を閉めようとしたとき、猫が付いてきたことに気づく。

「入れてもいいですか?」と訊くと、住職夫人がタオルを取り、猫の足を拭いてから抱きあげた。

「飼い猫なんですか」

「飼い半分、野良半分ね」

振りむいた笑顔がやわらかい。猫のおかげでさらに好感度が上がったらしい。

八畳間に上げてもらい、勧められた座布団に白石は正座した。待ってましたとばかり、虎猫が膝によじのぼってくる。

「嵯峨谷さんとは、あちらが以前保護司をなさっていた関係から、お近づきになりまして」

膝の猫を撫《な》でながら、白石は切りだした。

「嵯峨谷さんは、少年の頃の椎野友和さんをご担当していたそうです」

「鉦善寺さんは代々、面倒みのいい方ですからね」

住職夫人がお茶を差しだしてくる。

「そしてぼくは、娘さんの千草さんを担当しました。保護司ではありませんが、少年少女の家庭や背景、精神状態などを調査する公務員です。――警察は、いつからああしてこちらに張り

込んでいるんです？」

「一昨日《おととい》からです。あの人たち、いったいなにが目的なんでしょう？」

眉をひそめる夫人に、白石は言った。

「警察はともかく、ぼくが捜しているのは椎野千草さんです。じつは、彼女の行方がわからないんです」

「千草ちゃんが？」

夫人が目を見張る。ちゃん付けの呼称とその表情に、千草と個人的に親しかったらしいことが見てとれた。

だが、さして意外でもなかった。

おそらく椎野家の墓に花を手向けたときから、夫人は白石を見ていた。だからこそ警察官と疑い、声をかけてきたのだ。椎野家になんらかの思い入れがあることは確かだった。

「最後に千草さんがこちらへ来たのは、いつですか？」

「半年ほど前だと思います。以前はもっと足しげく通ってくれたんですが、最近は工場での立ち仕事がきつかったようで……」

「足しげく、ですか。墓参のために？」

「それもありますが」

住職夫人はすこしためらってから、白石の膝でくつろぐ猫に目を落とした。やがて、ふうとため息をつく。

「千草ちゃんは、お父さんについて調べていたんです」と言った。

「うちは椎野家の代々の菩提寺《ぼだいじ》ですからね、お父さんの友和さんはもちろん、お祖父《じい》さんも、ひいお祖父さんも存じております。千草ちゃんは自分のルーツや、友和さんの生い立ちを知るためにうちに来ていました」

「ああ」

納得し、白石はうなずいた。

「ぼくにも、千草さんは言ってました。『父を、いつか理解したい』と。そうですか、やはり彼女は調べていたんですね……」

お茶で唇を湿らす。ほどよくぬるい茶だった。

「友和さんの生い立ちについては、ぼくも嵯峨谷さんから聞きました。母親にいっさい愛されず、触れられもせずに育ったと」

猿の赤ん坊を使った、有名な一九五〇年代の実験がある。生まれたての猿に〝哺乳瓶《ほにゅう》を取りつけた針金製の人形〟と〝やわらかい布でくるんだ人形〟を与えたところ、猿は餌をくれる針金人形より、布人形にばかりしがみついたという。親子間のスキンシップは、それほどに大事なのだ。

「父親の生い立ちを知って、千草さんはどんな反応でしたか?」

「複雑そうでしたね。『父をかわいそうに思うべきなんだろうけど……』と、言葉を濁していました。あの子にとって友和さんは、家族の仇《かたき》であり、同時に家族の一員でもあるんです。感情の折り合いがつかなくて、当然ですよ」

「ですね。彼女は生き残ったあとも、事件のことでつらい思いをしてきましたから」

白石は猫の喉《のど》を撫でてから、

「友和さんについて調べたことを、千草さんはなにかにまとめていましたか? たとえばノートとか、もしくはブログとか」

「ノートに書きつけていましたよ」

住職夫人が答えた。

「まずはメモ帳に書いて、帰ってからノートに清書する、というやりかただったようです。『データは消えるし漏洩《ろうえい》するから信じられない。やっぱり昔ながらのアナログが一番安全』と笑ってました」

やはりノートはあったのだ。白石は思った。そして父についてのノートを携えたまま、千草は逃亡をつづけている。

「千草さんの祖父――友和さんの実父は、どんな人でしたか」

「七、八年前に亡くなりましたね。故人をこんなふうに言うのはいけませんが、やはり変わった人でしたよ。さいわい裕福なお生まれでしたし、あの時代だったから問題なく生きていけたんでしょう」

すくなくとも他人と健全なコミュニケーションができる人ではなかった、と、住職夫人はひかえめに語った。千草に対しては、もっと詳細に伝えたに違いない。

「千草ちゃんが言ってました。『お父さんは、あがいたんだと思う。お祖父ちゃんみたいになりたくなくて、だからお母さんという普通の女性と結婚して、家庭を作ったんだと思う』と」

千草はこうも言ったそうだ。

――酔ったお父さんから、こんな話を聞いたことがある。ちいさい頃、野良犬を触ろうとして、嚙まれたことがあるって。

――お父さんは、それを昨日のことみたいに怒ってた。このおれが、せっかく撫でようとしてやったのに！　くそったれ！　って。

野良犬に不用意に手を出せば、嚙まれなくとも牙《きば》を剝《む》かれるに決まっている。初対面の犬の目を見てはいけない、とはよく言われることだ。まずは敵意がないことを、相手に示さねばならない。

――お父さんはいつもそうだった。〝自分がこうしたい〟が、つねに先に立つの。

――おれが犬を買ってやりたい！　とか、おれがディズニーリゾートに連れていって、子どもを喜ばせたい！　とか、なんでも「おれがおれが」なの。相手の気持ちは、おかまいなし。

――お父さんは、他人の愛しかたがわからない人だった。

短い沈黙が落ちた。

白石の膝の上で、虎猫が大きく口を開け、あくびをした。

9

別所建吉の元保護司からメールが届いたのは、駅に着いてすぐだった。

嵯峨谷の孫、つまり現住職が白石の名刺をスマートフォンで撮り、先方に送ってくれたのだという。さしもの矍鑠《かくしやく》とした嵯峨谷も、頼るべきところは家族に頼るのだなと微笑ましかった。

元保護司いわく、

「別所建吉くんは、幼くして実母を亡くした子だ。六歳のとき来た継母と折り合いが悪く、家に居づらくなったため非行に走った。元来の気質はおとなしいほうだ。しかし仲間に勧められて常用するようになった、トルエンとシンナーが脳に悪影響を与えた」

十四歳の夏、地元の暴走族に入団。同暴走族の集団リンチ事件に巻きこまれ、逮捕された。シンナーの吸いすぎで前歯がほとんど溶けており、かっとなると抑制が利かなかった。バウムテスト、心理テストの結果は〝精神的に幼稚であるものの、大きな歪《ゆが》みなし〟。

審判の結果、彼は児童自立支援施設送致となった。素行よりも、薬物への依存度の高さが重視された結果だった。

十六で出所し、就職。長くはつづかず、職を転々とした。

別所に付いた保護司は元校長先生で、面倒みのいい人だった。彼をときに叱り、ときに諭しながら、成人を過ぎたあとも世話を焼いた。

その後、別所は数年地元を離れた。しかし二十五歳のときふらりと戻ってきて、

「女が腹ボテになっちゃって。先生、いい働き口ないですか？」

と、半べそ顔で頼ってきた。

ＡＶ業界で三年ほど使い走りをしていたが、同棲相手の妊娠を機に「まともに働きたくなった」のだという。

保護司は彼に、建設作業員の仕事を紹介してやった。これも長くはつづかなかった。たった半月で彼は夜逃げした。妊娠したという同棲相手がどうなったかは、いまもってわからないという。

メールには、当時の別所建吉の写真画像が添付してあった。

よく日焼けした、筋肉質の若者が写っていた。顔立ちは悪くないが、常用したシンナーのせいか表情に締まりがない。十代に見える少女を、右手で抱き寄せている。

――まさか、だろうか？

白石は目をすがめた。

西織トミ子は十八で出産したという。歳のころは合っている。

ぽっちゃり気味の体形ながら、可愛らしい少女だった。だが別所と同じく、どこか弛緩した顔つきである。

白石はスマートフォンを持ちなおし、その画像を和井田に転送した。


帰宅して玄関扉を開けると、カレーのいい香りがした。

——果子のやつ、宣言どおりにポークカレーを用意してくれたな。

いそいそと靴を脱ぎかけ、白石は気づいた。

ばかでかい、しかもよれた革靴が沓脱《くつぬぎ》に揃えてある。日本人には滅多にいないサイズだ。このサイズで、これほど革靴をすり減らす知人といえば一人しかいない。

「美味い！　いやあ美味い」

リヴィングから声が響いてきた。

「こんなに美味いカレーを食ったのは生まれてはじめてだ。さすが果子ちゃん、神々しい味がするよ。味に後光が射している。味覚の極楽、もはやニルヴァーナだ」

「なにを言ってるんだおまえは」

リヴィングのドアを開け、白石は呆れた。

ダイニングテーブルに差し向かいで、果子と和井田がいち早く夕飯を食べている。

「日本語をしゃべれ、日本語を」

「ああ？　帰って早々、小やかましい野郎だな」

カレーをかきこみながら、和井田が目線だけを上げた。

「小舅《こじゅうと》根性を丸出しにしやがって。愛しあうおれたちの尊さとまばゆさに、そうやってせいぜい嫉妬していろ」

「やめろ。言葉のチョイスがいちいち気色悪い」

反論しながら、白石はテーブルに目を走らせた。

玉葱たっぷりのポークカレー。常備菜のわらびの塩漬けを水菜と和えたサラダ。わかめスープ。よし、と内心でうなずく。この取り合わせならば悪くない。

念のためさりげなくキッチンに移動し、スープをひそかに味見した。

市販のコンソメ顆粒《かりゅう》に、醤油《しょうゆ》とごま油少々。これまた悪くなかった。ほっと胸を撫でおろす。

べつだん果子と和井田にうまくいってほしくはない。しかし妹の失態をやつに見せたくもない。このへんが、兄としてなんとも複雑なところである。

「ごめんねお兄ちゃん。先に食べちゃって」

果子が謝ってくる。白石はかぶりを振った。

「いいさ。ぼくだっていつも、おまえの帰りを待たず先に食べている。それにどうせ、和井田が『腹が減って待てない』とでも言い張ったんだろう」

果子はそれには応《こた》えず、

「片付けのほうはどう、進んだ?」と訊いた。

「ああ。八割がた済んだ。あとは蔵書をなんとかするだけだ」

「そう」

食べ終えた皿を手に、果子が腰を浮かす。

「じゃああとは男同士、水入らずで語らって。瑛一くん、おかわりはセルフでよそってもらっていい？　お兄ちゃんの一食ぶんだけ残せばいいから、ごはんもカレーも好きなだけ食べて」

「了解。いやあ、おかわりがセルフでＯＫなんて、おれは果子ちゃんに信頼されてるなあ」

でれでれと和井田が言う。

しかしシンクに皿を置いて果子が出ていくやいなや、和井田はいつもの仏頂面に瞬時に戻った。

「なんだ白石、なにを見ている」

「いや、つくづく愉快な男だと思って」

白石はキッチンに戻った。自分のカレーとサラダ、スープを盆にのせ、和井田の斜め向かいに腰を下ろす。

「おい白石。このカレー、世辞抜きに美味いぞ」

「だろうな。ぼく好みのカレーだ」

白石はうなずいた。

「具は角切りの豚肉と玉葱のみ。一鍋《なべ》に、大ぶりの玉葱が五個入る。ルウは市販の中辛を二種混ぜるのがコツだ」

「果子ちゃんがいつも『料理は苦手だ、苦手だ』と言うから、正直覚悟して食ったんだがな。こいつは嬉しい驚きだった。このカレーなら三百六十五日食える」

旧友の大げさなもの言いに、白石は嘆息した。

「果子にはもっと、ゆるい仕事の——果子の仕事をサポートできる男と結婚してもらいたいんだがな。おまえも知ってのとおり、果子は激務だ。おまえなんか寮と官舎暮らしが長くて、家事を覚える暇もなかっただろう」

「なにを言うか。おれの炒飯《チャーハン》は絶品だぞ」

和井田はスプーンを置き、胸を張った。

「豚汁、生姜《しょうが》焼き、ペペロンチーノなんかも得意料理だ」

「駄目だ。野菜が足りん」

白石は苦言を呈した。

「果子は仕事が忙しくなると、食事を抜いてカフェインのみで夜中まで働くやつだからな。せめてビタミンたっぷりの夕飯で迎えてやりたいんだ。それに女性は、男性より繊維質を必要とするらしいし」

「なるほど。では冬場は鍋料理を増やすとしよう」

和井田は立ちあがり、何杯目とも知れぬカレーをおかわりして戻ってきた。

「ところで白石、お手柄だぞ」

「は?」

「例の写真画像だ。若き別所建吉と写っていたのは、おまえの睨んだとおり西織トミ子だった。当時満十七歳。『STエンタテインメンツ』の前身『角田企画』において、『竜宮城ミカ・悶絶《もんぜつ》調教ドM未成年妊婦』なるDVDを出した直後の西織トミ子だ」

一瞬白石は絶句した。返す言葉に迷ったあげく、

「……そうか。やはり、『角田企画』と関係があったか」

と声を落とした。

食事中にその話題はやめろ、とは、なぜかトミ子に失礼な気がして言えなかった。

「別所建吉も、ＡＤ未満の下っ端スタッフとして『角田企画』で働いていたようだ。妊娠したトミ子をさらにＡＶ出演させるなど酷使していたが、八箇月を過ぎたあたりでトミ子を連れ、同企画を退職。保護司を頼って就職するも二週間で音を上げ、臨月のトミ子を捨てて夜逃げしている」

「そのくだりは元保護司から聞いたよ」

うんざりしながら、白石は水菜を奥歯で嚙んだ。

「そして園村先生によれば、捨てられたトミ子は故郷に連れもどされ、実家近くの産院で娘の実花さんを産んだ。名前にコンプレックスのあった彼女はみずからの芸名を娘に付け、ふたたび出奔したそうだ」

「ああ。だがこれは知らんだろう？　臨月まぎわに捨てられるという屈辱を味わっていながら、トミ子はその後、別所建吉と復縁している」

和井田の言葉に、白石は手を止めた。スプーンを持ったまま、斜め向かいの友人に目をやる。

和井田が苦りきった顔で、

「わけがわからんよな？　ったく、男と女はこれだから参るぜ。おれのような永遠の少年には理解しがたいが、ともかく色恋は理屈じゃねえようだ。二人はその後もくっついたり離れたりを繰りかえし、つい三年前まで同棲していた」

カレーを勢いよくかきこむ。

「だが別所建吉と何度目かの喧嘩をし、トミ子はやつのもとを飛びだした。知人によれば、『女がクスリをやめないので困る』と別所は嘆いていたそうだ」

「その後の、トミ子さんの足取りは？」

「追っている最中だ。別所建吉と椎野友和に接点があったことが判明したんでな。ここから千草に繫がるんじゃないかと、糸をたどっている」

「そうだな。千草さんと西織母子を繫ぐのは、友和さんと別所建吉の関係だ……」

白石はうつろに繰りかえした。

だが、なぜだろう。ぴんと来なかった。

理屈では「そこにしか糸がないならば、繫がるだろう」と思う。しかし父の知人およびその愛人に執着する千草がとうてい思い浮かばなかった。

そうとは明言できぬまま、白石は話題を変えた。

「ほかの――そうだ。ほかの行方不明の人は、どうなった？」

「桑野一騎な。千草の部屋の真下に住んでいたやつだ」

和井田はスプーンで肉をかき集め、

「あらためて協定を結ぶぞ、白石」

と言った。

「おまえだって椎野千草の行方を知りたいだろ？　こっちの情報を流してやる代わり、おまえが得た情報は必ず、あますところなくおれに伝えろ」

「わかってるよ」

白石は即答した。

「ぼくはSNSをやってない。おまえの言うとおり友達もいない。むろんマスコミとも繫がっていない。洩らす経路はゼロだから安心しろ」

「よし。では言うぞ。桑野一騎は引っ越し魔というか、クレーマーだった。とくに、騒音に関する苦情を言いたてるので有名だった。管理会社は口が重かったが、やつは真上の千草にしつこくクレームを入れていた様子だ」

「だから彼女の機嫌をそこねた……と？」

「失踪の原因となった可能性は否めんだろう。ともかく桑野が、千草に好かれちゃいなかったことは確かだ」

和井田は水を飲みほした。

「次に、別所建吉刺殺事件において、犯行直前の椎野千草を通りの防犯カメラがとらえていた。あいかわらずキャップを深くかぶっていたが、マスクがなかったおかげで、唇の動きが読めた。『大洗中学生事件』のときと同様、『――は、失敗しない』だ」

ちらりと白石を見上げる。

「こいつは、千草の口癖なのか？」

「違う……と思う。すくなくとも、ぼくは聞いたことがない」

「まあおまえが知ってるのは、八年前の千草だからな。その後に身についた口癖かもしれん。八年の歳月は長い。人を変えるには十二分だ」

しばしの間、二人とも口をひらかなかった。

静寂ののち、白石は立ちあがった。

冷蔵庫を開け、ガラス製のピッチャーを取りだす。朝淹《い》れたコーヒーを冷やしておいたのだ。グラス二つとともに携えて、テーブルへ戻る。

「思うんだが……」

グラスにピッチャーを傾け、白石は言った。

「西織実花さんは、児童ポルノに出演させられていたんじゃないかな。トミ子さんは女優として人気が出なかった。『角田企画』はキワモノ系を撮る会社だったが、児童ポルノ主体に転向した。気分のいい想像じゃないが、トミ子さんが実花さんを……、その、金のため、角田精作に差しだした確率は高いと思う」

「そいつはおれも同感だ。しかし、千草とどう繋がる？」

グラスを受けとって、和井田が言った。

「わからない。でも被害者たちを並べて考えるに、児童ポルノという要素ははずせない気がするんだ。制作者だった角田精作、三須しのぶ、別所建吉。出演者だったかもしれない実花さん……」

「そしていじめっ子の中学生たち、クレーム屋の桑野」

和井田がつづきを引きとった。

「いまのところ、桑野と児童ポルノの関連は見つかっちゃいねえ。家族の了承を得てパソコンを精査したが、やつの嗜好《しこう》はノーマルだった。閲覧履歴に十八禁映像は山ほどあれど、成人女性か、女子大生、女子高生ものばかりだ。ちなみに女子高生ものは、セーラー服を着てるってだけで、女優は成人だった」

「桑野は単に、千草さんに身の危険を感じさせたのかもしれない」

白石は言った。

「ただのクレームであっても、成人男性に毎日真下から攻撃されるのは、若い女性にとってかなりの恐怖だ」

「それは言えるな。桑野は小柄だったが、それでも女性と比較すりゃ体格や骨格は段違いだ。

桑野の死体は見つかっていないが、もし殺されているとしたら、突発的な犯行――というか、千草の反撃だったのかもしれん」

和井田は考えこんでから、

「……椎野千草が、父親から性的虐待を受けていた可能性は？」

と訊いた。

白石は即答した。

「ないと思う。八年前、そんな話はいっさい出なかった」

「友和さんと児童ポルノにも関連はないはずだ。彼は小五のとき『体を触らせろ』と女子高生を脅し、刃物で刺したが、これは性犯罪というより女性のぬくもりを得ようとしての犯行だった。もちろんやりかたは大きく間違っていたがな。しかし自立支援施設を出たあとの彼は性犯罪と無縁だったし、金の問題はあれど、浮気もなかった」

「そうか……」

和井田が唸るように言い、腕組みする。

白石も額に指を当て、低く呻《うめ》いた。わからない。千草がなぜ凶行をはじめたのか、動機はなんなのか、わからないことだらけだ。

――千草さんと児童ポルノ。ぼくの中ではまるで繋がらない。

児童ポルノ、少女売春、未成年の性的消費……と口の中でつぶやく。

少女の非行と売春は、残念ながら切り離せない要素だ。多くの場合は、少女本人の意思や選択の果てに体を売る。

だが児童ポルノの場合は、必ずしも本人の意思は関係ない。親もしくは保護者が、彼らを売り飛ばすケースがあまりに多い――。

「いま、思いだしたんだが」

白石は眉間《みけん》に皺《しわ》を寄せた。

「ぼくが現役時代、家裁調査官の先輩が『幼少時、親にヌード写真や映像を撮られ、販売されたトラウマで非行に走った少女』を担当していた。ヌードを撮り、販売……。これって、児童ポルノのことだよな？」

その少女は年齢からして、千草や西織実花と同世代である。白石は、ごくりと喉を鳴らした。

「県内のジュニアアイドルおよび児童ポルノ関係者は、東京に比べればぐっとすくないはずだ。『角田企画』の直接の所属でなくとも、横の繋がりはあるんじゃないかな。なにかしら情報が得られる可能性は――」

「ああ。駄目もとで当たるには十二分だ」

言いかけた白石の言葉を、和井田が引きとった。

「よし。その先輩調査官とやらの名を教えろ」

「柳《やなぎ》さんだ。だが待て。ぼくが聞いてくる」

白石は言い張った。

「柳さんは、独特な人だ。そして警察ぎらいだ。守秘義務を盾にのらりくらりと逃げ、おまえには絶対情報を洩らさないだろう。ぼくが聞いたほうが早い」

「ふん」和井田は舌打ちした。

「まあいいだろう、譲ってやる。ただし協定を忘れるなよ。得た情報はすべておれに渡すんだ、いいな？」

「渡すさ。代わりに、千草さんがタブレットで検索したというジュニアアイドルのリストをくれ。うまく柳さんを説き伏せられたら、見てもら……」

見てもらう、と言いかけた語尾が、着信音で消された。

和井田が内ポケットからスマートフォンを出し、応答した。

「おう岸本、どうした？　……なに？」

旧友が眉間に深い皺を刻むのを、白石は斜め向かいで見守った。

数分やりとりし、和井田が通話を切る。上げられたその顔には、はっきりと苦渋が滲んでいた。

「この事件は、心底わけがわからんぜ。――『那珂男女事件』の現場に残されていた、死蝋のかけらのＤＮＡ型鑑定結果が出た。指紋から採取できた犯人のＤＮＡ型と、多くが一致するんだとよ」

「なに？」

白石は目を剝いた。

和井田がつづける。

「ミトコンドリアＤＮＡからして、同母妹の死蝋と思われるそうだ。千草のアパートで発見された死蝋については、現在も分析中」

和井田はため息をついた。

「……なあ、椎野晴美は、ほかの男との間に子どもを作ってやがったのか？　友和が妻子を殺した理由はそこだったのか？　だとしても、なぜその子の死蝋を千草が持っている？　わからんことだらけだ」

白石は答えられなかった。
立ちあがってリヴィングを出ていく和井田の背を、ただ呆然《ぼうぜん》と見送った。

第五章

1

屋根裏に横たわり、〝影〟はまどろんでいた。

浅い眠りの表層で、水面《みなも》に揺れるような夢を――過去の記憶を〝影〟は見る。

「えーと、おまえ……。名前、なんになったんだっけ？」

覗《のぞ》きこんでくる「監督」こと「精ちゃん」こと「角田ちゃん」が、Tシャツに手を突っ込んで腹を掻《か》きながら〝影〟に問う。

横から「しーちゃん」こと「しのぶさん」こと「三須先生」が、

「ケイじゃなかったあ？　メイ……？　ううん、やっぱケイで合ってるわ」

物憂げに言い、あくびをする。

「ああケイだったな。よし、ケイは失敗しない。繰りかえせ」

まだ幼い〝影〟の頭を摑《つか》み、〝監督〟は言う。

「ケイは失敗しない。ケイは失敗しない。ケイは失敗しない。ケイは失敗しない。ケイは失敗しない――。繰りかえせ。ほれ、言え」

そこで目が覚めた。

朝のはずだ。〝影〟は思う。

体内時計は朝だと告げている。しかし、下がやけに静かだった。

いつもなら住人が起きて活動している時刻だというのに、音どころか、室内で立ち動く気配すらしない。

だが〝影〟はすぐには動かなかった。小一時間じっと待ち、考えた。

昨日、部屋の住人は確かに帰宅した。出ていく物音は一度もなかった。ならば、室内にいるはずだ。

ただの寝坊かもしれない。発熱して起きあがれないのかもしれない。そういえば昨夜、咳《せき》が聞こえたし、薬の封を切って飲むような音もした。

──不用意に動くのは、自殺行為だ。待つしかない。待つのには、慣れている。

だがやがて、「いくらなんでもおかしい」と〝影〟は思いはじめた。

これほど長時間、動きがないのはおかしい。

いくら具合が悪くたって、寝がえりくらい打つだろう。しかし現実には寝がえりの気配はなく、トイレに行く様子すらない。さすがに変だ。

〝影〟の体内で警報が鳴りはじめた。信用できる警報だった。

〝影〟は危険察知能力が高い。本能が、皮膚が、研ぎすました神経が、ぴりりといつも危険を知らせてくれる。その警報が、最大限の音で鳴りはじめていた。

〝影〟は決心した。

そろそろと動く。天井板をずらし、なるべく音を立てぬよう、ゆっくりと降りる。クロゼット兼押し入れの戸を細くひらき、外を——室内を目でうかがう。

住人は、いなかった。

ベッド代わりのマットレスの上にも、ロウテーブルの前にもいない。愛用のバッグは壁に掛けられ、スマートフォンとタブレットはテーブルに置きっぱなしだ。

——やはり外出していない。

〝影〟は確信した。すくなくとも自分の意思で出たのではない。住人に、なにかが起こったのだ。

〝影〟は戸を開け、そろりと一歩踏みだした。

板張りの床が、裸足《はだし》の指に冷たかった。

2

六日目の朝、白石は借家で黙々と蔵書を整理していた。

分類はとうに諦《あきら》めた。比較的新しそうな本のみ段ボール箱に詰めこむ。古そうな本や染みのついた本、日焼けした本、カバーのない本などは機械的に積みかさね、ビニール紐《ひも》で括《くく》っていく。

当たりまえの話だが、本は重い。おまけに黴《かび》くさく、埃《ほこり》くさい。白石は何度も休憩を挟み、麦茶で一服してはもの思いに沈んだ。

——昨夜《ゆうべ》のうちに柳さんを説得できたのは、ラッキーだった。

いまさらながら実感する。

ベテラン調査官の柳は、彼にとって尊敬できる先輩だった。と同時に、上司たちにとっては扱いづらい偏屈な男だった。正義感が強すぎるのだ。訓告処分を匂わされようが梃子《てこ》でも動かない柳は、出世とは無縁な万年ヒラ調査員であった。

その柳が、なぜ白石に説得されてくれたか。それは白石が「椎野千草さんのため」を、前面に押しだしたから、に尽きる。

——とにかく彼女を見つけたいんです。いくら証拠が揃おうが、ぼくは彼女の無実を信じています。無実を証明させてください。

電話口でそう一時間以上懇々と語り、しつこく粘った白石に、ついに柳は「いいだろう」と唸《うな》った。

——いいだろう、彼女を紹介しよう。ただしわたしも同席させろ。拒むなら、橋渡しはしない。

白石は一も二もなく快諾した。

むしろ柳の同席はありがたかった。初対面の白石相手では、彼女とて話しづらいだろう。柳がいてくれたほうが口がほぐれるに違いない。

「ふう……」

何度目かのため息をつき、麦茶を啜《すす》る。

手が、自然にかたわらのアルバムを引き寄せた。

先日も見た父のアルバムだ。父個人のものらしいのに、長男である伯父《おじ》ばかりがクローズアップされたアルバムであった。

――父は父なりに、苦労していたらしい。

素直にそう思えた。長男ばかりが愛され、注目を集め、次男はどこかなおざりな家庭像が、この何十枚かの写真に凝縮されていた。

手がページをめくりかけた瞬間、

「次は県内ニュースです」

と、ラジオが男性アナウンサーの声に切り替わった。

「今朝八時ごろ、茨城町東浜台の雑木林で、一部が白骨化した死体が見つかりました。この雑木林では、先月の十七日にも白骨死体が発見されています。警察は事件の可能性があると見て、関連を調べる方針……」

――先月の十七日?

白石は手を止め、ラジオをまじまじと見つめた。先月十七日に雑木林で見つかった白骨死体といえば、西織実花のことだ。

――同じ場所で、また死体が?

加えて〝茨城町東浜台〟という住所にも引っかかる。だが、なぜ引っかかるのかが思いだせなかった。確かに覚えがあるのに、喉《のど》もとまで出ているのに、わからない。

――だがきっと、千草さんに関係のあるなにかだ。

確信し、白石はスマートフォンを摑《つか》んだ。

昨日会った住職夫人に電話すべく、寺の名前で検索し、電話番号をタップする。

さいわい、電話口に出てくれたのは住職夫人だった。夫人は困惑しながらも、白石の疑問に答えてくれた。

「千草ちゃんと、茨城町東浜台の関係？　ええ、そうね。あまりいいことではないけれど……刈安《かりやす》さんのおうちがあった場所ですよ」

「刈安さん――というと、あの」

「ええ。千草ちゃんをいじめて、万引きさせたりしていた主犯の子」

「ありがとうございます」

礼を言うが早いか、白石は通話を切って借家を飛びだした。


電車とバスを乗り継いで、東浜台二丁目の停留所で降りる。途端に、八年前の記憶があざやかによみがえった。

そうだ、当時も白石はここへ来た。千草をいじめた主犯、刈安愛茉《えま》から話を聞くためにだ。

あまり実のある話は聞けなかったが、バス停から家までの道程は、はっきり覚えている。

バスを降りて数分歩いたところで、野次馬の群れにぶつかった。人の体の隙間から、張られたイエローテープが見える。

一瞬、死体が見つかったという雑木林かと思った。だが違った。白石の記憶では、この先にあるのは――。

「和井田！」

野次馬の向こうに、見慣れた顔を見つけて白石は叫んだ。

和井田がはっと瞠目《どうもく》し、すぐに渋い顔になる。イエローテープをくぐり、人波をかき分けて近づいてくる。

「こんなところでなにをしてる。いや、なにしに来やがった」

和井田の背後に立つのは、雑木林でなく民家だった。八年前に白石が訪ねた、まさにその家
――刈安愛茉が住んでいた家だ。

「まさか、また被害者が出たのか？」

青くなる白石に、和井田がかぶりを振った。

「一般市民に怪我はねえ。そこは安心しろ」

言葉を切り、声を低めてささやく。

「刈安家はとっくに引っ越して、いまは他人が住んでいる。だがマル被が知らん可能性を鑑《かんが》み、数日前から家の前に張り込み班を送りこんでいた。それが今日になってビンゴ、というわけだ」

「千草さんが、ここへ来たのか？」

野次馬たちに聞こえぬよう、距離を取りながら白石はささやきかえした。

「そうだ。はじめてマル被の行動を予測できたぜ」

和井田がにやりと犬歯を剝《む》く。凶悪な面相だ。すこしも笑顔に見えなかった。

「千草さんは？　逮捕したのか」

「いや。追いつめたが、交番員の一人を刺して逃げやがった。交番員は命に別状ないものの、それなりに重傷だ。ったく、往生際の悪りいマル被だぜ」

「では彼女の動機は、やはり復讐《ふくしゅう》なんだろうか」

「かもな。刈安愛茉は結婚して姓を変え、現在は夫と水戸市に住んでいる。そのマンションにも、すでに警察官を送ってある。マル被がそっちに向かったなら、今度こそがっちりお縄だ」

「雑木林で見つかったという遺体は？」

「桑野一騎だった」

和井田の目もとが、ちりっと歪《ゆが》んだ。

「腐敗の具合からして、死後十日程度だ。遺体が発見されたニュースを聞き、マル被は様子見のため来たのかもしれん。犯人は現場へ戻るもんだからな。とはいえやつは現場じゃなく、旧刈安邸を訪れたわけだが」

「雑木林のほうに警察が集まると見て、旧刈安邸は手薄になると踏んだのかも」

白石は考えこみ、言った。

「ぼくは、午後から柳さんと会う予定だ。柳さん立ち会いのもと、児童ポルノに出た元少女と話せる手はずをととのえた」

「よし、よくやった」

和井田が白石の背を叩《たた》く。

「おまえはそっちに向かえ。ここにおまえがいてもできることはねえ。あとで連絡するから、おとなしく待っていろ」

「わかった」

うなずきながら、白石はイエローテープの向こうを見やった。

紺の作業服を着た警察官が、ビニールで包んだキャスターケースを運びだしていくところだ。

——証拠品? 遺留品か?

白石は目をすがめた。

——だとしたら、あれは千草さんのものか? 彼女は荷物を置いて逃げた?

「おい、さっさと行け」

和井田がいま一度背を叩いてくる。

「安心しろ、千草の人相書きは各所に行きわたっている。これから捜本《そうほん》で一帯の防カメを精査し、ドラレコも総当たりする。どこへ逃げようが袋のねずみだ。これ以上の罪は犯させん」

3

柳と元少女とは、個室ありのイタリアンレストランで待ち合わせた。むろん、白石の奢《おご》りである。

柳はメニューをひらくやいなや、元少女に向かって言いはなった。

「ここは雲丹《うに》のクリームパスタが名物なんだ、遠慮しないで頼め。どうせ払うのはこいつだ。それと白石は調査官としてはまあまあだったが、どうにも甲斐性《かいしょう》がない。男としては顔だけだから、鑑賞用にとどめておきなさい」

ひどい言われようだ。しかし白石としては反論できる要素もなかったので、

「まあ、柳さんの言うとおりです」

と頭を下げておいた。

卓上チャイムを押し、やって来たウエイトレスに、

「雲丹のクリームパスタを三つと、ゴルゴンゾーラと蜂蜜《はちみつ》のピッツァひとつ。取り皿もください。コーヒーはデザートと一緒に」

ひと息に注文する。

ウエイトレスが出ていき、扉が閉まると、あらためて白石は挨拶《あいさつ》をした。

「柳さんの後輩にあたる白石と申します。今日はわざわざご足労いただき、ありがとうござい

ます」

「わたしは、名乗らなくてもいいですか？」

元少女が言う。「匿名でも大丈夫ですよね？」

「もちろんです」

白石は請けあい、水を飲んで舌を湿した。

薬物依存症の父親に売られ、六歳から十一歳まで児童ポルノに出演させられたという彼女は、父親の逮捕を機に保護された。

一時は非行に走ったものの、柳らの尽力で更生した。現在は「ごく普通の事務員」として働いているという。

その自称どおり、彼女はいたって地味づくりだった。ショートカットの黒髪、ほとんど化粧っ気のない頬。年齢は二十四、五のはずだが、落ちついた雰囲気のせいか、もうすこし上に見える。

「『STエンタ』や『角田企画』について訊《き》きたいってことは、例のあれですよね？……角田監督としのぶさんが、殺された件」

口火を切ってくれたのは、彼女のほうだった。

白石はうなずいた。

「そうです」

「だったら教えてください。教えてほしくて、わたしは今日ここへ来たんです。事件を機に、昔の情報が——たとえばわたしの本名が、ネットなどに流出する恐れはないですか？ わたし、親戚《しんせき》の養子になって姓を変えましたけど、もしバレたらいまの職場をやめて、引っ越しもしなくちゃ……」

　まくしたてる彼女を、

「大丈夫です」

　急いで白石はさえぎった。

「警察から流出する可能性は、まずありません。いまは警察もサイバー部門などを設け、インターネット上の個人情報問題にも精通しています。ぼくの知人に警察官がいますので、不安な点などありましたら、いつでもここに電話してください」

　言いながら、和井田の名刺を手渡す。

「この番号が直通です。『白石からの紹介だ』と言い添えれば、夜中だろうと対応してくれます。ぼくが保証します」

　元少女の頰から、ようやくすこし強張《こわば》りが取れた。

　彼女はほっと息をついて、

「凜音ちゃん――北凜音さんが売れはじめたときも、それから先日の記者会見も、怖かったんです。こっちに飛び火したらどうしようって」

　と言った。

「北凜音さんとは、親しかったんですか？」

　白石は慎重に尋ねた。元少女が視線をわずかにはずす。

「向こうはそう思ってないかもしれないけど……わたしにとっては、話が通じる数すくない相手でした。まあ凜音ちゃんは『ＳＴエンタ』になってからの所属だし、企画もＴバックとか電マくらいで終わったから、こっちとはレベル違いましたけど」

「電マ?」

「電動マッサージ器。股間《こかん》に当てて……。あとは、わかるでしょ」

白石は「失礼しました」と慌てて質問を切りあげた。

「じつは今日はですね、こちらのリストを見ていただきたくて」

とB4サイズのコピー用紙を広げる。和井田からもらった、千草がタブレットで検索したというジュニアアイドルの名前一覧であった。

「知っている名前があったら教えてください」

元少女がリストに顔を近づけた。上から順に、指でたどっていく。

「ああ、はい……。知ってる子、けっこういますね。凜音ちゃんの昔の芸名があるし、森長つぼみちゃん、姫野メルちゃん。それから妹尾《せのお》まのんちゃん――」

「こちらも見てもらえますか」

白石は紙に手をかけた。次の用紙へめくる前に、上目で柳をうかがい、次いで元少女を見やる。

「現在インターネット上で拾える限りの、『角田企画』の動画および画像を警察がピックアップして印刷したものです。あなたにとっては、見るのがつらい画像もあるでしょう。その場合はすぐ言ってください。けっして無理強いは……」

「早く見せて!」

元少女が叫んだ。

「この情報がほしくて、今日はここに来たんです。どの程度、流出してるか知りたいの。早く見せてください!」

「あ、ああ、はい」

白石は紙をめくった。

食い入るように元少女が目を凝らす。端から端まで丹念にチェックし、やがて彼女は、ふうっと肺からため息を絞りだした。

「……これ、当時のわたしです」

元少女が右端の列に印刷された画像を指さす。

白石は思わず目をそらしたが、元少女は安堵《あんど》した様子で天井を仰いだ。

「よかった。流出してるの、これだけなんだ……。ほんとうによかった」

表情が弛緩《しかん》しきっていた。白石はあらためて、彼女の横に座る柳を見やった。彼の厳《いか》めしい顔も、心なしかゆるんだように見えた。

白石は咳払いし、居ずまいを正して訊いた。

「では教えてください。この中に本名が〝ミカ〟だった子はいますか？　フルネームは〝西織実花〟。どうです？」

「ミカ……」

元少女は低く繰りかえしてから、

「出演してた子じゃなくて、その子のお母さんにならいました。同じ名前がいました。ミカさんとか、ミカちゃんて呼ばれてた。苗字《みょうじ》もたぶん、ニシオリさんだったと思う」

「それだ。それです」

白石は飛びついた。

――西織トミ子のＡＶ女優時代の芸名が〝ミカ〟だ。

彼女はその名がお気に入りだったらしく、娘にまで付けたという。しかし本名を厭《いと》っていたトミ子が、その後も自分をミカと呼ばせつづけた可能性は大いにある。

「そのミカさんの娘さんは、この中にいますか」

そう尋ねた直後、ノックの音がした。

扉が開いて、ウエイトレスが入ってくる。人数ぶんのミニサラダとクリームパスタ、ピッツァ、取り皿と順に置き、一礼して出ていく。

「……ま、冷めんうちに食うとするか」

籐籠《とうかご》のカトラリーに手を伸ばし、柳が言った。

「そうしましょう」白石もうなずく。

元少女が無言でB４用紙を手もとに引き寄せ、自分の真横に置いてから、サラダ用のフォークを手に取った。

その後しばし、一同は食事に集中した。

雲丹のクリームパスタはねっとりと濃厚で、魚介特有の旨《うま》みが凝縮されていた。使われているオイルにだろうか、かすかにアンチョビの風味も感じた。

ゴルゴンゾーラと蜂蜜のピッツァは、その名を裏切らぬ味だった。まずいわけがなかった。人類は、この手の甘じょっぱさに抗《あらが》えない。チーズの塩気と蜂蜜の甘み、さらに生地の小麦の風味とあいまって、手が止まらなかった。

元少女は、食べる間もB４用紙を見つめつづけていた。

やがてフォークを置き、

「――この子」

と言った。ＤＶＤのジャケ写らしき画像を指でさす。

「それからこれ。こっちの子もそう。みんな、ミカさんの娘」

「ちょ、ちょっと待ってください。もう一回」

慌てて白石はスマートフォンを手に取った。

元少女がいま一度指してくれた写真とジュニアアイドルの芸名を、メモ帳アプリで打って保存する。

『妹尾《せのお》まのん・イケない卒園式』『神薙《かんなぎ》ケイ・脱♡桃色制服』『和泉沢《いずみさわ》あすな・初恋たわわ』『花山院《かさんいん》ゆうき・早熟ごっくん日和』……。

「これ全部、ミカさんの娘さんですか」

「ええ。よく見ると同じ顔でしょ？　成人ものＡＶと同じで、受けるのはしょせん一本目だけなんですよ。視聴者のニーズはつねに〝新しい子〟なんです。ついこの前まで素人で、うぶで、新鮮な子。だから二本目で、がたっと売れゆきが落ちる子が大半です。そうなったら三、四本目でポルノとか、もしくは企画落ちですね」

元少女は淡々と言った。

「ミカさん本人がいい例ですよ。あの人、顔もまあまあで巨乳だったけど、壊滅的に演技ができなくて、妊婦ものとかスカトロものに落ちるしかなかった。彼女、言ってましたもん。『スカトロはもうやりたくないから、代わりにうちの子に仕事させることにした』って。初出演は三歳か四歳だったらしいから、完全な虐待ですよね」

抑揚なく語る声が、冷えていた。

「同じ顔なのに、何度もデビューしてバレないものなんですか？」

「特徴ある顔立ちとかほくろがない限り、どうこう言われませんよ。たぶん視聴者側にも、暗黙の了解なのかも。ペドものロリもので、しかもハードなやつって間口が狭いから、どうしても出演者は限られますしね。ある程度使いまわさなきゃいけないことくらい、コアなファンならわかってるでしょう」

「なるほど……」

白石はしいて無表情を保った。

両手の指を組み、本題に入る。

「ところで、椎野千草という子は、業界にいませんでしたか？」

声が震えないよう、留意した。あの千草が児童ポルノ業界にいたとは思いたくない。しかし、訊かねばならなかった。

「シイノさん、もしくはチグサちゃんという名前の子を捜しています。母親の名は晴美さんです。どうですか？」

「チグサ……」

元少女は繰りかえしてから、

「知らない、と思います。『STエンタ』になってから、チカちゃん、チヒロちゃん、チエリちゃんはいましたけど。『角田企画』の頃は確実にいません。あの頃は、演者もスタッフも限られてましたから」

「そうですか」

内心ほっとしつつ、白石は問いを引っこめた。

千草と児童ポルノの関係は結局わからず、解決からはまた遠ざかった。しかし安堵するのを止められなかった。

「ちなみにミカさんの娘さんは、なんと呼ばれていたんです？」

白石は尋ねた。トミ子が己をミカと呼ばせていたなら、実花はほかの名で呼ばれるしかなかったはずだ。

「うーん、どうだろう、覚えてません。現場では『おい』とか『ちょっと』って呼ばれてたと思います。けっこう長く一緒にいたのに、名前思いだせないですもん」

扉が開き、デザートとコーヒーが運ばれてきた。

元少女が、ごく自然な動作でB４用紙を逆さに伏せる。

デザートは、バニラアイスクリームとラズベリーのシャーベットだった。元少女はミントの葉を指でどけて、

「あの子、ベテランだったから演技は巧《うま》かったですよ。母親とは大違いで、器用でしたね。滅多に失敗――じゃなくて、NGを出しませんでした」

「失敗」

白石は聞きとがめた。

そうだ、防犯カメラにとらえられた千草は、「失敗しない」とつぶやいていたという。唇の動きがそう読めた、と。

元少女がうなずき、つづけた。

「『角田企画』では、NGやリテイクを〝失敗〟って言う決まりだったんです。子どもにわかりやすいようにでしょうね」

「失敗したら、怒られましたか？」

「角田監督はきつく怒るタイプじゃなかったです。しのぶさんとか、親のほうがうるさかったな。うちの父はクスリで頭やられてたから、すぐキレて殴るんです。顔が腫《は》れたら、撮影できなくなるっていうのに」

やはり冷めた口調だった。

白石の手もとでスマートフォンが鳴った。

メールの着信音だ。和井田からである。

「失礼」柳と元少女にことわって、白石はメールをひらいた。

箇条書きの事務的なメールだ。

ただし内容は重要だった。逃走の際、犯人が置いていった樹脂製スーツケースの中身が羅列してある。

財布。ケース入り牛刀。除菌スプレー。不織布マスクの袋（七枚入り）。父親についてまとめたらしい、手書きのノート。

目薬。キイホルダーに下がった各種の鍵《かぎ》（二十二本）。消毒薬。懐中電灯。ボールペン。結束バンド。ガムテープ。椎野千草名義のスマートフォン。時刻表。ウェットティッシュ。絆創《ばんそう》膏《こう》。

白石は順に目を走らせていった。

そして、最後の一行に息を呑《の》んだ。

――ビニールに二重に包まれた、胎児の死蝋《しろう》。

4

元少女に挙げてもらった西織実花の芸名一覧を、白石は清書し、和井田宛てにメールで送った。

柳たちに礼を言ってイタリアンレストランを離れ、次に会ったのは『角田企画』の元共同経営者であった。

ちなみに柳からの紹介である。元少女を担当して調査した際、唯一協力的だった男性でもあるそうだ。和井田いわく、犯行時のアリバイはすでに確認済みだという。

謝礼として三万円を包み、白石は彼と駅前のドトールで待ち合わせた。

「角田の精ちゃんはさ、ああ見えて可愛いとこもあったんだぁ」

肩をすぼめてそう語る男性は、六十代なかばに見えた。いまは無職で、公営住宅に単身住まいで、年金暮らしだという。

角田精作、三須しのぶ、別所建吉の死はニュースで把握しているそうで、

「こう言ったらあれだけど、ある意味納得というか、天罰かもなって思うね。他人を食いものにして生きたんだから、そりゃろくな死にかたはできねえで当然しょ。おれぁ、早く足を洗って正解だったよ」

と彼は、舐《な》めるようにコーヒーを啜《すす》った。

「精ちゃんはロリペドで食ってたくせして、てめえは子煩悩でね。二番目の奥さんとの間に、娘がいんだ。だから近親系でも〝養父と娘もの〟〝兄妹もの〟〝姉弟もの〟〝伯父《おじ》と娘もの〟〝義

父と娘もの〟は撮ったけど、実父ものだけは撮んなかったね。『子どもができたら、気持ち悪くなっちゃったよ』なんて言ってさ。ほんと、おかしなとこで潔癖だったね」

はたしてそれは潔癖と呼べるんだろうか、と白石は訝《いぶか》りつつ、

「三須しのぶさんのほうは、どうでしたか？」

と訊いた。

「しーちゃんか。あれはあれで、かわいそうな女じゃあるわな」

男性はため息をついた。

「ナルシストってか、自己評価が高いってか、『あたしはこんなもんじゃ終わらないわよ！』って、いっつもぎらぎらしてたっけ。けど中身がともなわんから、結局はＡＶ業界の下のほうをのたくって、精ちゃんにも結婚してもらえんまま、ただのおばさんで終わっちまった。金金金の女になったのも、カラスなんて渾名《あだな》されるほど金ピカものを盗んでまわったのも、欲求不満のせいだろうよ。埋め合わせるもんが、ほしかったんでねえかなあ」

「三須しのぶさんは、西織トミ子さんとは親しかったんですか？」

「トミ子？　うわあ、懐かしい名前だ」

男性は顔じゅうに皺《しわ》を寄せて笑った。

「トミ子のやつ、いまなにしてんだろうな。別所とくっついたり離れたりしとったけど、やつが殺されたとき一緒でねがったんは、珍しく運がよかったな」

カップを手の中でまわし、苦笑した。

「トミ子、いや、ミカって呼ぶべきなんかな。まあトミ子でいいか。ともかくあいつぁ、しのぶとは仲いいどころか、お互い嫌いあってたよ。正確に言やあ、しのぶのほうが頭っからミカ

を馬鹿にしてた。まあ気持ちはわかっけどな。トミ子はもともと利巧でねえとこへ持ってきて、クスリで頭ぶっ飛んでたもの」

「トミ子さんは、母方祖母から形見の真珠を譲り受けていたようです」

白石は言った。

「その真珠を『失くした』とトミ子さんは実妹に言っています。これは仮定の話ですが、三須しのぶさんに盗まれた、という可能性はないでしょうか？」

「可能性？　可能性でいったら、そら十分にあっぺよ」

男性は即答した。

「むしろそんなもん、しーちゃんが盗まねえほうがびっくりだ。しーちゃんの盗み癖は、ありゃもう病気の域だったしな。小馬鹿にしてたトミ子のもんなら、そらぁ、しれっーと盗《と》ったろうさ」

なるほど、と白石はうなずき、言った。

「ところで、椎野という姓に心当たりはありませんか？『STエンタ』になってからでもいいです。椎野千草、椎野晴美、もしくは大久保晴美という名の関係者や、タレントはいませんでしたか？」

「シイノ？　いや、知らんね」

男性はあっさり首を振った。

白石は念のため、スマートフォンに保存していた晴美の画像を見せた。だが答えは同じだった。

「こんな地味なおばさんが現場にいたら、かえって目立ったんでねえかな。悪りいけど、覚えがねえわ。チグサって名前も、いたようないねえような……って感じだね。凛音ちゃんみたいに、パキッとした顔立ちの子なら覚えてられっけどさ」

　彼はスマートフォンを白石に返し、

「しっかし、トミ子かあ」

　と遠い目になった。

「ろくな死にかたしねえと言やあ、あの女もそのうちの一人だわな。神さまは、なんであんな女に子どもを授けたんだかな。世の中には不妊治療だのなんだの頑張って、それでも子どもができねえ親が山ほどいんのによ」

「トミ子さんの娘さん……実花さんですね？」

「ああ」

　うなずいて、コーヒーに二杯目の砂糖を入れる。

「トミ子のやつは、とうてい子どもを育てられる女でねがった。あの子は、気の毒な子だった。ラリったトミ子にいっつも『あっち行け』『うるさい、音をたてるな』『あたしの目の入るところにいるな』って怒鳴られ、ものを投げられとった。スタッフがあの子を実花って呼んだら、『ミカはあたしの名前だあ！』って半狂乱になってな。ひでえもんさ」

「三、四歳から、『角田企画』でポルノを撮られていたと聞きましたが」

「ああ」

　男性はまずそうにコーヒーを飲みほした。

「いまとなりゃ異常だと思うけど、あの頃は麻痺《まひ》してたね。単なるおまんまの種としか思ってねがった。あんながりがりのガキ、大人と絡ませて、寄ってたかってそれ撮ってよう。撮影するおれらもおかしいし、出演させるトミ子もおかしいし、それ買う客もおかしいべ。どうかしてたね。いやあ、つくづく、みんなろくな死にかたしなくて当然でねえかい」

5

その日、白石は五時前にマンションに帰宅した。沓脱《くつぬぎ》に、またしてもでかい革靴が並んでいる。

リヴィングへ入ると、和井田と果子がソファでケーキを食べていた。

「おう、おまえのぶんもあるぞ」

和井田が化粧箱を指して言った。

「岸本に『いくら捜査中とはいえ、意中の女性の家にお邪魔するならケーキくらい買っていくもんです』と叱られてな。駅前で買ってきた」

「なんと常識的な」

白石は感動した。

「和井田おまえ、いい相棒を持ったな。得がたい人だぞ」

「おれもそう思う。残念ながら、この捜本が解散すりゃ即お別れだがな。県警本部に引き抜きたい人材だ」

真顔で和井田は認めた。

白石は手を洗って戻り、果子の隣に座った。化粧箱に残ったケーキのうちから苺《いちご》ショートを選び、包装フィルムを剝《は》がす。

和井田が果子のほうを見て、

「果子ちゃん、すまないがちょっとだけ耳をふさいでくれるか」

と言った。

果子が指でＯＫサインを出し、テレビを点《つ》けた。ブルートゥースのイヤホンを手に取り、両の耳孔に挿しこむ。

「白石。おれはおまえからのメールを受け、ジュニアアイドル時代の西織実花の顔を、科捜研に頼んで画像加工ソフトで二十五歳まで老けさせた」

向きなおった和井田が低く言う。

「その人相書きを持って聞き込みにまわらせたところ、『グランホームズ南』の住人が〝二〇三号室に出入りしていた女性だ〟と認めた。つまり千草の部屋をたまに訪れていた同性の友人とやらが、西織実花だったわけだ」

「じゃ、やっと二人が同僚以上の関係だったと立証できた？」

「そういうことだ。証人を得たのはでかい」

白石の問いにうなずいた和井田が、次いでかばんを探る。

「物証も、でかいやつをゲットできたぜ。胎児の死蝋ももちろんだが、マル被のスマートフォンと、凶行に使ったとおぼしき牛刀。それからこいつだ」

かばんから、和井田はコピー用紙の束を取りだした。

「千草が手書きでまとめたらしい、父親に関する覚書のコピーだ。ざっと読んだが、なかなか興味深いぞ」

クリップで留められた、最後のページをめくって白石に見せる。

そこには赤ペンの殴り書きがあった。感情が激していたのか、乱れた筆跡だ。

父＝わたし
父＝わたし
父＝わたし

その下には、さらに乱れた字でこうある。

家ぞくを守るのが、ほんとうの父おやのやく目
わたしは失敗しない

和井田が片目を細め、白石を見やる。

「どういう意味だと思う?」

「わからない」白石はかぶりを振った。

——なぜ千草さんが、この言葉を?

殺された角田精作はポルノ出演者の子どもに対し、NGでなく「失敗」という言葉を使っていたという。だが千草と角田精作の関係は、いまだ不明のままだ。

白石は顔を上げた。

「このデータ、ぼくにもコピーさせてくれ」

「駄目に決まってるだろう」

ぴしゃりと言ったあと、和井田は「だが」と付けくわえた。

「だがこれから五分ほど、おれはよそ見をする。その五分間に、おまえが勝手な真似をするかもしれんな。――情報漏洩《ろうえい》その他もろもろで、おれに迷惑をかけんと約束するなら、おれはよそ見をつづけよう」

白石はコピーを手に、立ちあがった。

手付かずのケーキを指し「食うなよ」といちおう釘《くぎ》を刺してから、早足でリヴィングを出る。

静かな場所で、集中して読みたかった。自室にすべりこむ。パソコンデスクに座り、電気スタンドを点ける。

はやる思いで、白石はコピー用紙をめくった。


世界には、人を殺す人と、殺せる人と、殺せない人の三種類がいる。

わたしの父は〝殺すし、殺せる人〟だった。でも彼の実子であるわたしは違う。大多数の〝殺せない人〟のうち一人だ。

なぜ殺せないのか？　何度も自問自答した。なぜ、わたしには殺せない？

いまのところ、答えは見つかっていない。しいていえば「人間だから」としか言いようがない。

人間は人間を、たやすく殺せないようにできている。

これは倫理のみとは言えない。本能的なものだ。

たとえば昔の軍隊は、進んで兵士に覚醒《かくせい》剤を打たせたそうだ。その話をはじめて読んだとき、わたしは「戦争という極限状態でさえ、人は人をしらふでは殺せないんだ」と知った。その事実に震えた。

ならば、わたしの父はなんだったのか？

千草の文章は端正だった。冷ややかと言ってもいいだろう。

筆跡もさきほどの赤ペンの殴り書きとは違い、いかにも清書らしく整っていた。


繰りかえし、見る夢がある。

ひとつは家族の夢で、ひとつは父の夢。最後のひとつは、刈安愛茉の母親に「犯罪者の娘」と罵《ば》倒《とう》されたときの夢だ。

わたしは手にコンクリートブロックを持っている。あの母親に向かって、振りあげている。でも夢の中でさえ、わたしは彼女の頭にブロックを振りおろせない。せめて夢でくらい——と思うのに、できない。

なぜ殺せないのか。それは、ひとつには想像力ではないかと思う。

人間は〝幸福な未来〟や〝将来〟をイメージできる唯一の生きものなのだと、これもなにかの本で読んだ。殺したあとのことが想像できるから殺さない、というのは、充分にあり得る話だ。

わたしは刈安愛茉の母親を殴れなかった。殴ったあと、後悔する自分が想像できた。後悔し、罪悪感にかられ、絶望する自分がイメージできた。

そんな想像すらできないほど、わたしが怒りにかられていたなら、コンクリートブロックで殴れただろうか？　そうかもしれない。どちらにしろ、あのときのわたしは殴らなかったし、殴れなかった。

情報のまとめというよりは、心情の吐露に近いようだ。

ともかく千草は、いたって正直に内心をさらけだしていた。文章にすることで己の心を見つめなおし、整理したのかもしれない。


わたしは平凡で、臆病《おくびょう》で、打算的だ。だからできなかった。

犯罪者になるのが怖かった。刈安愛茉の母親のためでなく、自分のために殴らなかった。

あんな母子《おやこ》のために一生を棒に振るなんて御免だった。それに、やっぱり怖かったし、捕まりたくなかった。手が血で汚れるのもいやだったし、間違いたくなかった。社会の規範からはみ出したくもなかった。

そんなわたしだからこそ、思う。

父は、どうして殺せたんだろう。母を、弟たちを、わたしを、どうして殺すことができたんだろう――と。

幸か不幸か、わたしにだけは、その殺意は未遂で終わった。刃が急所をはずれ、わたし一人が生き残ってしまった。

母も弟も父も死に、生きているのが自分だけと知ったときは「わたしも死ねばよかった」と思った。

わたしはまだ小学生で、たった一人でこの世に取り残された。お祖母《ばあ》ちゃんは高齢だったし、ほかの親戚もわたしを引きとる余裕はなくて、施設に行くしかなかった。

施設には馴染《なじ》めなかった。学校ではいじめられた。

いじめられて当然だと思った。だって、人殺しの娘なんだから。

わたしはどんどん暗くなって、いつもうつむいて、口数も減って、人の目が見られなくなっていった。

父を恨んだ。何度も何度も恨んで、呪った。

母を殺し、弟たちを殺し、わたしを生き地獄に突き落としたくせに、自分は死んで楽になった父を許せなかった。許せないからこそ、知りたいと思った。

父を知りたい。理解したい。あいつがなぜわたしから家族を奪ったか、その理由を知りたい。解明したい――と。


次いで千草は、父親である友和の生い立ちに触れている。嵯峨谷や住職夫人から入手した情報だろう。

また、自動車部品製造会社に勤めていた頃のエピソードなども羅列されていた。部下に見栄《みえ》を張るため散財し、借金を重ねたなどの逸話だった。

そののちに、彼女はこう記している。


父は、愛したかったのだと思う。

マスコミの識者は「彼は望むように家族に愛されなかったから、家族を殺したのだ」とわけ知り顔に語った。それは半分当たりで、半分はずれだと思う。

確かに父は生前、母に向かってよく言っていた。

「なんで子どもたちは、おれになつかないんだ?」

「どうしておまえと子どもたちだけで、いつも楽しそうにしているんだ?」

「みんな、おれから離れていく。なぜだ?」

「おれは働いて、疲れて帰ってきてるのに、なんで家でこんな疎外感を味わわなきゃいけない?」

けれど、母だってフルタイムで働いていた。わたしたちは父を仲間はずれにしようなんて思っていなかった。日々の働きに感謝していないわけでもなかった。

ただ父といると、居心地が悪かったのだ。

父は母と違ってすぐ不機嫌になったし、意思の疎通がしづらかった。わたしたちは父がその場にいると、父の機嫌を取り、父を接待しなければならなかった。彼の一挙手一投足に気を遣い、愛想笑いしないといけなかった。

それがいやだった。父といると、わたしたち姉弟《きょうだい》は疲れた。


わかる、と白石は思った。

自分もそうだった。

父を、けっして嫌いではなかった。だが父といると疲れた。気を張っておらねばならなかった。いま考えれば、おそらくお互いにだ。父もまた家族に――白石たちに疲れていた。

いまになって思う。父はわたしたちに愛されたいのと同じくらい、わたしたちを愛したかったのだ。

でも父は愛しかたを知らなかった。彼は家族に対し、いつも苛立《いらだ》っていた。

「おれにおまえたちを、もっと愛させろ！」

「愛してやろうとしてるのに、なぜわからないんだ！」

そして父自身、その感情を自覚できず、言語化できていなかった。野良犬を撫《な》でようとして嚙《か》まれたときと同じだ。

父は、わたしたちを愛したかった。だから子ども一人につき一匹の犬を買い与えようとしたり、骨折の痛みに泣く弟をディズニーリゾートに連れていきたがった。

実際には〝愛したい意欲〟〝家族に評価されたい欲望〟だけが空回りし、わたしたちは困惑するしかなかったのだけれど。


家庭らしい家庭を知らずに育った父は、家族愛に憧《あこが》れた。家族を作ろうとし、帰属する職場と、帰る家を作ろうとした。

だが父は結局、最後まで正しい人付き合いができなかった。家庭の平凡なありようもわからなかった。金で人の歓心を買おうとし、家庭の理想だけを追い求め、すべてに失敗した。

一番悲しいのは、父が自分の失敗を認められず、ほうってもおけなかったことだ。

父は、失敗作で終わった家族を放置できなかった。生かしておけなかった。どう考えても家庭人の論理ではない。これは人殺しの論理だ。


いまもわたしは、父の夢を見る。

昔の家で、母と弟たちはリヴィングで楽しそうにしている。わたしだけがキッチンに立っていて、リヴィングの母たちと、廊下にたたずむ父を見ている。

父は廊下から母と弟たちを眺めている。こちらには目もくれない。

そんな父の横顔に、わたしは話しかける。

——ねえ、やりなおせない?

——わたし、お父さんが人殺しでもいいよ。最初からやりなおせない?

——だからお父さん、生きかえらせてよ。お母さんと弟たちを生きかえらせて。もう一度、はじめからやりなおそう。そしたら次は、きっともっとうまくやれるよ。

だから、お父さん。

——次はわたしたちを殺すんじゃなく、守って。

——殺すんじゃなく守って。家族を守るのが、あなたが目指していた、ほんとうの父親っていうものだよ。

でも、父は答えない。わたしはそこで目を覚ます。

必ずそこで目が覚めるのだ。父の答えは、いつも聞けずじまいに終わる。


文章の要所要所をスマートフォンで撮影し、白石はコピーを持って部屋を出た。

リヴィングの扉を開けかけて、手を止める。

「お兄ちゃんは、わたしが幼すぎたせいで覚えてないんだと思ってる。でもじつは、そうじゃないいんだよね……」

果子の声が洩《も》れ聞こえた。和井田と話しているらしい。

「わたし、こう見えて記憶力には自信あるんだ。でもお兄ちゃんが怪我して入院したときのことは、全然覚えてない」

幼かったからじゃない。完全に、記憶がすっぽり抜け落ちているの——。

平たい声で果子は言った。

「父の顔もそう。われながら気味悪いくらい、まるでかき消したみたいに、記憶がないの。たぶんだけど、トラウマなんだと思う」

白石は廊下に立ちつくしていた。

立ち聞きなんてよくない、と思う。しかし、手も足も動いてくれなかった。果子の口から父について聞くのは、ほぼはじめてに近かった。

「うちの両親が離婚したのは、わたしが六歳、お兄ちゃんが七歳のとき。さっきも言ったようにわたしは全然覚えてないけど、その前年にお兄ちゃんは大怪我して、三箇月くらい入院したのね。離婚のきっかけはその入院。でも、原因ではないの」

和井田の相槌《あいづち》は聞こえない。どうやら聞き入っているらしい。

果子がつづけた。

「お兄ちゃんは、自分のせいで両親が離婚したんじゃないかって、いまも気に病んでる。けど記憶のないわたしが客観的に情報を精査した限りでは、母はそのかなり前から離婚を考えていた。だからお兄ちゃんが自分を責めることないよって、いつか言ってあげたいんだけど」

どう言っていいかわからなくて、と果子が声を落とす。

「覚えてないわたしが言うのも、説得力ないかなって。でもお兄ちゃんが悪くないのは、間違いないの。誰が聞いたってそう言うはず」

「だとしても、ガキってのは『自分のせいだ』と思っちまうもんさ」

和井田の声がした。

「子どもは世界が狭いからな。自分がこの世の中心だと思っている。六、七歳なら、いいことはなんでも自分のおかげ、悪いことは自分のせいと考えて当然だ。あいつは意外と精神年齢が低いから、その頃の感覚で止まってるんだろう」

半分軽口で、半分本音に聞こえた。軽口と取ったらしく、果子がちいさく笑い声をたてる。

次いで声音をあらため、

「両親が離婚する前から、わたしたちって、父方祖父母と疎遠だったらしいの」

と果子は言った。

「理由は、父方祖父母が孫差別するから。長男びいきだった祖父母は、長男である伯父の子ばっかり可愛がって、父の子であるわたしたちには見向きもしなかったみたい。あんまりにも露骨に差別するんで、怒った母が父に啖呵《たんか》を切ったわけ」

――洛も果子も、自分たちがないがしろにされてるって、もう気づける歳よ。

――あなたの親があらためてくれないなら、今後、子どもたちを会わせるわけにいかない。

わたしはわが子を守りたいの。

そう母は、父に向かってきっぱり宣言したという。

ちなみに孫差別とは、長男の子にだけお年玉をやる。長男の子にだけ話しかけ、カメラを向ける。長男夫婦とその子だけ、祖父母とともにテーブルで食事を取らせ、次男家族は別室に追いやる、等々だ。

「いわゆる〝跡継ぎ絶対教〟ってやつよね。母がキレたのは当然だと思う。父も心の底では、母のほうに理があると思ってたはず」

「だろうよ。だが、そこは理屈じゃねえからな」

和井田が嘆息する。

「そうなの」

果子も同調した。

「本来なら父は、母より倍も理屈屋だったはず。なのに実の親が相手となると、やっぱり目が曇るんでしょうね。——父はお盆の時期になって、母にも誰にも言わずお兄ちゃんを連れだし、二人で実家行きの新幹線に乗った」

夫と連絡が付かないと母が気づいたときには、すでに新幹線は発車済みだった。

そして約一時間後、母は凶報を聞く。

洛が線路に落ちて全身を打ち、救急搬送されたという報《しら》せであった。

「いまの姿からは想像しづらいけど、当時のお兄ちゃんって、けっこう落ちつきない子だったのよね」

ため息まじりの果子の声に、和井田の言葉がかぶさる。

「そうなのか？　ガキの頃から病弱のもやしだったと聞いてるが」

「もやしはもやしよ。でもひとつのことに集中すると、ほかが見えなくなるもやしっ子だったの」

父もまた、そうした性質の人だった、と果子が言う。

「本に夢中になっていた父は、隣席にいたはずのわが子が、途中の停車駅で降りたことにまったく気づかなかった。日ごろ育児にかかわってなかったから、子どもが突拍子もない行動を取るものだって、知らなかったんでしょう」

思わず白石は、内頬の肉を噛んだ。

——ぼく自身、そのときなぜ新幹線を降りたかは、覚えていない。

おそらくはホームに入ってくるほかの新幹線を、正面から見たかったのだろう。後ろの乗客に押されて線路に落ちた瞬間も、そのときの恐怖も驚愕《きょうがく》も、いまとなればおぼろだ。ひどく遠い。

ともかく次に目を覚ましたとき、白石は病院にいた。

沈痛な面持ちの看護師、目を泣き腫らした母、怒り狂う母方祖母、そしてふてくされた顔つきの父がいた。果子は親戚に預けられており、いなかった。

白石は頭を打ち、手足の数箇所を骨折していた。

思えば彼が人一倍おとなしい子に育ったのは、あの事故の影響が大きい。さいわい体に後遺症は残らなかったものの、白石は木登りも度胸だめしも、飛び降り遊びもしない子になった。

「弱虫」と笑われても、走って遠ざかった。

母に責められた父は、こう答えたそうだ。

——実家の親に、孫の顔を見せてやりたかっただけだ。

——おまえに言えば反対するに決まっているから、言えなかった。

——結果としてこういうことになったが、結果論だけで人を責めるのは間違っている。そもそもおまえが反対しなければ、黙って連れだしたりしなかった。

前年に「親戚に会う必要性も感じない。時間の無駄だ」と吐き捨てたのと同じ口が、親に孫の顔を見せたくてなにが悪い、とうそぶいていた。

「ただの逆ギレだな」

和井田が冷静に評した。

「だがまあ、お義母《かあ》さまが離婚を決意したのも納得だ。『こりゃ駄目だ』と思ったんだろうな。これ以上この男と一緒にいたら、わが子の命がいくつあっても足りん、と」

「うん。母の心境はまさしくそれ」

果子があっさり認める。

「でもお兄ちゃんは、『あのとき自分が怪我しなかったら』と、いまも思ってる。……その気持ちはわかるの。わたしだって記憶がないなりに、『父がお兄ちゃんを連れていったとき、わたしもそばにいればよかった』って思ってるから。

兄だけでなくわたしもその場にいたら、父は『二人も連れていけない』って諦めたかもしれない。もしくは父が兄だけ連れていこうとしても、わたしが大騒ぎして断念させたかもしれない」

いまさら考えても意味ないけどね、と果子が苦笑する。

「でもやっぱり考えちゃうの。……人間だから」

人間だからね――。繰りかえす声が苦かった。

ドアノブに手をかけたまま、白石は一人、廊下で動けずにいた。

6

夕飯は、昨夜のカレーの残りでカレーピラフにした。

兄妹《きょうだい》の二人ぶんを確保し、残りはおにぎりにして和井田に持たせた。

「いいか、二つは岸本さんのぶんだ。おまえが全部食うんじゃないぞ」と、重々言い聞かせて送りだす。

副菜は朝作って味をなじませておいたコールスローサラダと、市販品にえのき茸《だけ》を加えただけのスープで済ませた。

「さすがにそろそろ、手の込んだ料理を作りたくなってきたな」

嘆息する白石に、

「その心境、わたしには全然わかんない」

果子が首をかしげた。

皿洗いは果子に任せ、白石はざっとシャワーを浴びてから自室にこもった。

千草の書いたノートをもう一度読み、考えを整理しておきたかった。

スマートフォンで撮った文面データを、パソコンのアドレス宛てに送る。届いた画像は保存し、拡大機能を使って丹念に読みこんだ。

けっして口数の多くない千草が包みかくさず、また臆することなく内心を吐露した、貴重な資料であった。

――ひとまずこのノートを書いた時点の千草さんから、犯罪の影はうかがえない。

生乾きの髪をかきあげ、白石は口中で唸った。

むしろ逆だ。千草は「自分には殺せない」と幾度も記している。自分に人殺しはできない、夢の中ですらコンクリートブロックを振りおろせない、と。

――その千草さんがなぜ、〝父＝わたし〟などと書きなぐった？

交友関係の狭い千草が、一週間も警察から逃げおおせているのも謎だった。

彼女に逃亡のノウハウがあるとは思えない。関東《かんとう》全域のホテル、ネットカフェなどの宿泊施設はもちろん、駅、バス、タクシーなどの交通機関にも警察の手はまわっている。千草のような若い女性が、幾晩も野宿はできまい。

——かくまってくれる身内はなく、友人もいないはずなのに、なぜだ。

また出会い系などを利用して、彼女が一晩の宿を得るとも思えなかった。

事件のトラウマゆえか、千草は男性全般が苦手だった。白石自身、千草の信頼を得るまでにかなりの時間をかけた。一晩の寝床のために売春する千草など、とうてい想像できなかった。

——共犯がいるのか？

普通ならば、その共犯が西織実花なのか、と疑うところだ。

しかし実際には、実花は故人である。かくまえる住まいはなく、千草に金を遺《のこ》せるほど裕福でもなかった。

——考え得る仮説としては、実花が千草さんを変えた、というパターンか。

千草は例の工場に、二年八箇月前に入社した。実花は三年と四箇月前だ。

歳はひとつ違いで、二人とも身寄りがなく孤独。他人と容易に馴染める性格ではなく、一人でいるのを好むたちである。

仲よくなるまでには紆余《うよ》曲折あっただろう。しかし打ちとけてしまえば、共通点が多く、気の合う二人だった可能性は大だ。実花が千草に影響を与えた、というのはあり得る話だと思う。

——実花さんは自然死でなく、千草さん以外の誰かに殺された、とは考えられないか？

これはあくまで仮説だが、角田精作、三須しのぶ、別所建吉の三人が共謀して、実花を殺したのだとしよう。となれば、千草が彼らを殺した動機は復讐だ。

三人は実花の児童ポルノを撮ったスタッフだった。その過去がなんらかのかたちで災いし、実花を殺すにいたったのかもしれない。

——だとしても、あの死蝋はなんだ？

那珂事件の現場に残された死蝋のかけらは、千草の同母妹だったという。

かけらが胎児のものだったのか、屋根裏にあった妊婦のものだったのか、それはいまのところ不明だ。だがどちらにしろ、両親の過去にかかわる重大事である。

——晴美さんが浮気したのか？　それとも結婚前に産んだ子？　もしくは千草さんは、晴美さんの実子ではない？

わからなかった。白石は頭を抱えた。

目を閉じてしばし考える。いま一度、ノートの画像に目を凝らす。

——女子中学生五人を襲った動機が「自分の悪口を言われたように思った」。この点は、間違いない気がする。

ひどく短絡的な動機だ。しかし精神的に不安定な人間は、なにを見てもなにを聞いても「あいつ、こっちを見てる」「わたしのことを噂してる」と思うものだ。殺人犯として逃亡中の千草が、この心境に陥ってもとくに不思議はない。

——そして、いじめの主犯が住んでいた旧刈安邸に向かったこと。これも目的はあきらかだ。

あのノートにも、刈安愛茉の名は出てきた。

実花によって千草は変わり、愛茉にコンクリートブロックを振りおろせる人間になった。だから訪問したとしか思えない。

——旧刈安邸にほど近い雑木林に、実花が遺棄されたのは意図的なのか。それとも偶然か。

ここはなんとも言えない。実花を殺害したのが千草と断定できない以上、偶然の可能性はある。

――だが、一階下の住人である桑野一騎の遺体を遺棄したのは、故意だろう。

自分をいじめた主犯に「次はおまえだ」とでもメッセージを送ったのか。それとも先んじて遺棄された実花への、一種の鎮魂だろうか。

実花の人物像をもっと知りたい。白石は思った。

「一番迷惑をかけられたヒナちゃん」こと、陽夏にもう一度会いたい。あのときは別所建吉殺しの報せに心を乱され、半端にしか話を聞けなかった。

――「失敗しない」は、もともと実花の口癖だったのでは？　それが千草さんに伝染《うつ》ったのか？

あの死蝋が、実花と千草を繋《つな》ぐのだろうか？　白石はこめかみを揉《も》んだ。

――まさか二人も異父姉妹なのか？　もしくは異母姉妹？

いや、椎野友和に異性問題はなかったはずだ。彼のトラブルは金銭関係に集中していた。不倫や風俗通いなどの影は見られなかった。

――なぜ千草さんは、妊婦の死蝋を屋根裏に置いた？　そしてなぜ、胎児の死蝋だけを持ち歩いた？

わからないことばかりだった。なにより千草の気持ちがわからない。家裁調査官の身分を離れて長い。さすがに勘がにぶっているのか――。

白石は両掌《りょうてのひら》で顔を覆い、ため息を絞りだした。

7

捜査八日目。那珂署の捜査本部で、朝の会議がはじまった。

まずは科捜研の研究官が報告に立った。防犯カメラの精査結果である。

マイクを握ったのは、あいかわらず表情に乏しい主任研究官だ。しかし今日ばかりは、その声は熱を帯びていた。

「別所建吉殺しにおいて、ようやくカメラがはっきり犯人の顔をとらえました」

捜査員たちの間から、ほう、とやはり熱っぽい声が上がる。

刺された交番員のお手柄であった。彼は脇腹を刺されながらも手を伸ばし、犯人の頭からキャップをむしり取ったのだ。

「こちらがその防カメ映像です。ご覧ください」

研究官がプロジェクタースクリーンを手で示す。

キャップを奪われた瞬間の彼女の顔、きびすを返して逃げる姿、十数メートル先のコンビニ前を駆けていく姿などが、時系列に沿ってスクリーンに映しだされていく。

しばし、静寂があった。

捜査員の一人が、呻《うめ》くように言った。

「こいつは……誰だ？」

その顔には驚愕が浮かんでいた。

だが和井田にはわかった。その女が誰なのか、一目で理解できた。

別名、妹尾まのん、神薙ケイ、和泉沢あすな、花山院ゆうき。

——そして、西織実花。

ジュニアアイドル時代の彼女を、科捜研が画像加工ソフトで成長させた顔がそこにあった。

かたわらの岸本が、ぐっと喉を鳴らすのがわかった。

「ご覧のとおり、別所建吉殺しの犯人は、椎野千草ではありません。顔認識ソフトにもかけましたが、両眼間の距離や骨格からして、椎野千草とは不一致でした。整形手術でもあり得ません」

つづけて研究官は語った。

画像比較分析の結果、大洗での女子中学生襲撃事件の犯人と、別所建吉殺しの犯人は身長、体格、足の大きさなどがすべて一致した——と。

「では一連の事件の犯人は、椎野千草ではなく、西織実花なのか?」

前列に座る地取り班員が、狼狽《ろうばい》もあらわにつぶやく。

「だとしたら……本物の千草は、どこにいる?」

もっともな問いだった。

その場にいる全員の間に、同じ答えが浮かんだ。

雑木林で見つかった白骨死体。西織実花の身分証を持ち、西織実花として行政に火葬された女性。いまだ役所に保管されているはずの遺骨——。

研究官がその疑問に答えるように、

「みなさんもご存じのとおり、高温で火葬された遺骨からのDNA型採取は不可能です。ですが、歯牙《しが》照会があります。遺骨は若い女性のものであり、歯は上下ともほぼ揃っていました。

すでに歯科医師会に照会を要請済みです。治療痕《こん》などから、身元が判明する見込みは大です」と言った。声音に興奮が滲《にじ》んでいた。

死体が見つかった時点で照会しておくべき、という声もあるだろう。しかし身分証を死体が所持しているか、もしくは近くに落ちていた場合、警察はそれをもとに身元を判断する。あとの手順は家族に連絡し、遺体を確認させるのみだ。

西織実花には身寄りがなかった。しかも死体に外傷はなく、検視結果は「事件性なし」であった。

警察はつねに多忙で、人手不足である。不審点のない遺体に、限りあるマンパワーは割けないのだ。

――こうして、大事件になるまでは。

和井田は静かに奥歯を嚙みしめた。

研究官がつづけた。

「さらに『グランホームズ南』二〇三号室の屋根裏にて発見された、妊婦とおぼしき死蝋のＤＮＡ型鑑定結果が出ました。各現場に残されていた犯人のＤＮＡ型と、多くが一致。死蝋は犯人の実母と推定されます」

今度こそ、大きなどよめきが起こった。

「ということは、西織トミ子ですね？」

岸本が和井田にささやく。

和井田がうなずきかえす前に、研究官は言った。

「なお二〇三号室の室内から採取された数種のＤＮＡ型のうち、二種が住人のものと推定されています。メチル化解析により、どちらも若い女性のものと判明しました。すなわち二〇三号室では、女性二人が同居していた模様です。屋根裏からは一種のみが検出され、犯人のDNA型と一致しました」

つまり犯人は、二〇三号室の屋根裏に寝泊まりしていたと思われます――。

そう告げ、研究官は「以上です」とマイクを置いた。

8

その頃、白石は「一番迷惑をかけられたヒナちゃん」こと、陽夏との再会を果たしていた。

さすがに陽夏も二度目ともなると迷惑そうな様子を見せたものの、白石が謝礼の件を口に出すと「出勤前に、十分程度でいいなら」と承諾してくれた。

陽夏とは九時四十分に、水戸駅前で待ち合わせた。

「時間がないので、手短に訊きますね」

白石はそう前置きして、

「リカさんが言っていました。西織実花さんは施設で『おれはなあ、おまえなんかいつでも殺せんだよ!』と怒鳴って、イキがっていたと。この言葉は、あなたも聞いていましたか?」

と尋ねた。陽夏がうなずく。

「はい。よく言ってましたよ。正確には、言いまわしがちょっと違うけど」

「どう違うんです?」

「『おれは人殺しだ。おまえらなんかいつでも殺せる』でしたね。変でしょ? あの子、しゃべりかたが普通の子と違ったんです。いちいち芝居がかってるっていうか、いつもドラマの台詞《せりふ》を読んでるみたいだった」

だろうな、と白石は内心でつぶやく。

実花はわずか三、四歳からポルノ作品に出演していた。言葉をまわりから吸収し、語彙《ごい》を増やしていくべき時期に、台本を覚えさせられていたのだ。言動が芝居がかっても無理はない。

――おれは人殺しだ、か。

「実花さんの口癖はもうひとつありませんでしたか？　たとえば『自分は失敗しないぞ』というような」

「ああはい、それもしょっちゅう言ってました」

よくおわかりで、と言いたげに陽夏が目を剝く。

「口癖っていうか、自分に言い聞かせる感じ？　『おれは失敗しない、失敗しない、失敗しない、失敗しない』って、ことあるごとに呪文《じゅもん》っぽく唱えてましたね」

ぶっちゃけ気味悪かったです――。陽夏は言った。

「なんていうか、実花だけべつの世界の、べつのルールで生きてる気がしました。目の前にいても意思疎通できない、みたいな？　うちらから見たらどうでもいいようなことでも、『失敗しない』ってぶつぶつ意気込んで、なんなの？　って」

「実花さんの一人称は『おれ』だったんですか？」

白石は問うた。

「そうですね。施設の先生たちが『わたし』になおさせてたけど、十五、六歳くらいまで、『おれ』って言ったり『わたし』って言ったりで、混ざってました。あの子、自分が男なのか女なのかも、よくわかってなかったんじゃないかな。きれいな顔してたけど、内面ぐちゃぐちゃでしたね。なんか、こう言ったらあれですけど、人間未満、っていうか」

人間未満――。

白石は思わず、口の中で復唱した。

幼い友和にかつて向けられた、「人間というよりは、猿の子のように見える」という評価を思いださせる言葉であった。

「すみません。あともうすこし教えてください」

白石は陽夏に頭を下げた。

「安形リカさんはあなたのことを、『実花に一番迷惑をかけられた人物』として挙げていました。その具体的な迷惑行為の中に、屋根裏に関する行動はありましたか?」

「うわ……。なんか白石さんも不気味ですね」

陽夏がすこし体を引く。

「占い師か超能力者? って感じ。それともほかの人からとっくに聞いた話を、こっちにぶつけてきてます? 詐欺ろうとしてる? 言っとくけど、わたし貯金とか全然ないですよ?」

「あ、いや、違います。そんなつもりはありません。もし不安がらせたなら、申しわけない。すみません」

白石は平謝りした。顔を上げ、あらためて訊く。

「ですが、そうおっしゃるということは当たりですよね? 実花さんは屋根裏に、ものを溜《た》めこんだりしていませんでしたか?」

「ものを溜めるっていうか、自分自身が屋根裏にいましたよ。もしくはベッドの下とかね」

「自分が、ですか」

「そう。狭くて暗くて、埃っぽいところが落ちつくって本人は言ってましたね。実の母親に、『目につくところにいるな』っていつも言われてたみたい。あの子って痩《や》せすぎだったから、屋根裏にいてもほとんど音しなくて、いつも先生たちが脚立持って捜してました」

陽夏が苦笑する。

「ていうか、いま思えば逆かな。いつでも屋根裏にいられるように痩せてたのかも。そうでなくても、実花ってすっごい偏食で少食でしたけどね。生理も来てないか、止まってたと思います。あの子だけ、ナプキンもらってなかったもん」

あっけらかんと彼女は言った。

なるほど、屋根裏など変則的な場所で寝泊まりするには、生理は邪魔なだけだからな、と白石は納得した。

それにしても、若い女性相手にここまで突っ込んだ話をするのは久しぶりだ。家裁調査官時代の感覚に戻ってきた、と感じる。

「例の『おれは人殺しだ』も、イキってるっていうより、『自分はおまえたちとは違う』的な宣言？　だったと思います。自虐的っていうか、うーん、うまく言えないけど、『自分は人殺しだから屋根裏で寝るのがお似合い』とか、『人殺しだから、普通の人と馴染まなくていい』みたいなニュアンスでした。普段が乱暴だったから、リカちゃんとかにはイキりに聞こえただろうけど」

「最後にもうひとつだけ」

何度も腕時計を覗く陽夏に、白石は食い下がった。

「道で偶然再会したとき、実花さんは『引く手あまたで困っちゃう』といったようなことをあなたに言ったそうですね。正確にどう言ったか、覚えていませんか?」

「えー、どうだったかな」

陽夏は宙に視線を泳がせてから、

「あ、そうだ」と手を叩いた。

「あのとき実花、『行き場所ならいくらでもある。いろんな家を泊まり歩いてる』って言ったんです。『行き場所は自分で作るもの』だって。自信満々じゃーんって思いました。すっごいきれいになってたし、何股《なんまた》もかけてんだろうなって」

白石は礼を言い、陽夏に謝礼を手渡した。

出勤していく彼女の背に、いま一度頭を下げる。

雨をたっぷり含んだ雲が、街行く人々の頭上を重苦しく塞《ふさ》いでいた。

9

和井田と岸本は、実花たちが勤めていた笠間市の食品製造工場を再訪した。

実花は身寄りがなく、親しい友人知人もいない。よって、聞き込みできる相手は限られていた。

和井田たち敷鑑一班は工場、二班は児童養護施設、三班は昔住んでいたアパートを再訪するほかなかった。

二班と三班は前回収穫なしだったが、新たに得た情報のおかげで、今回は違った切り口の質問ができる。

――被害者に対する鑑取りと、マル被に対する鑑取りじゃ大違いだからな。

ひとりごちながら、和井田は元同僚に尋ねた。

「西織さんは辞めた際、ロッカーに私物などを置いていきませんでしたか？」

実花と千草はともに、工場を電話一本で辞めている。千草は毎日バッグひとつで来て、同じくバッグひとつで帰っていたそうだ。置きっぱなしの荷物はなかった。

しかし実花のほうは、

「ぐちゃぐちゃといっぱい入ってました。でもゴミばっかりでしたよ。ほとんど空き缶かペットボトル。そういえば、あの人がごはん食べてるとこって滅多に見ませんでしたね。三百六十五日ダイエット、って感じ」

だそうであった。

作業着、キャップ、マスク、手袋などはすべて支給で、クリーニングもまとめて工場側で出すのでロッカーに置くことはないという。

和井田は次いで、工場長に実花の履歴書を見せてもらった。

顔写真の美貌《びぼう》とは不釣り合いな金釘流の筆跡だった。名前、住所、生年月日、中学までの学歴、簡単な職歴が記されている。特技、資格などはなし。

「この職歴、確認しましたか？」

和井田が問うと、「いちいちそんなこと、してられませんよ」と不機嫌そうな答えが返ってきた。

ちなみに履歴書に書かれた電話番号は固定電話で、当時住んでいたアパートの大家の番号だ

った。工場長いわく、

「スマホも携帯も持ってないそうです。『音が出るものは嫌い』と言ってましたね。ちょっと変わってるとは思いましたが、仕事さえ真面目にこなしてくれるなら、ま、こっちとしてはべつにねえ」

年末調整用に出す、扶養控除等申告書と保険料控除申告書の控えも見せてもらった。どちらも実花は署名捺印《なついん》のみで提出していた。千草は入院保険などに入っていたが、実花は無頓着《むとんちゃく》な様子だった。

——実花は千草に比べ、たどれる糸が圧倒的にすくない。

和井田は思った。

千草も同じく身寄りがなかった。同じく施設に保護され、一人を好む性格だった。だが二人は、根っこの部分が決定的に異なる。

千草にはすくなくとも、施設を訪れてくれる母の友人や嵯峨谷がいた。住職夫人にみずから会いに行くなどの社交性もあった。しかし、実花にはなにもない。

——だがひとつ、わかったことがある。

筆跡だ。

千草のノートに「父＝わたし」「わたしは失敗しない」と書きなぐったのは実花だ。ひらがなの〝し〟が、履歴書の資格欄に書かれた「なし」の筆跡と一致していた。

短く着信音が鳴った。

岸本が素早くメールを確認し、「和井田部長」とささやく。

「歯牙照会の結果が出ました。雑木林で見つかった白骨の治療痕は、椎野千草の歯科カルテと一致したそうです」

――ではあの遺体は、椎野千草で決まりか。

和井田は唇を結んだ。

謎はひとつ解明された。だが事件の肝心なところは、やはりわからずじまいだ。

千草は他殺だったのか？　彼女を殺したのは実花か？　だとしたら動機はなんだ？

よしんば殺していなくても、実花は千草の死に関与したのか？　そもそも実花と千草の関係は？　二人は同居していたのか？　それとも――。

またも着信音が鳴った。

今度は和井田のスマートフォンであった。音が途切れない。通話アプリだ。

発信者の名を見て、和井田は大きく舌打ちした。通話ボタンをタップし、嚙みつくように叫ぶ。

「いま仕事中だ、あとにしろ！　おれはいま、忙し……」

「わかってる」

白石の声がさえぎった。

「わかってる。千草さんじゃなく、実花さんなんだろう？　死蝋も彼女のもの……というか、彼女の所持品だ。実花さんは『グランホームズ南』二〇三号室の屋根裏に、キャスターケースを持ちこんで住んでいた」

前例もいくつかある――。白石はつづけた。

「たとえば二〇〇八年の福岡だ。家主である五十代の男性が、冷蔵庫からしばしば食料が消えることを不審に思い、防犯カメラを設置した。すると家主が外出中に、邸内を歩きまわる女性の姿が写っていた。通報を受けた警察が家捜しをすると、女性が見つかった。彼女は人一人がやっと寝られるだけのスペースにマットレスを敷き、そこで寝泊まりしていた。発見された時点で〝一年ほど住んでいた〟そうで、家から家を渡り歩いて生活していたという。

また一九九五年のワシントン州イーナムクローでは、屋根裏に誰かいると住人が気づいたものの、逃げられるという事件が起こっている。この住人はしばしば屋根裏から足音を聞き、誰かが部屋に出入りした気配を感じていた。ある日、入浴中に屋根裏への扉が開いているのを発見し、通報した。警察が捜索したところ、屋根裏には寝袋、本、食べ物などが置かれており、あきらかに人が居住していた様子だった。そのほか、床下に住んでいた例、納屋の二階に住んでいた例なども複数報告されている」

早口で白石が告げる。

和井田は苦にがしげに言った。

「気色の悪りい話だが、ためにはなるな。とはいえあとにしろ。いまおれは、実花たちが勤めていた工場に来て――」

「ならちょうどいい。合鍵だ！」

白石が叫んだ。

「おまえが話してくれたよな。工場の同僚が、実花さんをずるいと言っていたと。『休憩時間でもないのに何度もトイレに行って、許されていた』と。ぼくが思うに、実花さんは勤務時間中にそっと抜けだし、ロッカールームで同僚たちの荷物をあさり、鍵の型を取っていたんだ」

和井田は反論を呑んだ。

白石が言葉を継ぐ。

「ぼくはさっきまで、実花さんと施設で同室だった子に会っていた。実花さんは彼女にこう言ったそうだ。『行き場所ならいくらでもある。いろんな家を泊まり歩いてる』『行き場所は自分で作るもの』。同室だった子は、男を何股もかけていると解釈したが、そうじゃない。実花さんは児童ポルノに出演させられた過去のせいで、性的に混乱していた。渡り歩いたのは男じゃなく、住処《すみか》だ」

「ということは……」

「ああ。ホテルやネットカフェを張り込んでも、捕まらないはずだ。実花さんは、誰かの家にいるんだ」

最後まで聞かず、和井田は通話を切った。

「休んでいる社員を調べさせろ！」

岸本を振りかえり、怒鳴る。

「いまの実花は夜行性じゃねえ。誰かの家に、時間をかまわず自由に出入りしている。家主にバレるのを恐れてねえってことだ。ここ三、四日休んでいる社員が誰か、すぐに調べろと工場長に言え！」

十分後、二人は笠間市内の瑞《みず》ヶ《が》丘《おか》三丁目に向かい、アテンザを走らせていた。

三丁目に建つ築二十余年の借家に住まい、三日前から病欠している社員が一人いた。

喜納主任であった。

和井田に「まさか、西織さんと同じことになったんじゃないですよね？」と訊き、実花の存在を教えたまさにその女性だ。二年前までは母親と二人暮らしだったが、いまは独居だという。

「あらゆる交通機関に千草の顔写真や人相書きを撒《ま》いたが、無駄だったな」

和井田はハンドルを操りながら愚痴った。

「千草と実花はまったく似てねえ。実花の顔を見て、千草を連想する乗客や駅員はまずいないだろう。共通点は背恰好《かっこう》くらいだ」

「身長がもっとかけ離れていれば、初期の段階で別人と気づけましたね」

岸本も悔しそうだった。

「椎野千草の半生に、凶暴性は皆無でした。ですが、西織実花なら納得です。実花は家裁の世話にこそなっていないものの、施設では職員や子どもに怪我をさせる常習犯でした。成人後も、傷害での逮捕歴があります。初犯だったこともあり、不起訴に終わっていますが——あ、そこを左です」

和井田はウインカーを出し、十字路を左折した。

「そこです。あの電柱の隣が喜納家です」

庭のない、小体な和風建築だった。門柱も門扉もない。

カーポートはあるが、車は駐《と》まっていなかった。喜納主任は工場にマイカー通勤許可申請書を提出している。ほんとうに病欠ならば、彼女所有の軽自動車が駐まっているはずだった。

とはいえ、病院に行っているだけかもしれない。または病気は嘘で、旅行などに行っている可能性も否定できない。

和井田はカーポートにアテンザを駐めた。

岸本がいち早く降り、玄関へと走る。

チャイムを鳴らしたが、応答はなかった。二度三度と鳴らす。やはり応《こた》える声や、走ってくる足音はなかった。

和井田は引き戸に手をかけた。開いた。鍵がかかっていない。思わず、岸本と顔を見合わせる。

「喜納さん？　茨城県警です。失礼して、開けます」

引き戸をひらきつつ、邸内に声をかける。

「喜納さん。いらしたら――」

呼ばわる声が途切れた。

三和土《たたき》に靴が散乱している。誰かが蹴《け》散《ち》らしたかのような跡だ。

そして三和土のモルタルには、生乾きの血痕が点々とつづいていた。

10

白石は同じく笠間市の、大字益渕《おおあざますぶち》へ向かっていた。

バス停で降り、しばし歩く。調剤薬局の角を曲がると、十数メートル先に目当ての家が見えた。

――千草さんをいじめた主犯、刈安愛茉がかつて住んだ家の近くに、実花さんは現れた。

しかし刈安一家は、とうに引っ越していた。実花を迎えたのはまるで関係のない現在の住人と、逮捕にはやる警察官だった。

愛茉本人は結婚し、いまは水戸市に住んでいるという。彼女のマンション前には、すでに数名の捜査官が送りこまれた。

――だが、実花さんのターゲットは刈安愛茉じゃない。

和井田には何度も電話した。しかし出なかった。

諦めてバスの中からショートメッセージを送ったが、なしのつぶてだ。やつが読んだかどうかもわからない。

白石は走りはじめていた。刈安家は、赤い屋根の小洒落《こじゃれ》た家である。SNSとストリートビューで、あらかじめ確認したとおりの外観であった。

――例のノートに出てきたのは、愛茉ではない。

白石は奥歯を嚙みしめた。

――愛茉の母親だ。

実花があのノートに突き動かされているのならば、ターゲットは愛茉ではなく、千草がコンクリートブロックを振りおろせなかった相手、愛茉の母親以外にあり得ない。

幸か不幸か〝刈安〟は稀少姓《きしょうせい》である。Facebookと電話帳検索サイトで、現在の住所はすぐにたどれた。

実花がどの程度インターネットを駆使できるのか、白石は知らない。だがさほど詳しくはないだろうと踏んだ。

成育過程からして、モバイルやパソコンを自由に使える環境ではなかっただろう。屋根裏を好む彼女が、音や光を発する機器を好んだとも思えない。むろんミュートにはできるが、本能的な忌避があったはずだ。

――とはいえ潜伏先の家主を脅して、調べさせることはできる。

先まわりできていますように、と白石は祈った。

潜伏先の家主が機転を利かせ、検索結果がなかなか出ないふりをしてくれていますように。そして家主――おそらく女性だろう――が、無事でありますように。

いまのところ実花は、目当ての人間しか殺していない。いないと思う。ならば家主のことも、生かしていると思いたい。

気づけば白石は、息を切らして走っていた。

赤い屋根の家が近づく。全容が視界に入る。

家をぐるりと囲む、木製の目隠しフェンス。自然石を貼ったアプローチ。門柱に取りつけられた、屋根と同じく赤い郵便受け。

その家に、いましも人が入っていくところだった。

二人の女性だ。

一人は四十代なかばに見える。小柄でふくよかな体形だった。色白の頰が、心なしか引き攣《つ》っている。

もう一人の女性は、その背後にぴたりと付いていた。対照的に、長身で痩せぎすである。黒のバケットハットを深くかぶっている。顔は見えないものの、身のこなしからして二十代に思えた。

白石は視線を走らせた。

赤い屋根の家の斜め向かいに、軽自動車が横づけされていた。二人はあれに乗って来たらしい。

背後に付いた女性が、なにやら指図しているのがわかった。四十代なかばの女性に、インターフォンを押せと命じていた。

彼女を囮《おとり》にしてインターフォンモニタに映させ、玄関扉を開けさせる気なのだ——そう気づいた瞬間、白石は叫んでいた。

「西織実花さん！」

背後の女性が——実花が、びくりとしたのがわかった。

隠していた右手を、実花は素早くあらわにした。流れるような動作だった。よどみなく彼女は白石に向きなおり、四十代なかばの女性——人質を羽交い締めにすると、その喉に包丁の刃を突きつけた。

「待って」反射的に白石は、両手を上げた。

敵意がないことを示す仕草と言えば、これしか思いつかなかった。

「待って。……待って、くれ」

喉が緊張でごくりと動く。

「わ、わかってる。——自然死、だったんだよな？　きみは、千草さんを殺してなんかいない。わかってるよ」

手を上げたまま、白石はじりじりと二人に近づいた。

距離はおよそ二メートル弱といったところか。叫ばずとも声が届く距離だ。

近隣から誰も出てきませんように、と白石は祈った。平日の午前中で、人の出入りはすくないはずだ。できるだけ実花を刺激したくなかった。

バケットハットの庇《ひさし》の下から、実花が射るような目で白石を睨《にら》んでいる。

美しい女だった。にもかかわらず、どこか異様だった。なにかが足りない、大切なものが欠け落ちている——と思えた。

永遠とも思える沈黙ののち、

「……殺す、わけ、ない」

呻くように実花が言った。

「静かだから、降りてみたら――浴槽で、死んでて……。風邪薬を飲んでから、風呂に入ったせいだったかも」

「もしくは、ヒートショックだ」

白石は懸命に相槌を打った。

「いまから四、五箇月前に千草さんは亡くなったんだから、寒い時期だったろう。安普請のアパートなら、脱衣所から湯槽《ゆぶね》への寒暖差は激しかったはずだ。若者でも、ヒートショックで心臓が止まることはある。きみの仕業じゃない。わかってるよ」

言いながら、白石は目を凝らした。

人質の女性が誰なのか、彼は知らない。だがよくよく見ると、穿《は》いているクロップドパンツの左腿《ひだりもも》が濡《ぬ》れていた。

生地が黒なのでわかりづらいが、おそらく流血している。実花に刺されたのだ。

出血量からして、動脈を傷つけてはいないようだ。しかし一刻も早く保護すべきなのは間違いなかった。

「ぼくは……八年前に千草さんを担当した、家裁調査官だ。きみのような放浪癖のある子も、何人か担当した。彼らの一人が言っていたよ。『いつでも逃げられる準備をしておくと、逆に長居できる。いつでも逃げられるんだって思えて、安心する』と。実花さん、きみもそうだったんだろう？　あの工場でこっそり合鍵を何本も作って……だからこそ、あの工場に長く勤めていられた」

だがそれでも、突然すべて捨てて逃げたくなる瞬間はやって来るのだ。

その瞬間が、実花には去年の秋に訪れた。

会社を電話一本で辞めた彼女は、大量に作った合鍵の一本を使い、『グランホームズ南』二〇三号室に――椎野千草のアパートにもぐりこんだ。

「屋根裏にいると、きみは安心するんだよな？　空き家や空き物件に住みつくのじゃ、駄目なんだ。やはり近くに人の気配を感じないと……。昔、お母さんと一緒にいた頃、そうしていたように」

実花は答えなかった。

白石はつづけた。

「お母さんの真珠のネックレスを盗んだのは、三須しのぶさんだね？」

実花が頬を歪めるのが見えた。色のない唇が吐き捨てる。

「あいつは、泥棒。……おまけに嘘つき」

「だよな。あの人は嘘ばかりだった」

実花を怒らせぬよう、白石は必死に同調した。

「これは想像だが――きみを『人殺し』となじったのも、三須しのぶさんなんじゃないか？　もちろんそれも、でたらめだけどね。そうだろう？」

「……うん」

実花がちいさく答える。幼子のような声音だった。

「わたしじゃない。お母さんが死ねばいいと思ってたのは、わたしじゃなく、あの糞《くそ》ババア。

あいつ、ずっと、お母さんの真珠を狙ってた」

実花は訥々《とつとつ》と語った。

実花の母トミ子は、上機嫌のときは実花に真珠のネックレスを見せ、「わが家の唯一の財産だよ。お祖母ちゃんの形見なの。あたしが死んだら、あんたが受け継ぐんだよ」と語ったという。

「ある日、お母さんがソファで寝てて……。あたしはゆっくり寝かせておこうと思っただけ。ゲロで窒息しかけてるなんて、知らなくて……」

しかしトミ子は間一髪で、『角田企画』のスタッフに救われた。

目覚めたトミ子は、真っ先に実花をなじった。あたしが死ねば真珠が手に入ると思ったか、と娘を責めた。そして、気絶するまで実花を殴った。

「しのぶの糞ババアが、お母さんに嘘を吹きこんだんだ。あの頃のお母さん、クスリでもう頭が馬鹿だったし、まともにものが考えらんなくなってた」

その後、真珠のネックレスはほんとうに消えた。

しのぶが盗ったのだと、実花はわかっていた。実花に悟られていることを、しのぶもまた知っていた。

だからしのぶは、西織母子の仲を裂こうとした。

トミ子に「あんたの娘は、あんたが死ねばいいと思ってる」と言い、幼い実花を「母親殺し」と嘲笑《あざわら》った。トミ子は正気のときはしのぶに反論することもあったが、そうでないときは彼女の言葉を鵜呑《うの》みにした。

そして実花が十二歳のとき、事件は起こった。

トミ子がオーバードーズで搬送されたのだ。母との仲を修復したくて、過剰に母におもねった実花が、言われるがまま薬を与えすぎたせいだった。

救急車で運ばれていく母を見送る実花に、しのぶはささやいた。

――ついにやっちゃったね。

――この、人殺し。

数日後に実花は役場の職員に保護され、行政側の判断によって別の病院へ送られた。そして退院後、児童養護施設へと送られた。

看護師や施設の職員たちが「お母さんは無事だったよ」と、おそらく実花に告げたはずだ――。白石は思う。しかしショック状態にあった実花の耳に、その言葉は入らなかった。ただ素通りしていった。

「だからきみは、自分をずっと〝人殺し〟と自認していた」

白石は実花に語りかけた。

「すべてのボタンの掛け違いは、そこからはじまったんだ。きみはお母さんを殺してなんかいない。それどころか、虐待の被害者だったのに」

「ひがいしゃ」

実花がうつろに繰りかえす。

人質の女性の喉に突きつけた刃が、わずかに揺れる。女性が悲鳴を呑んだのがわかった。

「おれ――わたしは、自分を被害者だなんて、思ったこと、ない」

「被害者という言いかたは、よくないかもしれないな。でも、きみが悪くなかったことだけは確かだ」

白石は言い張った。

「きみは、お母さんを傷つけようなんて思っていなかった。もちろん殺しもしなかった。悪いのはまわりの大人たちだ。いまだにきみの一人称が〝おれ〟と〝わたし〟で混乱しているのだって、そうだ。大人たちがいけなかったんだ」

妹尾まのん、神薙ケイ、和泉沢あすな、花山院ゆうき。

当時の実花の芸名は、複数あった。

その中にあって〝花山院ゆうき〟だけは毛色が違った。いわゆるショタものだ。この芸名のときの実花は、男児として大人の男優と絡まされていた。

「『どうせ股間はモザイク入れるから、わかりゃしない』って、監督が」

二重三重の虐待である。

この子のメンタルを、施設がどの程度ケアできていたか疑わしい。白石は思った。

とはいえ施設が悪いとは言えない。彼らは精神科医ではなく、児童心理学のプロでもない。なにより現在の児童養護施設は、どこも慢性の人手不足だ。

これほどに複雑な虐待を受けた子なら、本来は専門家の助けが必須《ひっす》である。だが現実には行政は、子どもたちに衣食住と安全を与えるだけで手いっぱいなのだ。

——狼少年。

嵯峨谷の言った言葉が、白石の脳裏に浮かんだ。また嵯峨谷はこうも言った。人間らしく育てられんと、人間らしくはなれんのだな、と。

——だがそれは、実花の罪じゃない。

人間らしく育てられなかったことは、彼女の罪でも責任でもない。実花は悪くない。

「……幸せな生活は、きみには、落ちつかなかったんだよな？」

白石は一歩前へ出た。

「きみは保護されたあとも荒れつづけ、家出と徘徊《はいかい》を繰りかえした。屋根裏や、ベッドの下で寝る癖もなおらなかった。そうすることで、きみは己を罰していた。自分は人殺しだと思いこんでいたせいだ。と同時に、怒りも溜めつづけていた。無意識下では、自分が被害者だとわかっていたんだ。自分をこうした世界に、社会のすべてに、きみは腹を立てていた」

実花は中学を卒業するまで施設にとどまり、その後は就職した。

どこも長つづきせず、職や住まいを転々とする羽目になった。もしかしたらその頃も、他人の家にもぐりこんでいたのかもしれない。

くだんの食品製造工場に勤めてからは、さいわいすこし安定した。白石が前述したように、複数の合鍵を入手できたからだろう。

だが運命は実花をほうっておかなかった。

約二年前の冬、トミ子が実花のもとへやって来たのだ。

おそらくは妹の照子を訪れた直後である。どうやって捜しあてたのかは不明だ。だが照子に向かってそうしたように、トミ子は実娘に対しても金をせびった。

「ゆうれいだと、思った」

実花は刃を構えたまま、言った。

「だって、おれが殺したはずのお母さんが、いきなり現れて――。だから、消えてほしかった。それだけ」

それが真実だろう。白石は思う。

実花はただ、亡霊を退治したかっただけだ。だが皮肉なことに、その一件によって、実花は本物の人殺しになってしまった。

「でも幽霊のくせに、消えずに、いつまでも転がってた。しょうがないからスーツケースに詰めて、床下に置いといたの」

腐乱せず死蝋化したのは、偶然だろう。たまたま条件が揃ってしまったのだ。

寒さ。じめじめと湿気の多い立地。体内の脂肪と、カルシウムおよびマグネシウムとの結合。

一九七三年にも大阪府豊中《とよなか》市で前例がある。四十代の男が、殺した女性をブリキ製の衣装箱に詰めておいたところ、石鹸《せっけん》様に死蝋化したという事件である。この犯人もやはり、引っ越しのたび死蝋の入った衣装箱を持ち歩いていた。

実花は、その後しばらくの間、一見平然と暮らした。

母親の遺体が死蝋化したことには、さすがに驚いた。

だがやはり彼女は冷静だった。いたって現実的に対処した。身元をわからなくするため、顔面を金づちで叩いて砕き、トイレに流す、地面に撒《ま》くなどしてすこしずつ捨てた。

顔面をあらかた壊してしまうと、金づちはふくらんだ腹部に及んだ。

だが腹部からは意外なものが現れた。胎児だ。トミ子は臨月だったらしく、胎児はほぼ人間のかたちをしていた。

「……なんとなく、捨てられなかった」

実花が感情のない声で言う。

白石は問うた。

「それは、なぜだろうな。なぜだと思う？」

実花はすこし黙り、やがて「……そのときは、わかんなかった」とつぶやいた。

そう、彼女にはわからなかった。

わからないまま工場に毎日通い、仕事をし、帰って眠った。そして、ある日限界が来た。

発作的に彼女は仕事を辞めた。住まいを捨て、死蝋入りスーツケースひとつを携えて、出奔した。

しばらくは転々とした。だがやがて落ちついた。

落ちついた先はかつての同僚、椎野千草が住まう部屋の屋根裏だった。

千草とは、とくに親しくなかった。しかし洩れ聞いた噂で、天涯孤独の一人暮らしだとは承知していた。実花の嗅覚《きゅうかく》が、恰好《かっこう》の〝宿主〟だと告げていた。

「椎野さんは、いい家主だった」

気に入ってた——と、実花は低い声で認めた。ずっとあのまま暮らしていてもいいくらいだった、と。

だがそんな日々にも、やはり終わりが訪れる。

実花はある朝、天井板一枚下の部屋が、妙に静かなことに気づいた。

いつもならば千草が起きあがり、身支度をしている時刻だ。なのに、こそりとも音がしない。はじめのうちは、具合が悪いのだろうかと訝った。風邪をひいて、寝床から起きあがれずにいるのかと。しかし寝がえりを打つ気配すらなかった。

さすがに焦《じ》れて下に降り、実花は室内をうかがった。

しかし千草の姿はなかった。確かに昨日帰宅したはずなのに、と異変を感じつつ、実花は『グランホームズ南』二〇三号室を歩きまわり——そして、見つけた。

千草の死体をだ。

浴槽の中で、すっかり冷えた湯に浸《つ》かったまま、彼女は死んでいた。目を閉じ、水中に沈んでいた。

奇妙なほど安らかな死に顔だった。髪が水面に、黒い藻のように広がっていた。

「それで、きみは……夜になるのを待って、千草さんの車を使い、彼女の遺体を雑木林に遺棄した。『西織実花』の身分証明書も、近くに捨てた」

「うん」

実花はうなずいた。

「自分を死なせるチャンスだと思った。おれ……わたしは、ずっとずっと、実花じゃない〝誰か〟になりたかったから」

遺棄場所は、雑木林を選んだ。滅多に人が立ち寄らぬ場所だと知っていた。身元を確認する家族も、千草にはいない。なにもかもが好都合だった。

実花は、その後も千草のアパートに住みつづけた。

家賃や光熱費は、どうせ千草の通帳から引き落としだ。残高が尽きるまでは住むつもりだった。

近所付き合いは皆無だったし、バレる恐れは低いと踏んだ。隣人はみな、千草の顔もろくに知るまい。例外は、口うるさい階下の住人くらいだった。

平気なつもりだった。これまでに実花は、何度かの知人の死を乗りこえてきている。母ですらその手にかけた。

千草が死んだくらい、なんでもないはずだった。

「だが実際は、そうじゃなかった」

じり、と白石はまた一歩実花に近づいた。

「実花さん、きみは意識の底では動揺していた。千草さんの遺体に、オーバードーズで搬送されたときのお母さんを連想したせいかもしれない。千草さん自身に、無意識に愛着を覚えていたからかもしれない。母親を殺してしまったことへの葛藤《かっとう》も、ずっとくすぶっていただろう。きみは、平気なんかじゃなかった」

そんな折、実花はあのノートを見つけたのだ。

千草が父について綴《つづ》り、思いのたけを書きつけたあのノートを。


——父は、愛したかったのだと思う。


「あの文章に……びっくりした」

人質を羽交い締めにしたまま、実花はうつろに言った。


確かに父は生前、母に向かってよく言っていた。

「なんで子どもたちは、おれになつかないんだ?」

「どうしておまえと子どもたちだけで、いつも楽しそうにしているんだ?」

「みんな、おれから離れていく。なぜだ?」

「衝撃だった。わたしのことが、そのまま書いてあったから」

実花の眼はガラス玉のようだった。

「わたしだけが、いつも取り残される。まわりはみんな楽しそうなのに、わたしはいつも一人。みんな離れていく。みんな、いなくなる。椎野さんは、わたしのことを書いていた。びっくりしすぎて、何度も何度も読んだ。それで……」

——椎野さんを捨ててきたことを、はじめて後悔した。

そう実花は、唇を嚙んだ。


いまになって思う。父はわたしたちに愛されたいのと同じくらい、わたしたちを愛したかったのだ。

でも父は愛しかたを知らなかった。彼は家族に対し、いつも苛立っていた。

「おれにおまえたちを、もっと愛させろ！」

「愛してやろうとしてるのに、なぜわからないんだ！」

そして父自身、その感情を自覚できず、言語化できていなかった。


ただでさえ動揺していた実花を、ノートの衝撃がさらに揺さぶった。それまでぼんやり持っていたセルフイメージを、千草のノートが言語化したのだ。

千草は努力せねば実父を理解できなかった。

しかし、実花にはすんなり理解できた。

——そうだ。わたしはいつも愛したかったのだ。

酔って寝入った母を、もっと寝かせてあげようと思ったあのときも、薬をせがむ母についい与えすぎてしまったときもだ。犬や猫をかまいすぎたときもそうだ。

ずっと、愛したかった。なにかしてあげたかった。愛していると、相手にわかってほしかった。


——みんな、おれから離れていく。なぜだ?


この父親はわたしだ。実花は思った。

この疑問は、この悲鳴はわたしのものだ。失敗したくなくて、失敗を認められなくて、全部壊してしまうところまでそっくりだ。

みんな離れていく。みんな、わたしのもとからいなくなる。

しかたがない、なんて何度も己に言い聞かせてきたけれど、嘘だ。ほんとうは納得していない。諦めてなんかいやしない。

——わたしは、愛したい。

——愛させてほしい。愛したい。

千草の父は、わたしそのものだ。わたしだ。だからこそ、彼と同じ失敗はできない。するわけにいかない。

——わたしは愛する対象を、家族を手に入れてみせる。

千草の遺体を捨てた雑木林が、旧刈安邸に近かったのは偶然である。しかしそれすらも、実花には一種の啓示に思えた。

「父親っていうのがどんなものなのか、わたしは知らない」

実花の眼差《まなざ》しがわずかに泳いだ。

「でも、椎野さんの父親になりたいと思った。本物の父親の、代わりになりたい……。わたしなら、もっとうまくやれると思った」

狼少年、というフレーズが、またも白石の頭に浮かんだ。

実花は自分の父親が誰か、それすら知らない。当時トミ子は別所建吉と同棲《どうせい》していたものの、「子どもの父親は誰かわからない」とみずから認めている。

また角田精作は近親相姦《そうかん》ポルノをよく撮ったが、父娘ものだけは撮らなかったという。フィクションを通してさえ、実花は父親像を知らなかった。ジェンダーの混乱により、いまだに自分が女なのか男なのかも確信が持てなかった。

愛したい。家族がほしい。父親になりたい。家族を守りたい。

一度そう思ってしまうと、頭にこびりついて離れなかった。それはもはや、強迫観念に近かった。


——ねえ、やりなおせない？

——わたし、お父さんが人殺しでもいいよ。最初からやりなおせない？

——殺すんじゃなく守って。家族を守るのが、あなたが目指していた、ほんとうの父親っていうものだよ。


「実花さん」

白石は呼びかけた。

「スーツケースの中の胎児は、きみの妹だ。……名前は、なんていうんだ？」

実花は答えた。

「チグサ」

澄んだ声だった。

「ずっと、名前なんか付けてなかったの。でもあのノートのおかげで、家族だって実感が湧いた。椎野さんもわたしの家族だけど、生きてる間はうまくやれなかったからね。だからせめて、あの子をチグサにしたの。わたしは――」

――わたしは今度こそ、失敗しない。

実花は微笑み、包丁の柄を持ちなおした。

刃の先端が人質の喉に食いこむ。ぷつりと皮膚が破れ、赤い血の玉が浮いた。

人質の女性が、ひっ、と息を呑む。

白石は慌てて言った。

「わかってる。きみは家族を守ろうとした。それだけだ。わかってるよ」

できるだけ穏やかに、真摯《しんし》に話しかけた。

「桑野一騎――階下の住人のことも、そうだ。きみは、千草さんを攻撃する彼が許せなかったんだよな？　彼はクレーマーだった。悪意があった。自分へのいやがらせは無視できても、千草さんに対する攻撃は我慢できなかった」

「……椎野さんに捧《ささ》げるつもりで、近くに捨てたの」

こいつはもう殺したから、安心して。

そう言い聞かせたくて同じ雑木林に遺棄したのだ、と実花は笑顔で言った。

実花の強迫観念が完全に固まったのは、おそらくこの殺しにおいてだ。白石は思う。桑野一騎殺しで、実花は精神的な一線を越えてしまった。

「角田精作と三須しのぶを殺したのは、真珠のネックレスを取りもどすためかい？」

「そう」

白石の問いに、実花が首肯する。

「お母さんがいつも『これは家族のルーツみたいなもんだ』って言ってた。『これはあたしのお祖母ちゃんが死んだとき、あたしのものになったの。あたしが死んだら、次はあんた。あんたに子どもができたら、その子のもんになるんだよ』って。だったら、しのぶの糞ババアが持ってるのはおかしいでしょ」

真珠もまた、実花にとっては家族の象徴だったのだ。

液状のパイプ洗浄剤を使ったのは、「角田や別所には体格で負けるから」という単純な理由だ。現場は凄惨《せいさん》だったが、強い恨みからの手口ではなかった。向こうの反撃を、事前に封じただけのことであった。

女子中学生たちを襲った理由は、白石たちの予想どおりだ。

行きずりに会話を聞き、いじめっ子たちに腹が立った。千草を侮辱されたように思い、抑えられなかった。

——次はわたしたちを殺すんじゃなく、守って。

——家族を守るのが、あなたが目指していた、ほんとうの父親っていうものだよ。

「別所建吉は？　なぜ殺したんだ」

「なぜって……あんなやつ、いらないじゃん」

投げだすように実花は言った。

「もしかしたらあいつは、お母さんにわたしを孕《はら》ませた張本人かもしれない。お母さんのお腹にいた、チグサの父親でもあるかも。……でもあんなの、父親失格じゃん。わたしがお母さんのお腹にいるときも、チグサのときも、お母さんを追いだしてさ。全然、守ってなんかいなかった。いまはわたしが父親なんだし、あんなやつはいらない。この世に必要ないチグサの父親は、この世界に二人もいらない――。

決然と実花は言った。

白石は内心でため息をつき、

「実花さん。きみは、スーツケースを置いてきてしまった」

と訴えた。

「つまり胎児のチグサさんは、いま警察のもとにいる。取りもどしたいと思うかい？」

「そりゃあ、できたらそうしたいけど」

実花が首をかしげる。

「でも、無理ならいいよ。椎野さんだって、実体はないけど家族だしね。施設の先生が言ってたもん。一緒に住んでなくても、家族は家族だって。心が通じ合っていれば、それでいいんだって」

さて、ここからだ――。白石はひそかに深呼吸した。

ここからが本番だ。実花は白石に心をひらいてくれた。心情を吐露してくれた。ある程度の精神的繋《ラポール》がりはできたと見ていいだろう。

——あとは彼女を、投降させないと。

「実花さん。どうやって、ここから逃げおおせる気だ？」

白石は問うた。

「正直なところ、ぼくはきみを完全に嫌いにはなれない。大量殺人犯だとわかっていてもだ。ぼくの目には、きみは社会の被害者に映る。もちろんきみは、司法によって裁かれるべきだが——これ以上は、傷ついてほしくない。人質のその女性と同じくらい、きみを安全に保護したい」

さらに一歩近づく。

いまや二人の距離は、一メートル強といったところだ。

「きみは刈安愛茉さんの母親に、復讐しに来たんだろう？　だが、その後はどうする気だ。その人質の女性を殺し、ぼくをも殺して逃げるのか？　警察は、そこまで馬鹿じゃない。すぐにきみを捕まえるぞ」

「わたしは、もう死んだことになってるもの」

実花が言った。

「新聞に載ったし、テレビのニュースでも言ってた。『白骨死体の身元は、無職の二十五歳、西織実花さんと判明』って。死人をどうやって追いかけて、どうやって逮捕するっていうの？」

指紋鑑定や、ＤＮＡ型鑑定の知識がまるでないんだ、と白石は悟った。

彼女の成育歴からして無理からぬことだが、知識に大きな抜けがある。ある面においては狡《こう》猾《かつ》でも、ほかのある面では小学生並みなのだ。

「――あんた」

実花がぽつりと言った。

「あんた、さっきわたしのことを、嫌いじゃないって言ったじゃん？　けどさ、『間違ってる』と思ってるよね。目を見ればわかるよ。わたしがやってきたこと、全部間違いだって、そう思ってる」

「それは……。うん、認める」

白石は首を縦にした。

とぼけても無駄だ。知識こそ乏しいが、実花は勘が鋭い。けっして知能が低いわけでなく、洞察力もある。

「きみがやってきたことは、すくなくとも正しくなかった。百パーセント否定したくはないよ。でも、やっぱり……間違いだったと思う」

「じゃあ」

実花の瞳《ひとみ》が揺れた。

「じゃあ、わたしはどうすればよかった？　どうすれば、正解だったの」

「正解なんてない」

白石は答えた。

「ぼくだって、つい最近わかったことだ。こんなことに正解も答えもない。だが、それでも考えつづけなきゃいけない」

本心だった。考える前に、口から言葉がこぼれた。

「正解も答えもない問いを考えつづける。それができるのは、人間だけで――だからこそ、人間でいられるんだ。そう思うから、ぼくは……」

実花の唇がひらいた。

その口腔《こうこう》は真っ赤だった。彼女の喉から発せられる怒号を予期し、思わず白石は身をすくめた。

しかし怒号が響きわたる前に。

実花の背後で、刈安邸の玄関扉がひらいた。

白石は瞠目した。実花も、一瞬虚を衝《つ》かれた。

そこに立っていたのは女性だった。

白のブラウスにグレイのパンツ。UVカット用らしいサファリハットを目深にかぶっている。

中から扉を開けた彼女が、玄関先に立つ実花たちに気づいて動きを止める。

――刈安愛茉の、母親か？

実花の体が素早く反転した。

羽交い締めにしていた女性を突きとばし、利き手を振りかぶる。

包丁を持った手だった。

同時に、白石は走った。

実花を止めたかった。だが行き着く前に、突き放された人質の女性とぶつかった。彼女を抱きとめながら、白石は叫ぼうとした。

「逃げ……――！」

逃げてくれ、と言いかけた声が消えた。

サファリハットの女性の腕がしなるように動き、実花の手から包丁を叩き落とした。まったくよどみのない動きだった。

ふたたび玄関扉が開く。現れた巨体が瞬時に包丁を蹴りとばすのを見て、白石は目を剝いた。

――和井田。

ではサファリハットの女性は……と目を戻した瞬間。

「和井田部長、時間！」

実花の腕の関節を極《き》め、アプローチに押し伏せながら女性が叫ぶ。和井田が袖《そで》をたくし上げて、腕時計を覗いた。

「午前十時四十七分」

「よし逮捕！　殺人および殺人未遂および、死体遺棄の容疑で逮捕です！　部長、手錠ください！」

岸本巡査長の声があたりの空気を裂く。

和井田がその手に手錠を渡した。

警察官は男女問わず、警察学校で柔道や剣道などの術科訓練を受ける。ゆえに学生時代に柔道部や剣道部だった者が、警察官の道に進みやすい。

岸本歩佳巡査長は、あきらかに元柔道選手だった。一般人とは身のこなしが違った。流れるような動作で実花の両手に手錠をかませていく岸本を、なかば呆然《ぼうぜん》と白石は見守った。

――どうやら、時間かせぎくらいはできたらしい。

体からようやく力が抜けた。

抜けすぎて、その場にへたりこんでしまいそうだ。よろめくように後ろへ数歩下がり、手の甲で額を拭《ぬぐ》う。

気づけば、冷や汗で全身びっしょりだった。シャツが透けるほど濡れた背が、吹き抜ける風でひやりと肌寒い。

その風に乗って、パトカーのサイレンが近づいてきた。

11

梅雨が明けた途端、関東は猛暑に切り替わった。

アナウンサーは連日「太平洋《たいへいよう》高気圧の影響で、平年をうわまわる気温」とがなりたてる。道端の温度表示計は、のきなみ体温超えの数字を叩きだしている。

「今日のメインは餃子《ギョーザ》だ。やっぱり夏といえば、きんきんに冷えたビールと餃子だよな。一時間かけて百個包んだぞ。そっちが大葉で、そっちが生姜《しょうが》だ」

胸を張る白石の向かいで、

「御託はいいから早く乾杯しろ。ビールがぬるくなる」

と和井田が文句を飛ばした。

その隣に座る果子のぶんも含め、背の高いビアグラスが三つ並んでいる。あらかじめ氷水で適温に冷やしておいたグラスだ。

肝心のビールは和井田提供だった。大学時代の友人から送ってもらった山梨の地ビールだそうで、缶でなく瓶入りである。

「乾杯！」

「かんぱーい」

唱和して、ぐっと呷《あお》った。

炭酸が強く、苦みの中にフルーティな風味が抜けるビールである。後味の軽さが夏にうってつけだ。

「そしてまた、大蒜《にんにく》がっつりなのね」

苦笑しながら、果子が「いただきます」と餃子に箸《はし》を伸ばす。

副菜は、ほたるいかと長葱《ながねぎ》のぬた、三色ナムルを用意した。

「ひさびさにちゃんと料理できた気がする」

ナムルをつまんで、白石は嘆息した。

「やっと専業主夫の座に戻れた。園村先生にもあらためてお礼を渡せたし、ご近所付き合いもばっちりだ。どんどん主夫として有能になってしまう」

「自分で言うな」

和井田が餃子をたれに付け、大口を開けて頬張った。

白石はふんと鼻で笑い、

「おまえこそひがむなよ。いいとこを岸本さんに取られて出番なしだったからって、ぼくに当たるんじゃない」

「あれは……しょうがねえだろう」

反論せず、和井田はもごもご認めた。

「あのときは、しょうがなかった。おれみたいなでかくてごつい男が刈安家から出て行ったら、実花はすぐさま喜納を刺したに決まってる。あの場は岸本に任せるのが、最善策だったんだ」

そのとおりである。

白石とて、あの瞬間は「刈安家から出てきたのだから、刈安愛茉の母に違いない」と思った。実際は白石のショートメッセージを読んだ和井田たちが刈安邸に到着し、裏の掃き出し窓から入れてもらって、制圧のタイミングをはかっていたのだ。だがあのときの白石には、知るよしもなかった。

「西織実花さんは元気か？」

白石は尋ねた。

「元気っちゃあ、元気だな」

餃子を次つぎたいらげながら、和井田が答える。彼が箸を使って口を開閉するたび、端の列から餃子が消えていく。まるで魔法だ。

「あまりにも独自の理論を披露するんで、取調官《しらべかん》が戸惑っている。言いぶんをまとめると『人殺しには人殺しなりの愛しかたがある』『千草の父は家族を殺すのではなく、家族を守るために外敵と戦うべきだった』だそうだ。反省の弁は、いまのところ一語たりとも聞けていない」

「彼女は、そう信じてるのね」

果子がしんみり言った。

和井田がうなずく。

「ああ。心から信じこんでいる。取調官が『血が繋がってない、産んでもいない、すでに死んで実体もない。それでも家族と言えるのか？』と訊くと、

『施設にいるとき、里子に出される子を何人も見てきた。施設の先生が言ってたよ。血が繋がってなくても、相手を思う気持ちがあれば家族だ、ってさ。あんたは、そう思わないの？』

と実花は逆に尋ねてきたそうだ。取調官は答えに詰まっていた。そりゃそうだ。思わないと

答えたら、養子制度の全否定になっちまうもんな」

和井田によれば、実花はこうも言ったという。

──死んだらもう家族じゃなくなるの？　あんたの母親が死んでお墓に入ったら、もう母親じゃなくなるの？　そうじゃないでしょ？

──子どもを殴る親も、子どもになんも食べさせない親も、子どもをレイプする親も見てきたよ。子どもがお腹にいる妊婦を、家から追いだす男も。

──あんなやつら、親の資格ないじゃん。わたしのほうが、あいつらよりよっぽどいい父親だよ。

──わたしの家族は、わたしが選んでわたしが決める。あんただって、自分で奥さんを選んで、結婚して、家族にしたんじゃないの？

「なかなか、うがった理屈ね」

果子が言った。

「そこだけ聞くと、うっかり説得されそう。〝家族のために戦った〟。その一点のみにおいては、確かに彼女はいい父親だったのかも。手段もなにもかも、歪んでいびつだったけれどね」

「彼女の目に映る世界が、歪んでいびつだったせいさ」

白石は言い、和井田に視線を向けた。

「椎野千草さんの遺骨は、どうなるんだ？」

「椎野家の菩提寺の住職夫人が、引き取りを申し出てくれた」

和井田が手酌でグラスにビールを注ぐ。

「千草の母と弟たちは、母方である大久保家の墓に入っている。千草もそちらに納骨が決まった。ようやく、晴れて母や弟たちと一緒になれるってわけだ」

「それはよかった。……胎児のチグサのほうはどうした？」

「そっちは、鉦善寺が引き受けてくれた。友和の保護司をやっていた、嵯峨谷元住職の寺だな。トミ子の死蝋ともども、経をあげて手厚く葬ってくれるとよ」

「そうか」

ならひと安心だ、と白石はつぶやいた。

「それにしても、千草さんのお母さん――晴美さんには申しわけなかったよ。彼女が不倫しただの婚外子がいただのと、あらぬ疑いをかけてしまった。失礼にもほどがある。近日中に墓参して謝らなきゃ」

「もうちょい時間をかけりゃ、確実に晴れた疑いだがな」

和井田が苦笑した。

「科学捜査能力が進んだとはいえ、ＤＮＡ型鑑定にはいまだに数日かかる。『グランホームズ南』二〇三号室に残っていたＤＮＡ型二種と比較鑑定すれば、妊婦の死蝋と千草の母子関係はいずれ否定できていた」

とはいえ鑑定には難航しただろう――と声を落とす。

「食事中に言いたかねえが、実花は千草と歯ブラシまでこっそり共用してやがった。とくに潔癖でもないおれでも気色悪りいぜ。生前の千草が、気づいてなかったことを祈るしかねえ」

ため息まじりに言ってから、

「ところで親父さんの家はどうした。片付けは済んだのか？」

和井田が話題を変える。

「済んだ。壁も床も完全にきれいにはできなかったが、素人にできる精いっぱいのことはやった」

白石はうなずいた。

「家財道具も食器も服も、業者に全部持っていってもらったよ。伯父も遺品はいらないと言っていたし、さっぱりしたものだ。多少の本は、古本屋が買ってくれたがな」

例のアルバムについては、じつを言うと迷った。持ち帰るべきか逡巡《しゅんじゅん》した。

しかし、結局は処分した。

勝手な解釈かもしれないが、父は取っておいてほしくないのでは、と思えたのだ。

——捨てたいのに、父は自分の手では捨てられなかったんじゃないか。

もちろん、ほんとうのところはわからない。だが白石はそう解釈し、処分すると決めた。

とどのつまり、故人の考えなど把握しようがない。生きている人間が好きに判断し、好きに動くしかないのである。

「実花さんに対しては、『正解も答えもない。それでも考えつづけていくべき』なんて偉そうなことを言ったが」

白石はこめかみを掻いた。

「ぼくは自分なりに、自分の対処法の結論を出してしまった気がするよ。折り合いの悪い親とはどうするべきなのか、どうしていけばいいのかを」

白石が出した答え。それは、

——無理に会う必要はない。

以上である。

顔を合わせるたび角突きあって、お互いいやな思いをして疲弊するくらいなら、親兄弟だろうが疎遠でいればいい。

とはいえ白石兄妹と父ほど、距離を置く必要はあるまい。月に一回程度は電話するとか、年賀状と盆暮れの贈答品で済ませるだとか、各々に合った距離を保っていければそれでいいのだと思う。

「海外ドラマや映画だと、ぎくしゃくしていた親子は、いつも和解してハッピーエンドじゃないか。あれが、昔から苦手だった」

白石はぼやいた。

「アルコール依存症の親に迷惑をかけられどおしだった娘が『わたしの心が狭かったわ。ごめんなさい』と親をハグしたり、逆にろくでなしの子どもに振りまわされた親が『愛してる。すべて許すよ』と涙を流したり……。確かに、いつまでも怒りつづけているのは非生産的かもしれない。でも〝和解しない〟〝ただ遠ざかる〟という解決法だって、あっていいと思うんだよ」

「おまえの意見はよくわかる」

和井田が首肯した。

「だが疎遠になるだけじゃ、やっぱり感動ドラマの筋書きとしては弱いんだろう。最後の最後に『このドラマはフィクションです。必ずしも親と和解する必要はありません』とでもテロップを出してほしいところではあるが」

「あ、それいい。すごくいい」

果子が声を上げて笑った。そして言う。

「言われてみれば、フィクションの影響って大きいかも。現実と創作は違うと頭じゃわかっていても、無意識に影響されちゃうよね。わたし自身、『将来ちゃんとした親になれるんだろうか』って考えるたび、怖かった記憶がある。親子はわかりあえるものなんだ、って思ってたせいでしょうね。言いわけになるけど、この歳まで結婚しなかったのもそのせいかも」

「果子ちゃん、きみはいいんだ」

即座に和井田が反応した。

「きみが結婚したくなったとき、そのときこそが適齢期なんだ。年齢なんて気にしなくていい。おれは、急《せ》かすつもりは全然ないよ」

てきめんに芝居がかる親友を横目で見てから、

「……親になる、か」

白石は声を落とした。

「果子と違って、ぼくは自分が親になるビジョンをまったく持ってこなかったな。家裁調査官として、少年少女に向き合うので手いっぱいだった。自分が父親になるなんて、考えたこともなかった」

「――〝父は永遠に悲壮である〟」

和井田がぽつんと言った。

その横で果子が、

「萩原朔太郎《はぎわらさくたろう》？　懐かしい」と目を細める。

「父親は責任ばかり背負わされ、誰にも理解してもらえない悲壮な存在だ――。みたいな意味合いの言葉よね」

「だがそう言った朔太郎自身、実父とは仲が悪かった」

白石は口を挟んだ。

「朔太郎が三十歳にして出版した『月に吠《ほ》える』を、実父は彼の目の前で燃やしてしまった。医師である父にずっと認められたがっていた朔太郎の願いは、そこで無残に潰《つい》えたと言ってもいい」

「だいたい萩原朔太郎って、姑《しゅうとめ》と小姑の嫁いびりから、奥さんをまったくかばわなかったことで有名な人だしね」

果子が肩をすくめた。

「奥さんがめちゃくちゃにいびられても見て見ぬふりして、よそに愛人作って、芥川龍之介《あくたがわりゅうのすけ》たちと旅行に行ったときも、奥さんじゃなく妹たちを連れていったんでしょ？　それで『父とは、妻子に理解されない悲壮な存在だ』って言われてもね。説得力なさすぎよ」

「岸本巡査長が言っていたがな。いまは、過度期なんだ」

和井田が言う。

「萩原朔太郎だの海原雄山だの範馬勇次郎だの、自分の親だのの時代を超えて、もっとよりよい親像を目指さなきゃいかん。そういう過度期だ」

何杯目かのビールを呷る。

「あと十年か二十年経って平成も終わりゃあ、もっと違う世の中になるのかもしれん。その頃には市民の意識も変わって、家族のかたちや役割も変化してるかもな。まあ白石ふうに言うなら、考えつづけるのをやめないことで改善と改革を繰りかえしていけるから、おれたちゃ人間なんだろうよ」

「え、お兄ちゃんそんなこと言ったの？」

果子が白石をまじまじと見る。

白石は思わずうつむいた。

「まあ、言ったような、言わないような」

「珍しい。お兄ちゃんがそんな、大上段に構えたこと言うなんて」

「あのときは、その……テンションがおかしかったんだ」

額に滲んできた汗を拭う。

「人質を取った実花さんが目の前にいたし、気ばかり焦るし、和井田から返事はないしで、ぼくもいろいろ取っちらかっていたんだ。いや、テンションが上がりすぎたときは、みんなあるだろう、そういうの」

「おまえはいま現在も、上がりすぎつつあるようだな」

和井田が冷静に突っこみを入れる。

うるさい、と返しながら白石は思った。

——だが、いまの流れなら言えるかもしれない。

今回の事件を通して、あらためて少年少女と向き合いたいと思ったこと。家裁調査官には戻れずとも、臨床心理士になれないかと考えていることを。

——ひいては、大学院の入学試験に向けて動きたい。

国立大学の大学院なら、白石の貯金を学費にして、このマンションから通える。

いままでどおり家事をこなしつつ、公認心理士コースで学び、臨床心理士資格審査を目指していきたいのだがどうだろうか、と。

——よし、言うぞ。言う。

妹と親友を見据え、白石は息を吸いこんだ。

皿の模様が見えないほど整然と並んでいた餃子は、すでに目で数えられるほどに減っている。

果子のグラスの中で、ビールの泡がしわしわと消えていく。

季節は夏だった。エアコンの効いた室内からは想像もできないほど、ガラス一枚へだてた外界は猛暑にうだっていた。

院試の日程までは、あと半年とすこしだ。

――言うぞ。

白石の喉仏が、ごくりと上下した。

エピローグ

拘置所の独居房は、わずか三畳の広さしかない。

同じ室内の奥に、洋式便器と洗面台。あとは布団と枕、ちょっとした机に座布団があるだけだ。

その独居房に、実花は未決拘禁者として入れられていた。

なぜ拘置所に送られたかといえば、

〝定まった住まいがない〟

〝逃亡するか、または逃亡をすると疑うに足りる理由がある〟

かららしい。またなぜ独居房なのかといえば、〝集団生活を送るに困難な者、隔離を要する者〟に分類されたがゆえのようだ。

——要するに、嫌われている。

実花はそう解釈した。

だがかまわなかった。独居房の中は狭くて、冷暖房がないから適度に居心地が悪くて、孤独だった。実花にぴったりの部屋だった。

拘置所での暮らしは彼女に合っていた。起床時間、食事の時間、就寝時間、すべてが規則正しく定められ、管理されている。

午前七時起床。二十五分後に朝食。正午十分前から昼食。午後四時二十分、夕食。午後九時就寝。この間に取り調べを受ける。ほかは房内を雑巾《ぞうきん》で掃除するくらいで、基本的にはなにもすることがない。

——ここで生まれていればよかった。

壁に背を預けて座りながら、実花は目を閉じる。心の底からそう思う。

——拘置所で産み落とされ、拘置所で育ちたかった。

こんなにも安心できる場所は、はじめてだった。

こんなところがこの世にあったんだ、そう思った。ここをずっと求めていた。そんな気がした。

ここで生まれていたら、ポルノになんか出なくてよかった。痛い思いも、気持ち悪い思いもしなくてよかったはずだ。

たぶん、お母さんを殺さずにも済んだ。そしてほかのやつらも——べつに後悔してはいないけど——殺すことなく生きていけたと思う。

——ああ、でもそれだと、椎野さんと出会えなかったか。

それは困るな、と、膝《ひざ》を抱えて実花はすこし笑う。

彼女の匂いが好きだった。彼女の暮らしが、生きざまが好きだった。

いま思えば、彼女の衣服や枕を嗅《か》ぎ、進んで歯ブラシを使っていたあの時点で、愛着行動としては充分だったのだ。彼女の匂いは安心できた。

——椎野さんのことは、お墓まで持っていきたい記憶だ。

留置場で同房だった女性いわく、実花は「あんた、間違いなく死刑よ」だそうだ。

二人以上殺しているし、計画的だし、弁護士は雇えないから国選だろう。死刑になる未来しか見えない。そう真顔で言われた。

それでいい。実花は答えた。

死ぬのは怖くなかった。むしろ早く死にたいくらいだ。

予想では、おそらく一審で死刑判決だろう。控訴しなければ、すぐに刑が確定するはずである。それでよかった。

実花は生まれ変わりを信じている。

この人生は、はずれだった。いいことは数えるほどしかなかった。せめてその少数の〝いいこと〟を抱えて、来世に行きたかった。

未決拘禁者なので、実花は一日一回の面会を許されている。国が選んだ弁護士を除けば、訪れたのはたったの一人だった。

嵯峨谷、と名のる老人である。

おそろしく高齢だった。杖《つえ》にすがるようにして、よたよたと面会室に入ってきた。しかし目は澄んでいたし、言葉も明瞭《めいりょう》だった。

自分は椎野友和の保護司をしていた、と老人は語った。椎野千草さんとも何度も会った。あの父子をよく知っていた――と。

実花は老人と話した。老人の話も聞いた。

別所建吉が、友和と同じ自立支援施設にいたこともはじめて知った。運命だ、と思った。わたしと椎野家にはやはり繫《つな》がりがあった。すべては運命だったのだと。

実花は正直にしゃべった。思っていることすべてを老人に打ちあけた。ここで生まれたかったこと。ここが好きなこと。早く死刑になりたいことを。

「そっだごと言うな」

老人はぴしゃりと言った。

「生まれてきた意味がねえみてえな、……そっだらごと、言うんでねえ」

目を真っ赤にしていた。しかし、実花の考えは変わらなかった。

「――あなた、いい人ですね」

ただそう返した。

実花の言葉に、老人は涙をこぼした。

なぜ泣くのか彼女にはわからなかった。だが「椎野さんの知りあいだけあって、いい人だな」と思った。他人のために泣けるのは、いい人だけだ。

実花は目を閉じる。

独居房の冷えた壁に後頭部を押しつけ、記憶を反芻《はんすう》する。

鼓膜の奥で、あの男の声がよみがえった。いまだ名前もわからない、一度きりしか会わなかった男の声と言葉だ。

――こんなことに正解も答えもない。

――正解も答えもない問いを考えつづける。それができるのは、人間だけで――。

――だからこそ、人間でいられるんだ。

わたしは、来世では人間になれるだろうか。実花は思った。

人間になったら、わたしにもこの言葉の意味がわかるのか。椎野さんとチグサと、次こそ三人で家族に生まれられるだろうか。

実花は指を動かした。

いまはもうない架空のビニールを握る。あの屋根裏でいつもそうしていたようにだ。胎児のチグサを包んでいた、二重のビニールだった。

いとおしかった。

口の端で、実花はそっと薄く笑んだ。

引用・参考文献

『宅間守精神鑑定書』岡江晃　亜紀書房
『「非行」は語る─家裁調査官の事例ファイル─』藤川洋子　新潮選書
『公務員の仕事シリーズ　家裁調査官の仕事がわかる本　改訂第４版』法学書院編集部編　法学書院
『週刊文春』２００７年７月12日号
『デイリー新潮』週刊新潮ＷＥＢ取材班編集　福田ますみ　２０１９年１月３日掲載
https://www.dailyshincho.jp/article/2020/01031500/?all=1
『狙われる子どもの性─子ども買春・ポルノ・性的虐待─』Ｊ・エニュー　戒能民江、坂田千鶴子、平林美都子訳　啓文社
『子どもへの性的虐待』森田ゆり　岩波新書
『「死刑になりたくて、他人を殺しました」無差別殺傷犯の論理』インベカヲリ★　イースト・プレス
『愛と憎しみ─その心理と病理─』宮城音弥　岩波新書
『愛の深層心理』イグナス・レップ　門脇佳吉訳　川島書店
AFP BB News　https://www.afpbb.com/articles/-/2398429
TOCANA　https://tocana.jp/2019/01/post_19105_entry_4.html

初出「小説 野性時代」２０２３年11月号～２０２４年３月号

この作品はフィクションです。
実在の人物・団体・事件とは一切関係がありません。

装丁／青柳奈美
装画／青依青

櫛木理宇（くしき　りう）
1972年新潟県生まれ。2012年「ホーンテッド・キャンパス」で第19回日本ホラー小説大賞・読者賞を受賞。同年、「赤と白」で第25回小説すばる新人賞を受賞し、二冠を達成。著書に「ホーンテッド・キャンパス」シリーズ、「鳥越恭一郎」シリーズ、『死刑にいたる病』『鵜頭川村事件』『虜囚の犬　元家裁調査官・白石洛』『執着者』『氷の致死量』などがある。

死蝋《しろう》の匣《はこ》

2024年 7 月 2 日　初版発行

著者／櫛木理宇《くしきりう》

発行者／山下直久

発行／株式会社KADOKAWA
〒102-8177　東京都千代田区富士見2-13-3
電話　0570-002-301(ナビダイヤル)

印刷所／大日本印刷株式会社

製本所／本間製本株式会社

ISBN 978-4-04-114543-2　C0093